光明与磊落

磊落

韩寒◎著

C/S 湖南文艺出版社
HUNAN LITERATURE & ART PUBLISHING HOUSE

序言

写给张国荣

　　2003年的4月1日，我开车从北京回上海。那是一段从清晨到傍晚的旅程。在那之前，我并不是你的歌迷，只知道你唱过《倩女幽魂》。我甚至觉得，你好久没做宣传，没出作品，已经过气了。

　　对你的了解从山东段开始。那里的山都是顽石，少见绿色。以往开车路过河北、山东和江苏，很多电台里都是卖春药的广告，还不停地有托儿打电话进来，说疗效好，怎么才能再买几瓶。这个世界上真的充斥着荒诞的欺骗。唯独那一次开车的旅程，我所能调到所有的频率里都只有你的生平介绍，当然还有你唱过的歌。我甚至发现，有时候，我偶然会哼唱两句不知名的旋律，原来都是你的。路过临沂，电台主持人甚至自己在唱《奔向未来日子》。

　　对你来说，已经没有未来的日子了。你奔向了永远不会来的日子。那些岁月里，我是一个心高气傲的少年，对所有的巨星和偶像都嗤之以鼻，这也让我错过了你。等我懂你，我再没机会去看你的演唱会。要是早知道，无论有钱没钱，我一定会买一张最近的票。

　　没有什么夸你的。我甚至想，如果你还活着，机缘巧合，兴许能和你喝上一杯酒（虽然我几乎从不饮酒），说上几句话。那是一次奇妙的旅程。开过长江大桥，我就找一个休息站停了下来，吃了一碗泡面，江水声就在耳边。我买了两张你的唱片。这不能怪我，在高速公路服务区里没有正版的。我启程上路，把CD塞进了碟机。

我没能听见你的声音，因为我错买成了VCD。家乡离我越来越近。1200公里路程，我并未为你落泪。毕竟我们刚认识。到了上海，身边的朋友常常谈起你，有黯然神伤的，有伤心哭泣的，更多的是，哦，是吗，他这么有钱，干吗要自杀，可惜了。还有恶意揣测的，说你是得了绝症或做了见不得人的事情，不得已才跳楼。我每次都要和他们争辩。但两个星期以后，也便这样了，大家开始很少谈起你。一个月后，劳动节，大家依然不爱劳动；两个月后，儿童节，小孩依然欢声笑语；三个月后，四个月后，周年祭……到现在，九年了，这世界没有什么变化。这九年里，你陪伴我度过很多困难的时光，可惜那些激励我的歌并没能激励你自己。

　　我想我懂你了，Leslie。这眼前的世界并不是你我想象的那样。你改变不了。我改变不了。我今年三十岁，我没有你那么多的作品，你死去了，你的歌也许能被别人再唱五十年，一百年；我若死去了，我的文字也许只能被别人记得五年，十年。也许更短。我不见得能比你活得更长久，也或许我比你长寿很多。也许我会成为一个老顽童，也许我忍受不了自己变老。谁知道呢。

　　Leslie，我们会在时间的那头相见。我获得的成就不比你多，却也受了不少争议，也算能作谈资。和你一样，很多争议要到死后才能平息。也许不能，甚至更久。他日我们相见，你如果不嫌弃，可否让我为你写一段歌词。我写得还不错的，只是辛苦你要用普通话唱。你说你一生没做坏事，为何这样。我想我可以试着告诉你为何。因为，你一生没做坏事，所以，就是这样。

目录

《三重门》
全版手稿

〈 一 〉

人的目标是和经济同步同荡的。当年苏联穷得不行，苏联人民的伟大志向瘪得像只放了个把月的茄子，眼里的共产主义光辉独象成一只面包；中国就难多了，前几年经济大好，上海的人数比上海的人口都多。渐渐达经改从商的人里教师比率越来越大，目标全是成富翁，那些人做得有瘾，还说"为教育事业筹款"，引得许多教师一起做彼。那眼知识不能当钱花，于是那些教师便把师德当饭吃，他们的师德本身不多，经不起几口一咬，便就师德全丧，抛下学生赚钱去了。

林雨翔所在的镇是个小镇，小镇一共一个学校，那学校好比独生子女，小镇政府生造的一些教育机构奖项全给了学校，那学校门口都挂不下了"先进单位"，恨不得用奖状铺地。镇上的老少都为这学校自豪。那学校也争过一次气，前几届不知怎么地培养出两个理科尖子，获了全国的数学竞赛亚军，消息传来，小镇沸腾了差点基发疯。镇中学校领导的面子也顿时增大了好几倍，当即把学校定格在培养理科人才的位置上，语文课马上像闪电战时的波兰城师守也守不住，一个礼拜剩下四节。学校有个借口，说语文老师都转业当秘书去了，不得已才……林雨翔对此很有意见，因为他文科长于理科——比如两个侏儒比身高，文科侏儒胜了一公分——所以他坚持抗议。

　　林雨翔这人与生俱有抗议的功能，什么都想批判——"想"而已，他胆子小，把不满放在肚子里，仅供五脏之间的交流。

　　小镇还有一个和林雨翔性格雷同的人，他叫马德保，马德保培育成功这性格比林雨翔多花了二十年，可见走了不少冤枉路。马德保在大学里念过书，高中毕业就打工，打工之余，雅兴大发，涂几篇打工文学，寄了出去，不料编辑部里雅兴发得更厉害，过几个月就发表了出来。马德保自己吓了一跳，小镇文化站也吓了一跳，想不到这种地方会有文人，便把马德保招到文化站工作。马德保身高逾一米八五，人又瘦，站着让人担心会散架，天生一块写散文的料。在文化站读了一些书，颇有心得，笔耕几十年，最大的梦想是出一本书。最近无理出散文集书稿，寄出去后梦想更是胀肭得像怀胎十月女人的肚子，理想中的书也呼之欲出。后来不幸收到出版社的退稿信函，劝克了一些幻想，再委婉道"愚觉大作与今人之阅读口味有所出入，患无销路，故决定暂不出版"，马德保经历了胎死的痛苦，只怪主刀大夫手艺不精，暗骂编辑没有悟性好丸未开，决心自费出书，印了两百本，到处送人，小镇又被轰动，马德保托书的福被镇上学校借去当语文老师。

有人说当今学文史的找不到工作，这话也许正确，但决不代表教文史的也找不到工作，那几个出走的语文老师一踏入社会便像新股上市，要的单位排队，顿时学校十个语文老师剩六个。师范刚毕业的学生多瞧不起教师职业，偶有几个瞧得起教师职业的也瞧不起这所学校，惟有马德保这种躲在书堆里不谙世道的人才会一脸光荣地去任职。他到学校第一天，校领导都与他亲切会面，足以见得学校的饥渴程度。

马德保是一个谁设的语文教师和文学社社长。他以为现在学生的语文水平差，把屠格涅夫教成淫格屠夫都不会有人发现，所以草草备课。第一天教书的人都会紧张，这是常理，马德保不知道，他以为自己著作等身，见多识广，没理由紧张。不料一踏进教室门，紧张就探头探脑要冒出来，马德保一想到自己在紧张，紧张便又扩大N倍，还没说话脚~~就~~在抖。

一个紧张的人说话时的体现不是忘记内容，而是忘记过渡，马德保全然不知道自己在说什么，两句毫无因果关系的句子居然能用"所以"穿起来。讲课又失败，掩饰的办法就是不断地施问。毕业班的林雨翔看透了马德保的紧张，又想在听课的教师面前表现，连连举手胡诌，马德保本来是在瞎问，和林雨翔的答案志同道合，竟可以一一匹配。度过难关后，马德保对林雨翔极口揄扬，相见恨晚，马上把他收进文学社。

〈二〉

　　林雨翔老家在农村，村边倚着一条铁路。前几年火车提速，但那里的孩子却不能提速。一次在铁路上玩时一下被轧死两个，亏得那时五岁的林雨翔在家里被逼着读《尚书》，幸免于难，成为教条主义发展至今唯一成就的一件好事。林父先是恐惧不安，成天让林雨翔捧《论语》以《左传》。但那两个为自由主义献身的孩子在人心里阴魂不散，林父常会梦见铁轨边肚子肾末一地都是，断定此地不可久留。正好区委里的一个为党刊物要人，林父荣升编辑，便举家搬迁。不幸财力有限，搬不远，只把家挪了一两公里，到了镇上。离铁轨远了，心里踏实不少，每天早出晚归工作也挺顺心。

　　林父这人爱书如命，可惜只是爱书，而不是爱读书。家里收藏了好几千册书，只作摆耀用，平日很少翻阅。一个人在柴炕边上站久了也会染上柴臭，把这个原理延伸下去，一个人在书堆里呆久了当然也会染上书香。林父不学而有术，靠诗歌出家，成了区里有名气的作家。家

里的藏书只能起对外炫耀的作用，对内就没这威力了。林
雨翔小时常一揽一晃地说："死书，废书，没用的书。"话由
林母之口传入林父之耳，好比我国的古诗经翻译传到外国，
韵味大变。林父把小雨翔痛揍一顿，理由是侮辱文化，林
雨翔那时可怜得还不懂什么叫"侮辱"，当然更别谈"文化"
了，只当自己口吐脏话，吓得以后说话不敢涉及到人体和
牲畜。林父经小雨翔的一骂，思想产生一个飞跃，决心变
废为宝，每天逼小雨翔认字读书，自己十分得意——书这
东西就像钞票，老子不用攒着留给小子用，是老子爱的体
现。

　　没想到林雨翔天生——应该是后天因素据多——对书
没有好感，博大地也想留给后代享用，他下意识里替后代
十分着想。书就好比女人，一个人拿到一本新书，翻阅时
自会有见到一个处女一样怜香惜玉的好感，因为至少这本
书里的内容他是第一个读到的；反之，旧书在手，就像娶
个已婚女人，春色半老红颜半损，翻了也没兴趣——因为
他所读的内容别人早已读过好多遍，无新鲜可言。林雨
翔竭力保留书的新鲜，弄不好后代用到时这些书还可以当
新书卖呢。林父的眼光只停留在儿子身上，没能源远到孙
子的地步，天天死命令林雨翔读书，而且是读好书，《红楼

楼》里女人太多，怕儿子过早对女人起研究兴趣，所以列为禁书；所幸《水浒传》里有一百零五个男人，占绝对优势，就算有女人出现也成不了气候，故没被禁掉，但里面的话还是要删去一些内容，如"鸟"就不能出现，有"鸟"之处一概涂黑，引得《水浒传》里"千山鸟飞绝"，无奈《水浒》里鸟太多，林父工作量太大，况且生物学告诉我们，一样动物的灭绝是需要一段时间的，所以林父百密一疏，不经意漏网之鸟。事后发现，头皮都麻了，还好弥患及时，没造成影响。

　　林父才疏，只识其一不识其二，把老舍《四世同堂》里的"屌"错放了过去。一天偶查字典，找到"屌"字，大吃一惊，想老舍的文章用词深奥，不适合给小雨翻看，思来想去，还是古文最好。

　　然而古文也难免有这类文字。堂堂《史记》，该够正经了，可司马迁著它时受过宫刑，对自己所缺少的充满向往，公然在《史记》里记载"大阴人"，这书该禁。《战国策》也厄运难逃，有"以其髀加妾之身"的描写，也遭了禁。林父挑书像拣青菜，中国丰富灿烂的文献史料，在他手里死伤大半。最后挑到几本没毁灭的让林雨翔看，林雨翔对古文深恶痛绝，迫于父亲的威严，不得不捧什么"人皆有

　　①、大生殖器的人

所不忍，达之于其所忍，仁也；人皆有所不为，达之于其所为，义也。"简单一点的像"无古无今，无始无终"。折了一年多，记熟了几句来指撑，已具备了思想家的理论，只差年龄还缺。七岁那年，林父的一个朋友，市里的一家报社编辑拜访林家，诉苦说那时的报纸改版遇到的问题，担心众多，小雨翔只知道乱蜉"畏首畏尾，身其余几"，编辑听见连小孩子都用《左传》里的话来勉励他，变得大刀阔斧起来，决定不畏浮云，然后对林雨翔赞赏有加，当下约稿，要林雨翔写儿歌。林雨翔的岁数比王勃成天才时少了一倍，自然写不出儿歌。八岁那年上学，字已经识到了六年级水平，被称作为神童。神童之父听得也飘飘然了，不再逼林雨翔背古文。小雨翔的思想得到超脱，写诗一首：

　　　　小鸭子　嘎嘎叫

　　　　不吃饭　不睡觉

　　　　到底这是为什么

　　　　原来作业没有交

　　林父看了大喜过望，说是象征主义，这首诗寄给了那编辑，不日发表。林父在古文里挥青果有余暇，开讲西方文学，其弟和儿子一起在学。由于林雨翔的处女作是象征主义的路，林父照书大段解释什么象征主义，但没有家人，只好变身布莱克，由唯美主义摇身变成象征主义。讲解里时恰被林母听见，错轴纠正——林母以前在大专里修文科，理应前途光明，不慎犯了个才女们最易犯的错误，嫁给一个比她更有才的男人。家庭就像一座山，双方都要拼命往上爬，山顶只容一个人站住脚。说它像山，更重要的是山难容二虎，一旦这样，必须要恶斗以分轩轾。通常男人用学术之外的比如拳脚来解决争端，所以说，一个失败的女人背后一定有一个成功的男人。林父林母以前常闹矛盾，几欲离婚，幸亏武松诞生。林雨翔天资可谓聪颖，两人把与对方的恨转变成对孩子的爱，加上林母兴趣转格——完成了一个女人最崇高事情后，老天赏给她搓麻将的才华，她每天晚出早归搓麻将。这样也好，夫妻口角竟少了许多。个中原因并不复杂，林父想骂人时林母往往不在身边，只好忍住，久而久之，林父骂人的本能退化——这话错了。对男人而言，骂人并不是一种本能，骂女人才是本能。

　　由于林雨翔整天在家门口背古文，小镇上的人都称之为"才子"。被允许读其它书后，才子转型读现代小说，重读惯了古文，小说涌涌起白话小说时畅通顺快得像半夜开车。心思散掉，古文全部荒废，连韩非子是何许人都不之处足了。中国的长篇小说里十部里有九部是差的，近几年发展得更是像广告里的"没有最差，只有更差"。只可惜好莱坞的"金俊梅"奖也没涉足到小说领域，否则中国人倒是有在国际上露脸的机会。所以，读中国长篇小说很容易激起人的自信，林雨翔水了几十部后，信心大增，以为自己已经泡读了，而且泡得厉害——不是人所能及的泡，而是蛙蛇过冬前的泡，今朝一泡可以长期不进食。

于是林雨翔什么书都不读了，语文书也扔了。小学里凭他的基础可以轻松通过，升了中学后渐渐力不从心，加上前任语文教师对他的孤傲不所赏，本来用荀子劝他，说什么"君子务修其内而让之于外"，见未果，便用庄子吓他"不能容人者，无亲；无亲者，尽人"。实在没有效果，只好用老子骂他，说雨翔这人"正复为奇，善复为妖"，预言"此人胸臆不广，傲而无才，学而不精，懦弱却善表现，必不守气节，不成大器"。万没想到这位语文教师早雨翔一步失了节，临开学了不翼而飞，留个空位只好由马德保填上。

雨翔课到马德保的认可，对马德保十分忠心，马德保也送他的散文集《流退的人生》给林雨翔，林雨翔为之倾倒，于是常和马德保同进同出，探讨问题。两人一左一右，很是热闹。同学们本来对林雨翔的印象不好，看见他身旁常有马德保，对马德保也印象不佳——譬如一个人左脚的袜子是臭的，那么右脚的袜子便没有理由不臭。

其实林雨翔前两年就在打文学社的主意，并不想要献身文学，而是因为上任的社长老师坚信写好文章的基础是见闻广博，那老师旅游成癖，足迹遍及全国，步行都有几万里，长征红军根不能及。回来后介绍给学生，学生听她绘声绘色的描述，仿佛是接听恋人的电话，只能满足耳瘾而满足不了眼瘾，文章依然不见起色。社长便开始带他们去旅游。开始就为取材，专门往农村跑。头几次镇上学生看见猪都欣喜地留连忘返半天，去多以后，对猪失去之趣，遂也对农村失去之趣。然后就跑课远了些，一路到了同里，回来以后一个女生感情迸发，著成一篇《记南的水》，抒情极深，竟在市里拿过一等奖。这破文学社向来只配跟在其它学校后面捡些骨头，获这么大的奖历史罕见。把文学生得奖的功劳全归在旅游上，于是文学社便想变成旅行社，惹得其他小组的人眼红不已。

林雨翔也是眼红者之一。初一他去考文学社，临时忘了"父与子"是谁写的，蒙遇泳水。第一次交了两篇文章，走错一条路，揭露了大学生出国不归的现象，忘了唱颂歌，又被涮下。第二次学乖了，大唱颂歌，还以为入选在望，不料他平时颂歌唱得太少，关键时刻唱不过人家，没唱出新意，没唱出感情，再次落选。从此后对文学如展史课。这次得以进了文学社，高三他都省略掉了。

　　那天周五，下午有一段时间文学社活动。路上林雨翔对马德保说："马老师，以前我们选写文章的人像选歌手，谁会唱谁上。"

　　马德保当了一个礼拜老师，渐渐有了点模样，心里对学生的喻盖世，口上替老师叫冤："其实我们做老师的也很为难，要培养全面发展的学生，要积极向上，更主要是要健康成长。"言下之意，学生就是向日葵，眼前只可以是阳光，反之则是发育不佳。

　　"那最近有什么活动呢？"

　　"嗯，就是讲讲文学原理，创作技巧。文学嘛，多写写自然会好。"

　　雨翔自己没有闭门造车的本领，再试探："那——不组织外出活动？"

　　"这就是学校负责的事了，我只负责教你们怎么写文章——怎么写课好。"马德保知道负责不一定能尽责，没着不省音也康。

雨翔了解了新社长是那种足不出户的人，对文学社的热情也减了大半。踱到文学社门口，马德保拍拍林雨翔的肩，说："好好写，以后有比赛就让你参加，你要争口气。"里面人已坐满，这年代崇敬文学的人还是很多的。所以可见，文学已经老了，因为一样东西往往越老越有号召力；但又可以说文学很年轻，因为美女越年轻追求者就越多。然而无论文学年轻得发嫩或老得快死，它都不可能是中年的成熟。

马德保介绍过自己，说："我带给大家一样见面礼"。学生都大吃一惊，历来只有学生给老师送东西的义务，泡没有老师给学生送东西的规矩。

马德保讲台下搬出一叠书，说："这是老师写的书，每个人一本，送给大家的。"然后一本一本发。诧异这两三本书生命力顽强，大肆送人了还能剩下这么多。社员拿到书，全体拜读，静得吓人。马德保见大作有人欣赏，实在不忍心打断，沉默了几分钟。忽然看到坐在角落里一个男生一目十页，唰唰乱翻。平常马德保也是这么读书的，今天不同，角色有变化，所以心里说不出的难过。可书已送人，自己又干涉不了，好比做丈亲的看见女儿在亲家受苦。马德保实在看不下去，口头暗示说："有些同学读书的习惯十令不好，速度太快，这样就不能体会作者着笔的心思，读书要慢。"

这话把想要翻一页的人吓得不敢动手。只要直勾勾看着最末几行发呆——其实不翻也不会影响，因为马德保的散文散漫彻底，每篇都像是被诱从高处跳下来粉碎后再扫扫拢凑成的，硬是连詹克明所说的"集合专家"都捧不起来了。

雨翔情声坐到那个翻书如飞的男生旁。两人素未谋面，男生就向他抱怨："这是什么烂书，看都看不懂。"

林雨翔为认识一个新朋友，不顾暗地里对不起老朋友，点头说："是啊。"

"什么名字？"林雨翔问。

"罗——罗密欧的罗，天——"男生一时找不出有天的名人，把笔记本抛过去，笔一点自己的大名。

"罗——天诚，你的字很漂亮啊。"

罗天诚并不客气，说："是啊，我称之为'罗体字！'"说着满意地盯着"裸体字"，仿佛是在和字说话："你叫林雨翔是吧，我听说过你的名字。"

一切追求名利的人最喜欢听到这句话。林雨翔心里回答"正是老子"，嘴上客气说："是吗？"

罗天诚像没在听林雨翔说话。林雨翔那个"是吗"凝固在空气里翘首以待回应。

"上面那根排骨叫什么名字?我看见他跟你挺好的。"林雨翔不愿和排骨的话一起,不屑道:"他是我一个老师,看我将来会有大出息,故意和我套近乎。"

"我看是你和他套近乎吧?"罗天诚冷眼看他,拆穿谎言。雨翔精心经营的虚荣感全部被这反诘歼灭掉,痛苦不堪,懒得一个懒得和罗天诚这怪人说话。

马德保快平开讲。第一次带一大帮文学爱好者——其实是旅行爱好者——他有必要先让自己神圣。昨晚熬到半夜,查连引典,辞书翻了好几本,总算著成今天的讲义,开口就说:

"文学是一种美的欣赏美的享受,既然如此,我们首先要懂得什么是美。研究美故有一门学问,叫美学——研究丑的就没有丑学,所以可看出美的重要——"马德保顿了顿,旨在让社员有个笑的机会,不料下面死寂。马德保自责讲课太深,学生悟性又差,心里慌了起来,脑子里一片大乱,喝一口水稳定一下后,下面该说的内容还是不能主动跳出来,马德保只好被动搜索,空旷的记忆里怎么也找不着下文,像是黑夜里搜寻一样小东西。

马德保觉得学生的眼睛都注意着他，汗就要冒出来。万不得己，翻开备课本，见准备的提纲，畅然大悟该说什么，只怪自己的笨。

"中国较著名的美学家有朱光潜，这位大家都比较熟悉，所以我也不必再介绍了——"其实是昨晚没查到资料，"还有一位复旦大学的蒋孔阳教授，我是认识他的！"真话差点说出来"我是昨晚才认识的"，但这上面一说，好像他和蒋孔阳是生死之交。

马德保为证明自己的话，不得不窃用蒋的学生朱立元的一篇回忆恩师文章中一段话："我当时去拜访他时，他问的很仔细，他问到狄德罗的'美在关系'说内容时，我举了狄德罗对高乃依悲剧《贺拉斯》分析的例子，说到老贺拉斯的一句关键性台词'让他去死吧'时，我的先生轻声纠正说：'是：让她死吧'，这件小得不能再小的事情却给我留下了深刻的印象。"说别人的话能做到像马德保一样情真意切是着实不易。但一切初次作案的小偷在不义之财时都会紧张，马德保念完后仍怕地注意下面的反应，生怕听到"老师，这个我小家过"的声音，调动全身一切可调动的智慧准备辩解，幸好现在学生无暇涉猎到考试以外的书籍，听得都像真的一样。

与德保再讨论希腊神话与美学的关系。

罗天诚推了下林雨翔，问："你听得懂他在讲什么？"

"讲故事吧。天知道。"

罗天诚变成天，说："我知道，他这是故意卖弄，把自己摆成什么大学者，哈。"

林雨翔听得兴趣索然，他对美的认识处在萌芽阶段，不像马德保的精深，而服无聊里，只好随手翻翻《流浪的人生》，看到一篇《铁轨边的风》，想起儿时的两个伙伴，轻叹一声，看下去。马德保开头就装神扮鬼，写道"我有预感，我将沿着铁轨流浪。"预感好后，大作醇文：

两条铁轨，千行泪水。风起时它沉静在大地暖暖的怀里睡着，甜睡着。天快亮了。千丝万缕的恐惧，在这庞重的躯壳里翻滚纠结；千疮百孔的离愁，在这暑湿的大地中盘旋散尽。

沿着她走，如风般的。这样凄凉的夜啊，你将让伸到哪里去？你将选择哪条路？你该跟着风。蓝色的目禀也追寻着风向。在远之的地方。那片云啊……

雨翔想这篇无疑是这本书里最好的文章，还增刊几个

96-5 16开500格书写文稿纸震纸出品　　　　上海文化用品批发市场经销

小块，以绝咀嚼。林雨翔对他意外发现一篇美文欣喜不已。其实他也没好好读过此流浪的人生，当初的"倾倒"只是因为书而不是书里的内容，这次真的比垃圾堆里捡到好东西，再一回被倾倒。

马德说第一堂课讲什么是美，用了两个钟头，布置议论文一篇，预备第二堂讲如何挑选芸芸众生里的美文，颗�票全部都写，只在讲义上涂"如何选美"，第三堂课专讲找到美文以后的摘录感悟，当然叫"选美之后"，第四堂课才选美完毕，探怎样能像他一样写文章。一个月的计划全部都作了，想天下美事莫过于去当老师，除了发工资那天比较痛苦外，其余二十九天都是快乐的。

林雨翔回到家，向父亲报喜说进了文学社。林父见儿子终成大器，实在说一下，只是老婆不在，无法下厨——现在大多家庭的厨房像是女厕所，男人是不入内的。他兴致起来，发了童心，问儿子："拙荆不在，如何是好？"

林雨翔指指角落里的箱子，说："吃泡面吧。"林家的拙荆"很少归巢，麻将搓得废寝忘食，两个男人聚起来都以吃泡面维生。林父毅然拒绝了儿子的要求，说要改改花样，便跑出去买了两盒客饭进来。林雨翔好久不闻饭香，想进了文凭社后虽然吃尽受苦，但混过得福，权衡一下，还是值得的。

两个男人料不到林母会回家。林母也是无奈的，今天去晚一步，只能作罢上机。麻将这东西只道"乐在其中"，麦外去当观众是一种身心的折磨，所以早早回来——自从林母迷恋上麻将后，俨如一只猫头鹰，白天看不见回家的路，待到深夜才可以明眼记途。

林父以为她是回来拿钱的，一声不发，低头扒饭。林雨潇看不惯母亲，轻声说："爸，妈欠你多少情啊。"

"这你不懂，欠人家情和欠人家钱是一回事，她心里也不会好受的。"

林母竟还认得厨房在哪里，围上围裙去做菜，娇嗔说："你们两个大男人饿死也活该，连饭都不会做，花钱去买盒饭，来，我给你们好好弄顿菜。"

林父一听感动得要去帮忙——足以见得欠人钱和欠人情有很大的不同。比如别人欠你一笔钱，拖着久久不还，你已经断绝失望，这时，那人突然还钱了，你便会觉那是身外之财，不是你的钱，然后挥霍花掉。但若是别人欠你一份情，也久久不还，待到那人还你情时，你会倍加珍惜这情。

雨翔心里笑着。林父帮忙回来，想到正事，问："那个带只你的老师是——"

"马老师，马德保。"

"马德保！这个人！"林父惊得他要跳起来。

林雨翔料定不会有好事了，自己父亲的口气像逮条仇人，刚才的自豪和那泄光，战势道："怎么了。"

林父搔搔头，说："这种人怎么可以去误人子弟，我跟他有过来往，他这个人又顽固又——咳，根本不是一块教书的料。"

林雨翔没发觉马德保有顽固的地方，觉得他一切尚好——同类之间是发现不了共有的缺点的。但话总要顺着父亲，问："是吗？大概是有一点。"

林父再接再厉："他这个人看东西太偏激了，他认为好的别人就不能说坏，浅薄得很，人又没上过大学，只发表过几篇文章……"

"可是，他最近出书啦。"

林父一时惊愕，把整个出版界给忘戴了，说："现在这种什么世道，出来的书都是害人的！"骂出平了出版界后觉得自己情绪偏激，摆正道："书呢？有吗？拿来看看。"

林雨翔不知道自己的父亲和老师有积怨，诚惶地把书翻出来送给父亲，林父有先知，一看书名便说："不行"，看了略要更是乘兴读字掉泪。

　　林母的菜开了个头，有电话来催她打麻将，怎奈住那些菜半生不熟在锅里。林父送她到了楼下，还叫嘱早些回来——其实林母回家一向很早，不过是第二天了。

　　林雨翔望着父亲的背影，自言自语道："哈，赌场出疯子，情场出傻子。"

〈二〉

　　马德保的理论课上得人心涣散，两个礼拜里退社的人数到了十几个。马德保说："文学是自愿，留到最后的最有出息"，心里不是着急，暗地里向校领导反映。校方坚持自愿原则，和马德保的意见不谋而合也说留到最后的最有出息。又过半个礼拜，没出息的人越来越多，而且都退得理由充足，有自己写条子的，说：

　　本人虽有作家之梦，但最近拜谒老师，聆听讲座，觉得我离文学有很大的距离，不是搬字的料，故我当知止半途而废，属有自知之举。兹为辞呈。

　　这封退组信写得半古不白，马德保捧一本字典翻半天，没弄懂是真退出，气得撕掉。手头还有几张，惶恐再看，一看就有了直奔主题的爽快：

　　马老师，您好。我由于有些事情，想要退出文学社。

祝文学社越办越好！

　　马德保正在气头上，最后一句祝福读者也像是讽刺，再撕掉。第二封就文采飞扬情景交融了：

　　我是文学社一个普通的社员，但是，最近外公卧病，我要常去照顾，而且我也已经是毕业班的学生了。为了圆我的梦，为未来添上一层光辉，我决定暂时退出文学社，安心温读书，考取好的高中。马老师的讲课精采纷程，博古通今，贯通中西，我十分崇敬，但为了考试，我不得不割爱。

　　马德保第一次被人称之为"爱"，心里高兴，所以没撕。读了这通信，被拍中马屁，乐滋滋地想还是这种学生体贴人心。

　　在正式的教学方面，马德保处于初入正轨，开始循规蹈矩。教好语文是不容易的，但教语文却可能是美事里的美事，只要一个劲加学生读课文。"书读百遍，其义自见"，这古训在今天却不大管用，可见读书人是越来越来而写书人越来越聪明了。语文书里作者文章的主题立意仿佛保守男女的爱情，隐隐约约觉得有那么一点，却又深藏着不露；学生要探明主题辛苦得像挖掘古文物，先要拨厚厚的泥，再抹掉层层的灰，古文物出土后还要加以保护，碰上大一点的更要粉刷修补，累不堪言。

马德保就直接多了，不批改，不提问，隔天就把其它老师的多年考古成果传授给学生。学生只负责转抄，把黑板上的抄到本子上，把本子上的抄到试卷上，几次测验下来成果显赫，沉渣极少。唯一令马德保不顺心的就剩下文学社。

这天他偶然在《教学园地》里发现一篇论文，说要激发学生的兴趣就要让学生参与，想这是什么鬼话，让学生参与岂不是扫了老师的威风降了老师的威信，心里暗骂是放屁，但好奇地想见识一下施教者的大名，看了吓一跳，那人后面有一大串的旁介，光专家就有两个，还是资深的教育家，顿时肃然起敬，仔细研究，觉得虽然不对，但有可取之处，决心一试。

第三次活动马德保破例，没讲"选美以后"，要社员自由发挥，写一篇关于时光流逝的散文。收上来后，放学生待闲书，自己躲着批阅。马德保看些文章极讲究性情，写了十偶，凡自己读得通顺的一律次品。马德保对习作大多不满意，嫌文章都落了俗套。看到罗天诚的开头，见两个成语里就涉及了三种动物——"白驹过隙、乌飞兔走"，查过词典后叹慑不已，把罗天诚叫过去当面指导。林雨翔看了心酸，等罗天诚回来后，问："他叫你干什么？"

　　罗天诚不满说："这老师到底一点水平都没有，我看透了。"

　　马德保批完文章，说："我有一个消息要转告大家。学校为了激发同学的创作灵感，迎接市作文比赛，所以为大家组织了外出踏青，具体的地方有两个，一是——"马德保的话象地上住，盯看单子上的"崤"字发呆，恨事先没翻字典，只好自作主张，把水乡用直抹杀掉，留下另一个选项固庄，谢天谢地总算让两个字都认识，否则学生就没地方去了——校领导的态度与马德保一样，暗自着急，组织了这次秋游，这马德保也是刚被告之的。

　　社员一听全部欢呼，原本想这节课后定逐组书的部次定稿期一笔勾销。

　　固庄之行定在周日，时限紧迫，所以社员都让春风唯柳，那些刚刚退组的懊悔不已，纷纷成为坏马，要吃回头草，不幸坏马吃回头草这类事情和精神恋爱一样，讲究双

26.

方面的愿意，怀马欲欢，竟兴许还不愿意呢。马德保对那
些回心转意的人毫不手软，来时忿忿气说要进来可以，同样
不许去，那些人直怪异心事被看穿，气急败坏也来不及。
学生到了一定的年纪，就会认识到钱的价值。以前小学里
出游，总要带许多东西一支钱；现在学生已经懂得中国的
政局稳定，没充把人民币换成货品以保值的必要，所以都
带点东西许多钱。林雨翔寄了三百，料想在学堂里
已经够了，事下事情的话还可以申剧一些。林父对我愉悟，
转而变成对旅游的痛恨。结果旅游业步出版业的后尘，被
林父否定得百害无一利，什么"浪荡公子的爱好"，"无聊
者的选择"钱还是浴了，林父对学校十分不满，说毕业班
的人都成天出去玩，天理何在。

周日早上，学校门口停了一辆小面包车。天理虽然时
不知道在哪里，但天气却似乎是受控在马德保的手串，晴
空无云，一片碧蓝，好得可以引天文学家流口水。林雨翔
不爱天文，望着天没有流口水的义务；只是见到面包车，
胃一阵抽搐，想到没吃早饭。他没有希特勒"十口气吞掉一
个国家"的食量和利齿，不敢妄想打面包车的主意，
只好委从自己向罗天诚要早饭。

罗天诚不看一眼，折半截面包给林雨翔。林雨翔觉得

028

罗天诚这人的性格很有研究价值，问："喂，小诚诚，你好像很喜欢装深沉。"

　　罗天诚低声说深沉是无法伪装的。

　　"那你去过周庄吗？"

　　"去又如何，不去又如何？"

　　"问一下罢了。周庄那里似乎有什……一大富人，后来出钱建一一是修长城，被皇帝杀掉了。这个脑子抽筋，空余一大笔钱，连屁都没花就一一"

　　罗天诚叹道："钱有什么意思。一个人到死的时候，什么名，什么利，什么趣，什么喜，什么哀，什么恨，都只是棺木上的一溙生埃，为了一溙生埃而辛苦一生，值吗？"话气里好像已经死过好几回。

　　林雨翔不比罗天诚死去活来，没机会爬出棺材看灰尘，说："现在快乐一些就可以了。"

　　罗天诚解剖人性："做人，要么大俗，要么大雅，半俗不雅是最痛苦的人。徐志摩是大雅，马德�)是大俗，但他们都是快乐的人，可你却半俗不雅，内心应该十分痛苦。"

　　林雨翔整理内心感受，没有痛苦。说马德涉快乐是可以理解的；徐志摩除了飞机失事头上一个大洞死得比较不雅外，生上大雅是没有异议的，可林雨翔没有证据说明他更俗不雅，便问："那你呢？"

罗天诚就自己的问题反呛一口，看窗外景物不说话，由大雅退成大哑。

林雨翔的问题执意和罗天诚的回答不见不散，再问一声："那你呢。"

罗天诚避不过，庄严地成为"第四种存在形式，说："我什么都不是。"

"那你是？"

"我是看透了这些。"

林雨翔心里在咝声大笑，想这人装得像真的一样，脸上却跟他一起严肃，问："你几岁了？"

"我比你大。相信吗，我留过一级。"

林雨翔暗吃一惊，想错怪这人不是大雅不是大俗，原来是大笨。

"我得过肝炎，住了院，便休了一个学期的学。"

林雨翔心里狠狠偷笑，想刚才吃了他一个面包，死定了。身不也不由往外挪。

罗天诚淡淡说："你怕了吧？人都是这样的，你坐了坐后面，这样安全些。"

林雨翔的心里话和行动部署都被罗天诚说穿了，目她不愿照他说的做，以自己的水平去证实他的正确，所以便用自己的痛苦去证实他的错误。说："肝炎有什么大不了的——"潮了要阐明自己的凉飒，恨不得要说"你肝没了我都不怕"。转念一想罗天诚肝没了自己的确不会害怕被沾上，反会激起他的伤心，改口说："我爸那患肝炎呢。"

~~XXXXXXXXXXXX~~ 林雨翔把自己的父亲增上肝炎病史后，屡试不爽，前仆后继道："我的爸爸也是肝炎呢！"说完发现牛皮吹~~炸了~~，爸爸无辜变成病魔。轻声订正："也患过肝炎呢！"

"你没得吧？"

"没有。"

"以后会的。"罗天诚的~~脚~~经验之谈。

"嗯。"林雨翔装出悲怆。

"到你得了病就知道这世上人情冷暖了。"

"是吗——"林雨翔说着屁股又挪一挪。

车到大观园旁淀山湖，车里的人兴奋得大叫。上海的湖泊太多没染了上海人的小气和狭隘，造物主仿佛是在创世第六天才赶到上海挖湖，无奈体力不支，象征性地掘出两个来定民——据说加拿大~~会看~~了上海的湖都大叫"Pool！Pit！"恨不得把五大湖带过来长上海人的眼界。淀山湖是上海人民最拿得出门的自然景观，难它已经有资格让加拿大人曾称为"Pond"了。一车人都向淀山湖拍照，肯定都没读过莫小米关于胶卷的高见。

上海人的自豪一眨眼就驶过去了。车出上海，公路像得了脚癣。沉注不断，一车人跳得遭罪。余秋雨曾说去周庄的最好办法就是租鸭走水路，原因之一是水面不会患脚癣，但皆合同肯定是陆路走不得。另悠着是不听劝戒的人情愿自己跳死或车子跳死也要坚持我见。跳到周庄，已近九点。

周庄不愧是一个古老的小镇，连停车场都古味扑鼻，是团泥土铺成的。前几天秋雨不绝，停车场的地平后其水顾感惨，是地球刚形成时遗产大行星撞击去的再现。一路上各式各样的颠郓在这里汇总一遍故知新一遍。

文学社的全下了车，吗速保走清人数。未想集体活动，顾虑到周庄的街大小，一团人定会塞住。所以分为三人一小组。林雨翔、罗天诚三杯，还加一个女孩子。那女孩是林雨翔班上的语文课代表，叫沈溪儿。她和林雨翔关系不太好，因为她常提防着林雨翔藉着丰厚的古文知识来夺她的课代表之位——她小时候是林雨翔的邻居的邻居，所以深知林雨翔当年的厉害。可林雨翔向来对女子过目就忘，一点也记不起有过这么一个邻邻居。其实林雨翔对语文课代表的兴趣就似乎是他对女孩子的兴趣，一点都没有的，只是有一回失言，说语文课代表非他莫属，吓得沈溪儿拼命讨好原来的语文老师。防范工作做得万无一失。

对男子而言，最□□的事就是旅行全里二男一女，这样内部永远团结不了；所幸沈溪儿的相貌还不足以让男同胞自相残杀，天底下多一些这样的女孩子，男人就和平多了。更幸运的是林雨翔自溺不近色；罗天诚的样子似乎已经引起我们的愤慨，也不是再逢红尘。

周庄的大门口停满了各式各样的公车，可见我国政府对提高官员的艺术修养是十分注重的。中国人没事爱往房子里钻，外国人反之，所以刚进周庄，满街上竟多是白人，疑是到了《镜花缘》里的白民国。起先还好，分得清东南西北，后来雨翔连方位都不知道了，倒也尽兴。

游周庄要游出韵味，就必须把自己扔到历史里。那里的布局乱而有章乱而有触枝。这种结构很容易让人不烦，更容易让人喜欢。但这些要先把自己溺在周庄里才能下定论。

有了这个特征，周庄很□□辨别人性——看见第一眼就大喜的人，是虚伪的；而大进的人，是现实的；不喜不悲的人，恐怕只有罗天诚一个。林雨翔走了说了两三个钟头，还得不过了个，几条河而已。沈溪儿高兴得不得了，牵着林雨翔的手要他快走，林雨翔每次都是缩手已晚，被仇人当狗一样带着散步。

沈溪儿撒娇堪乘船。不漂亮的女孩子撒娇成功率其实比漂亮女孩要高，因为漂亮女孩子撒娇时男生会忍不住要多看一会儿，再在心里表决是否值得；不漂亮的女孩子撒娇，像我国留学成的西方作家写作手法，总有这样的感觉：看她们撒娇，会有一种罪恶感，所以男的都会比不迭答应。

沈溪儿拉住点头的林雨翔兴奋得乱跳。岸有空船。因在船夫的生意极佳，每个都恨不得脚也能划浆，好多招些生意。五十米开外的河道上有一只船游法已尽，正慢慢靠来。船上的船夫两眼并没看河道，而是盯住乘客淡笑。这船上只坐了一个人，背对着林雨翔，面冷令如北极熊，秋意渐浓时还穿着裙子。一头的长发铺下来快盖住了背包。那束长发翘眼无比，能嘉幼人的心扉，让女的看了都会自愧得要去剃发，男的看了恨自己的手没有地方贪官的魔掌那么长，只能闭眼神去爱抚。

林雨翔也忍不住斜视几眼，但他记得一部小说里的醒

也想起"美女以脸对人，丑女以背对人"，心里咬定她是个
丑女，不禁对水发愣怔。

　　沈溪儿也凝进着背影，忘却了跳。罗天诚虽已"看破红
尘"，只是看破而已，红尘俗事还是可以做的，所以索之町
看发呆。

　　三个人一并沉默。

　　船又近一点。沈溪儿嗫嚅着："是她，是Su——su——"
看来他和船上那女孩认识，不敢确定，只念她英文名里前
两个字母，错了也好有退路。船夫(Poler)该感到庆幸，
让沈溪儿一眼认出来了，否则难说她会不会嘴里胡念说
"Po——Po"呢。①

　　沈溪儿终于相信了自己的眼~~XXXX~~力，仿佛母鸡生
完蛋，"咕——咕"儿声后终于憋出一个"嗝"，大叫："Susan,
Susan——"

　　船上的女孩子~~XX~~慢慢回眸，冰肌如雪——如北方的雪。
哪个女孩子如上海的雪，也算她完了。

　　沈溪儿确定了，激动得恨不得投河游过去。船上女孩
子向她招手，嫣然一笑。那招手的涉及范围是极广的，船
夫虽只摇橹了沈溪儿，但看到罗天诚都沾了溪儿的光，手
不由得~~举~~举起来挥儿下。这就是为什么核弹要在一定距离内才

能发挥最大威力。

　　沈漫儿视身上的尖刀宝，不肯施舍给林罗两人，白眼说："她又不是跟你招手，你激动什么！"说着想到中文里的"你"不比英文里的"You"，没有骂一拖二的神奇功能，随即转身笑罗天诚："喂，你别假深沉，你也是啊，自作多情。"

　　训完后迎接Susan。船收靠岸了，Susan挠了挠头发，对沈漫儿嫣然一笑，说："你也在这里啊，真巧。"然后小跨一步要上岸，不幸估计不足，差点跳水里，踉跄了一下。林雨翔此要伸手去扶，沈漫儿宁朋友死也不让雨翔近沾，拍掉他的手，扶住Susan。Susan惊魂未定，对林雨翔报以一笑。

　　杜甫的《佳人》第一个被唤醒，脑子里幽幽念着"绝代有佳人，绝代有佳人。"第二个苏醒的是曹植的《美女赋》"美女妖且闲……"这个念头只是闪过；马上又变成《西厢记》里张生初见崔莺莺的情景"只叫人眼花缭乱口难言，魂灵儿飞在半天。"然后油然而生《红楼梦》里林黛玉第一次见贾宝玉的感觉"好生奇怪，倒像在那里见过的，何等眼熟！"畅游古文和明清小说一番后，林雨翔没来回神，还一个笑。

　　沈漫儿携儿朋友，不愿意再划船了，要坐着去玩。林再翻进上去平声道："喂，马德保说了，不准——"

"马德保马德保，你跟他什么关系，听话听这样！走，Susan。"沈溪儿怒道。

Susan有些反应，问："他是不是那个你说的精通古文的林雨——"

"就是这小子。"沈溪儿答。

"哇，古文哪——"说着伸出手说："你好，久仰了。"

林雨翔惊喜地伸手，惹得罗天诚在一旁眼红。沈溪儿拍人的手上了瘾，打掉Susan的手说："握什么，不恒胜？"林雨翔握一个空，尴尬得收回手摇头说："哪里，只是精微演过一点。"

Susan把这家话当滴掉，追问："听沈溪儿讲你能背得出《史记》了？"

林雨翔自己也吓了一大跳，恨沈溪儿吹牛也不动脑筋，凭林雨翔的记忆力，背《老子》都是大有困难的，何况在林家，《史记》乃是禁书，林雨翔连"世家""列传"都会搞混，哪有这个本事，忙说："以前小时候的事情了，现在不行了，老矣！"

这趣出来的幽默惹得Susan格格地笑，开托一下头发命令："那可不行，你一定要背！"

　　林雨翔被逼得真摆手："真的不行！真的——"说着还偷瞄几眼Susan。

　　罗天诚被晾一边，怪自己连《史记》都没看过，否则便可以威风秀出来向Susan大献殷勤。

　　林雨翔把话介开，问："Susan，你不冷？"

　　这话把Susan遗忘的冷全部都提醒上来了，说："当然冷——冷死我了——可这样能贴进江南小镇啊——江南美女都是这样的。"

　　林雨翔见Susan的话在被吸引走了，近期内没有要捐书的危险，紧张登时消除，老饕似的呼吸空气。

　　"你要背《史记》喽，不许赖！"Susan笑道

　　林雨翔一身冷汗。沈溪儿怕雨翔被折磨死，憬悟道："好了，Susan，别难为林大才子了。你怎么会在周庄呢？真怪。"

　　"来玩啊。上海这地方太不好玩了，余山像小笼馒头似的。嗯！看了那那戏过，还是周庄好玩一些。你来多久了？还拖了一个——大才子！哈哈，我没打扰你们吧，如果我是灯词，那我就只好——消失！"

　　林雨翔被她对余山的评价折服，傻笑着。罗天诚大失所望，原来搞这么久，Susan还没发现自己，恨自己方才课

妒得太厉害，心衙做过了头，回到人世间就丢面子了。

沌溪儿见Susan误会了，厌恶得离林雨翔一大段距离说："咦！你太坏了！我和他这小子？"然后吐吐舌头，表示林雨翔不配。

"我在船上还看见你和他牵着手呢。"Susan罗列证据。

沌溪儿脸上绯红，拚命甩手，恨不得断臂表示清白："哪里啊，是他非要拉住我的！"

"什么！我——我没——"林雨翔焦急地辩释。Susan打断说：才子，好福气噢，不催走练了我的朋友，后以——"

那"后以"吓得林雨翔心惊肉跳。沌溪儿还在抵抗说："没有没有"。Susan也不追究，挽呼着一起抗。走了一我才发现还有个男孩子，忙问："你叫什么名字？"

罗天诚受宠若惊，说："我叫罗天诚，罗——罗赛阶的罗，天——"直恨手头没有笔墨让他展示罗体字。Susan说："我知道了，罗天诚，听说过。"罗天诚吃惊自己名扬四海，问："你是哪个学校的？"

"和你一个啊。"Susan略有讶异。

罗天诚最像佛门中人，但做不到东晋竺道生主张的"

赖怡"。问Susan，"哪个什么？"

　　"一个学校啊。"

　　"什么，一个学校！"罗天诚佛心大乱。林雨翔也惊
诧无语，惊惶这种破学校也能出大美女，而且自己竟从来
见过，不由对这学校大起敬佩，想这小镇真是藏龙卧虎的
地方。

　　四人一齐涌向前。周庄的一些古街也增大了吞吐量，
可以容四人并排走，那时就出现了问题，究竟谁走Susan旁
边。池溪儿只能罩住一面，Susan另一面全无防守。林雨翔
今天对Susan大起好感——如果说没有哪个男孩子见了美
女会不动情，这话不免绝对，至少有表面上若无其事如罗
天诚者，人内心却翻滚得像好望角的风浪。林雨翔表里一致，
走在Susan身边，大加赞赏："哇，你的头发是用什么洗水洗
的？"

　　池溪儿终于有机毁这句话，"你是谁，要你管三管四干
什么？"

　　"喂，我问的是Susan，你是谁，要你管三管四干什么？"
写人时最痛苦不过于别人用你的话来回骂你，份量也会猛增
许多。池溪儿充分领教了自己的厉害，恨自己还没这话的
解药，只好认骂。

林雨翔再问:"你跟Susan是什么关系?"

"朋友关系——好朋友。"沈溪儿叹一口气,长了好几岁,说话都像下棋,考虑到了以后几局。

"那好,你可以干涉你的好朋友吗?"

沈溪儿不料刚才自掘的坟墓竟这么深,叹气摇头。Su-san则是秉着大清王朝的处事精神,放俄国和日本在自己的领土上打仗,她则坐看恶斗。

到了必要时,Susan略作指示,让两人停战:"好了,你们太无聊了。我肚子饿了,想吃不饭了,你们吃吗?"沈溪儿慌地道:"我们两吃,别叫他们。"

"没关系的,一起吃嘛。"Susan大义灭亲。

沈溪儿劝Susan:"喂,你可想清楚了,这是引狼入室,懂吗?"

Susan微微一笑:"什么狼,他们两又不是色狼。"

雨翔的潜意识在说"我正是",脸上一幅犹豫,说:"当然不是了。罗天诚,是吗?"

这个问题的回答难度是极高的。罗天诚有惊过来,他回答是也不是,"不是"也不是,只好放弃。

沈溪儿沉说:"嗯,林雨翔,你不是说你不近女色的吗?怎么?"说出这个问题后得意非凡,想一应该还有说完

96-5 16开500格书写文稿震纸出品 上海文化用品批发市场经销

去的可能。

　　林雨翔比说："朋友，不可以嘛？"——其实，这世上最可怕的男人是自称不近女色的，他们只是未遇理想中的女色罢了，一旦遇上，仗着中国汉字的博大精深，"不近女色"马上会变成"不禁女色"。所以硬学科无须再追究汉字是不是合颉所制，总之，汉字宇是男人造的，而且是风流男人造的。

　　快出周庄了，发现有家古色古香的面馆，里面榇红的桌椅传播着陈腐味，所以，怀旧就是历史的气息。四个饥不择食，闯了进来。店主四十多岁，比店里的馒头可要白胖胖多了，乃是《礼记·大学》里君子必备的"心宽体胖"形。有了君子的体型不见得有君子的心，店主是甚博览过众多江南美女，但见了Susan也不免饥渴得像在座四人。他对Susan楷手问："小姑娘，你要什么？"其余三人像是不存在于店里

　　"喂，你还问我们呢！"沈溪儿不服道。

　　店主北换个语气："你们也要来点什么？"

　　沈溪儿气得要走，雨翔拦住他说算了，店主是不会对她起非礼之心的。

　　四个买了菜后坐赏街景。沈溪儿说店主不是好人罗

天诚平静道："做人，要么大俗，要么大雅，半俗不雅是最痛苦的了；Susan，你是大雅，店主是大俗，我就是半俗不雅。"
Susan听得崇拜不已，笑着说："我哪里是大雅，不过你说得很对！"

林雨翔觉得这话好生耳熟，终于想起是车上的话，只是徐志摩换成Susan，马德保换成店主，而罗天诚本人则动了凡心，自觉由女人降到半俗不雅。林雨翔从椅子上跳起来，说："这话你说过！你在——"

他没心思再拔千字军，轻声就把这话搞断："说过又怎么了，我们反正没听过。你这人也太自私了，听过的话就不准别人听了。"

罗天诚说："林雨翔，你太名利了，以后会后悔的。我说过，当一个人要死的时候，什么——"

林雨翔这次学乖了，和罗天诚一起说"什么名，什么利，什么爱，什么恨，都是棺木上的一滩灰尘，为一滩——"

罗天诚纠正道："是——生诶！"林雨翔发慌，他把下半句真理给说了："为了一滩灰——生诶而辛苦一辈子，值吗？"

Susan听得拍手心，以为是两个人合璧完成的杰作，大悦道："你们太厉害了，一个能背世记诗，一个能懂哲学。来，林

"雨翔——同志，请你背《史记》。"

　　雨翔怕导Susan还没忘记，想一个大美女的记忆力超群的确是一件坏事。推托道："好汉不提当年勇，再说，我嗓子不舒服。"

　　"那好办，你，还有你们两个等着，我去买可乐，你一定要背哟！"Susan接完奔出去买饮料。林雨翔忙问沈溪儿："喂，她是哪班的。"

　　"无可奉告。"

　　"问你哪！"

　　"无可奉告。"

　　两个无可奉告后，Susan跑回来说："你们谁帮我拿一下"。沈溪儿有先知，按下两个都要站起来的男士，说："我来，你们两歇着。"

　　林雨翔喝完饮料，逃避不过了，信口开河说："史记我是不懂，背未词罢，欧阳修的《蝶恋花》，我背了——"

　　"不行，我要听柳永的《蝶恋花》。"Susan道。

　　林雨翔惊骇地想Susan这女孩子不容易，居然知道柳永。记得七八岁时背过柳永的词，全把林父愚昧，不知道柳永和妓女的轶事，才放手让他背诵。现在想来，柳永《蝶恋花》的印象已被岁月的车轮轧死，没全死，还残留一跳，支吾道：

"位倚——那个危楼风细细，谁春极愁——"

"错啦，是谁极春愁——"Susan 川上道，"黯黯生天际。草色烟光残照里，无言谁会凭阑意？拟把疏狂图一醉，对酒当歌，强乐还无味。衣带渐宽终不悔，为伊消得人憔悴。对吗？"

林雨翔说不出话，另眼相看Susan。

沈溪儿嘲笑："小时候还背古文呢！嘻嘻，笑死人啦。Susan 好样的。"

林雨翔据实交代："我柳永的词不熟，欧阳修的还可以。"

沈溪儿评点："大话！"林雨翔竟发她想这是真的。他不知道中国人太谦虚了，所以"大话"的含义就好比古时候说的"大脚"，其实不算大，正常罢了，只不过因为小脚太多而衬得人要这么称呼。

Susan 给林雨翔平反："不错了，现在的男孩子都太肤浅了，难得像林雨翔那样有才华的了。"林雨翔听了心如灌蜜，恨不得点头承认，瞌睡也笑。

罗天诚被三个人的谈话拒之门外，壮志未酬，仿佛我军长征时被排在"军事最高三人团"外的毛泽东，没人理会，更像少林寺里的一条鱼——当代的少林寺的除外。

96-5　16开500格书写文稿纸震纸出品　　　　　　　　上海文化用品批发市场经销

Susan 发现漏了罗天诚，补救说："你也是，大能人。"

罗天诚被李，激奋地嘴里至理名言不断，什么"人生是假，平淡是真"，引得 Susan 两眼放光。

经过漫漫地等待，菜终于上来。四个人都有一碗面，有所不同的是 Susan 的面条根根土足饱满，也是一副"君子"的样子；相形之下，其余三人的面条都像历尽沧桑，面黄肌瘦。用政客的说法，Susan 的面是拿到国际上去标立民族自信的；其它的面则是民族内部矛盾的体现。

沈谦儿抢先说："不吃了！"Susan 拼命抱歉，分她面条。硬身比下去也令人窝火。Susan 面上的浇头牛肉多得可以致过其它三人总和，质量就更不用说了。放在一起，那三叠浇头仿佛是宋丽叶出场时身边的婢女，只为映托主人的出众。

Susan 只好身分牛肉，林雨翔有幸分得一块，感动地想这么体贴的女孩子哪里去找，不由多看几眼。装作不在意地问："喂，Susan，你说过你理想的男朋友是什么样子的？"问完自夸语气控制得很好，这问话的口吻好比宋玉的东家之子，"增之一分则太长，减之一分则太短"，介于低俗和暴露之间，适到好处。

Susan 说："我要他是年级的第一名！"

"为什么不是第一名？"

"嗯，因为我是第一名，我不想他超过我，这样我就……嘿嘿，是不是很自私——"Susan调皮腼腆地笑。

林雨翔今天吃的惊比周庄的桥还多，惊然大悟原来她就是年级里相传的第一名的冷美人，恨自己孤识浅陋。美女就像好的风景，听人说只觉得不过尔尔，亲眼看了才欣然觉得果然漂亮。可惜眼睛不是最会骗人的，耳朵才是。

林雨翔此刻的感受只有失望，因为他绝没有年级第二的实力。二战时流传一个笑话，说乐观的人认为消灭英国要九颗到十颗子弹，悲观的人认为要五颗子弹，雨翔现在的悲观告诉他，消灭英国只须扔几口唾沫即可。

沈溪儿又缠住Susan说话，莫不是些教学题目，两个人谈完后还相互对视着笑，林雨翔想插话都插不进。想你既然都谈完了，何须占用他林雨翔宝贵的青春——在人看来占着茅坑不拉屎是可恶的，其实，最可恨的却是拉完了屎还霸占着茅坑。

林雨翔搜尽脑袋问话，不论好坏，刚露个眼袋，那问题就被沈溪儿照戳不误。气愤了，强硬地也问："Susan，你有没有过——那个？"

这个问题甚含糊，但凭着它丰富的内容，却炼得铜墙铁壁铁壁，沈浸儿想砍都砍不断。

　　Susan脸上不绝的红晕，咬住嘴唇道："当然没有——真的没有。"

　　林雨翔心里宽慰许多。现在的男孩子都抱相互利用给扭曲了，挑红颜宛如吃东西，被人咬过的决不能要。雨翔很荣幸地去想咬第一口。

　　罗天诚要和雨翔争咬，把人动物性的一面展露无遗。林雨翔向Susan要了电话号码。罗天诚也咬在心里默记。他的人生观没多大变化，爱情观却面目全非，觉得红颜还是要好的思想。罗天诚每次回想起自己的沧桑巨变，都会吃惊，好比是个人出趟门，回来发现自己的屋子已陷换了一幢，肯定会有的那种吃惊。林雨翔的屋子没换，主人换了。热情之火终于压抑不住，熊熊燃烧，旺得能让科威特的油田自卑死。

　　那些当然只是心里变化。两人外表上平静得像死水。郭像Susan惊喜地发现什么，招呼说："哇，我发现桌上有一首诗。"林罗的两个脑袋比凑过去。林雨翔五心羞愧成，诗才也随情而生。看见桌上有人刻着"茅"字。

　　　　　　　卧春

				卧梅又闻花																
				卧知绘中天																
				鱼吻卧石水																
				卧石答春绿																

林雨翔大叫"好！好诗！"发议论说："这首诗不讲究韵律，不是韩愈所做。这种五言绝句肯定是柳宗元反对骈俪文那时候创作的，我曾在《中国文学史》上见到过。凭我的记忆，卧梅是指盛产于北方的一种梅花，枝干横长，看似卧倒；主人正在房里卧着，心中描绘自己如日中天时的情景，而卧石，似乎是哪本古书？《野获卷》？好像是的，里面的一个地方，在云南？好像是的，是个景儿，附近他它的一潭水叫卧石水，鱼都在吻卧石水，这一段真是写神了，有柳宗元《永州八记》里《至小丘西小石潭记》里那一鱼的风采。最后，卧石似乎在回答春天已没到了，好诗！好意境！"

Susan听得眼都不眨，惊不绝口道："哇，林雨翔，你真厉害！"

林雨翔信口把书名又名乱扯一通，收到意想不到的效果，虚荣得到满足，野心蠢动更想着高见，罗天诚冷冷说：

96-5　16开500格书写文稿纸荡纸出品　　上海文化用品批发市场经销

你再念几遍试试。"

　　林雨翔又念了三遍。Susan扑地大笑，参罗天诚聪明。林雨翔北问怎么了，Susan笑得说不出话，罗天诚附着一起笑。他课儿起先也不懂，看几遍诗也笑得要断气。林雨翔小心翼翼地照念几遍诗，顿时满脸懊怒，原来这诗的谐音是：

我是蠢驴

我没有文化

我只会种田

欲问我是谁

我是大蠢驴

　　嘴头上来皮都麻了，想想刚才引了一大堆来看，又气又恼又羞想竟并投河。只好低着头吃面。

　　罗天诚不让雨翔有借面逃屋的机会，说："大家吃得差不多了吧，我们走吧，还有半天呢。"

　　Susan摆手说："不，我没有半天了，下午我还要赶回去呢，你们去玩吧。"

　　雨翔走出失利阴影，高兴得不得了，说："没关系的，可以晚上和文学社一起走啊，反正顺路。"

96-5　16开500格书写文稿纸蕙纸出品　　　　　　　上海文化用品批发市场经销

"不了，我又不是文学社的人。"

雨翔根没有权力当场录取Susan，打马德保的主意，"马老师人挺好的。"

Susan坚持说："真的不了，我还有事呢。"

罗天诚仲裁说："好了，林雨翔，别缠住人家。天下没有不散的宴席，还是得实让她走。"顾桢再问，"Susan，你定什么时间走？"

"还有半个小时。"

"不如，游完这儿回再说吧。"林雨翔提议。

罗天诚一笑说："天才，这里是闹市，没有逛吴儿，这里只有饭厅。"林雨翔梅开二度，窘得说不出话。

沈溪儿听到老祖宗的厅，激动得非要拉Susan去。四人匆匆结账，店主措手不及，在门口嘿嘿地笑。四人挤了半天，终于来到饭厅。

有精神的人死后，精神不死；同种道理，有钱人死后，钱不死；沈万三的钱引得中外游人如织，饭厅里的人口密度正散人认识计划生育的重要性。四人很快被冲散掉，沈溪儿跟了罗天诚，林雨翔有幸和Susan冲在一起。两个人在一起的感觉，是远优于四个人在一起的。人潮里Susan和雨翔靠得很近，Susan的发香扑面而来，雨翔不禁萌生了一

96-5　16开500格书写文稿纸震纸出品　　　　　　　　　　　　上海文化用品批发市场经销

种伸手欲抱的冲动——这是本能。据一个古老传说，上帝造人时，第一批出炉的人都有两个头四只手和腿，就是现今生物学里的雌雄共体，可上帝觉得他们太聪明了，就把"人"一劈为二，成为现在的样子，于是，男人便有了搜寻另一半——女人的本能。当然也不乏找错的，就是同性恋了。林雨翔想起这个传说，哑然失笑。

Susan问："你笑什么？"

林雨翔不便再引用错说，连中三元，摇头说："没什么。"想想仍旧好笑，难怪现在言情电视连续剧里都有这种台词"我俩单独在一起"，其实从形式逻辑学来说，此话不通，两人何谓"单独"。从神学来说，便豁然通了——两个人才能被真正意义上称成一个人，所以"单独"。倘若一个人吃饭，充其量只是半个人尔尔。林雨翔这半个人找到另外半人，虽然不知道是不是原配，可欣喜得直想接近。

贴得更近了。Susan自觉往旁边避了一步，不慎踩中别人一脚。那人旁边两个小弟，正要开口骂，看见Susan抱歉的笑，顿时一退，"Sorry Sorry"不停。两个恶怪故事里出来的女妖倒是替老板申冤，齐嗯嗯打白眼。

再走一程，Susan担心和沈溪儿一散不聚，要下楼去找。雨翔开手地"人找人，找死人"。Susan带恨地笑说，

"我不管找生人找活人，她是我朋友，我一定要找到。"说着，抢了上帝的话干，自剪一刀，离林雨翔而去。雨翔挽留未果，只好跟上去。

两人在池厅里兜圈子，林雨翔心猿意马，踩人脚不断，他自踩脚成为专家权威后，得出这么一个规律，踩着中国人的脚，不能说"对不起"，要说"sorry"，受害者才会原谅你，可见外文比中文值钱。你说一个sorry可抵上十声"对了起"，与人民币竟美元英镑的汇率相等，足以证明语言与经济的亲密关系。而踩上外国人的脚可不必担心，他们的脚趾和他们的财气一样粗壮，断然没有一脚踩�9的后患，说不准自己的脚底还硌得心生疼呢。

茫茫人海尽是众脚里，Susan惊喜地发现地混儿一脸怒相在门口，飞奔过去，说："可找到你了！"

林雨翔也尾随。沈溪儿审讯道："你们做了什么？"

"找你们呀！"Susan天真道。

"姑且相信。呀，Susan，你收到时间了吧！"

"哇，真的，我要赶回去了。"

林雨翔时住罗天诚的脸，感觉到他脸上的醋意比闯祸的秘意更浓。他手一拍罗天诚的肩，大度说："想开一点"，然后问Susan："我们送你吧？"

96-5　16开500格书写文稿纸震纸出品　　　　　　　　　　　上海文化用品批发市场经销

　　Susan嫣然一笑，说："不用了，我自己走。今天玩得太开心了。"西翎要问些什么，见Susan正和池漫儿亲切地惜别，谈得插针难进，就算把自己的话去头去尾她妈妈是的诗歌也未必能放得进去，只好作罢。

　　Susan向林西翎一挥手道声再见，便转身奔奔跳跳地消失在古巷的深处。街上空留下了神色匆匆的行人。西翎站得发呆。极目远眺，清化的身影早不见了，但仿佛还在眼中耳中一遍一遍重温。心里却空白一片，刚才有过的躯体都淡淡漠漠感觉不到了，有过的思绪也凝住了。好像心也能被格式化似的。

　　翎禁不忍心地拦来看身边的河道，蓦地发现有些服，定睛一看，惊叫道："雨！"方圆三米里的人都仰望天，苍天不负众望，越织越密，河面上已经是雨点一片。眼前也迷蒙这像起了雾。三人滴在屋檐下躲雨，身边挤满了人。林西翎贴着一个长发女郎，穿着色彩缤纷匆忽还常拿出镜子来照有没有被雨破相。身上有股奇香——香得发臭。她贴着一个秃头男人，那才是贴着，看来上帝也有溺斩的时候。那男人目测年纪该有把大那么高寿了，但心却不老，常因年里光发——恨没幸存的光发理，只好来回托摸之，另一只手不闲着，紧接住色彩缤纷。西翎不自禁地往另一边

53

上桥，突入大叫"哎呀，孙啥啦！"吓得林雨翔比立正。还有些人带了伞，在羡慕的眼光里，撑开伞，感激天气预报难得竟有报对的时候。

Susan的印象在雨翔的脑子里渐渐模糊了。雨翔甚至快要忘了她的样子。猛地想起什么，喊："完了！"

欢罗吓一跳，问什么完了。雨翔道："Susan他没带伞，会淋着的。"

"你别瞎操心了。他又不是小孩子。"罗天诚和沈溪儿协力完成这话。

雨里江南水乡更风那别致。小吃店里的烟柔伴在雨丝里轻漫腾空，路淋雨的人过意不去，只好买一些做表示。书画摊上，那些泛着雾气的画终于等到意境相似的天气，不论质量，都卖销了。

又冷了一大截。那卖头娇力接过女郎以消温。林雨翔看着心里一片迷茫，只担心Susan会不会冷，恨不得冲出去。罗天诚采滴地资料，沈溪儿也累咬住嘴唇。

雨翔打消掉了去追Susan的念来——因为追上也不能做什么。于是注意着江南的少女。由Susan带起他久藏的欲望后，他对女孩子大起科研之趣，盯着来往的水乡少

96-5　16开500格书写文稿纸藏纸出品　　　　　　上海文化用品批发市场经销

055

女。街上美女很少，因为这年头，每天上一次床的美女比每天上一次街的美女多。举凡女孩子，略有姿色，都在大酒店里站着；很有姿色，都在大酒店里睡着；极有姿色，都在大酒店经理怀里躺着。偶有几个清秀脱俗的，慢慢走过，极其文静。看她一眼，她会羞涩地低低笑，加快步子赶过你翘面前——这是上海美女所没有的。上海的美女走在街上向来目不斜视，高傲地只看前方，穿马路也不例外；上海的男人却大多目不正视，竭力搜索美女，脸上的眼已经被培训得可以不受大脑控制而独立行动，见到美女就会溜出个笑，因为如此的关注，所以，在上海只听到车子撞老太婆，鲜闻有车子撞上美女。

林雨翔也自己关于交通的奇思异想十分得意，习惯地想讲给Susan听，转来才醒悟到Susan已经走了，一阵心慌意乱，失望地叹气。

这雨下了将近一个钟头，Susan该在路上了。三人再去游南湖，湖光潋滟里，三人都记挂着。林雨翔似乎和罗天诚走下了深沉大恨，彼此都懒得瞻仰对方尊容。

傍晚已临，风也加劲地驱赶游人。三人赶回旅店的时候，一路上被拦住问是否住店的不断，好不容易走到车上，来时的兴奋都不在了，唯剩下疲惫和遗憾。

　　马德保正就地采讯，从刚采来的小册里介绍小镇历史，并说他已收到一个全国征文大赛的邀请，要率社团投稿参加。

　　林雨翔尚没有参赛的意思，骂天诚刚出了源流，什么"生命的悲剧意识"之"人生是假，平淡是真，淡泊名利，落尽繁华，洗下铅华"，说得四遭女社员直佥他是刊镇第二，见骂天诚年无欣喜，再参加刊镇是骂天诚第二。

　　林雨翔毫无思想。一张落落的脸清融在夕阳里。

was the impasse of the love.①

Yours 诚

这信写得文采斐然，尤以一段悲伤悱恻的英语为甚。满以为胜券在握，不料Susan把信退了回来，还纠正了语法错误，反问一句："你是年级第二名吗？"

收到回信，罗天诚气得要死，愤恨得想把这学校夷为两人。Susan对沈溪儿评论罗天诚说这个人在故作深沉，太肤浅，太伪饰，这话传到罗天诚耳朵里，他直叹人世间情为何物，直骂自古红颜多祸水。林雨翔看了暗有喜色，庆幸罗天诚这一口没能咬得动，理论上，应该咬松动了，待他林雨翔去咬第二口，成功率就大了。罗天诚全然不知，追一个女孩子好比一个不善射的人放箭，一般来说第一箭都会脱靶。等到脱靶有了经验，才会慢慢有点感觉。他放一歪箭就放弃了，只怪靶子没放正。不过，这一箭也歪得邪乎，竟中了另一块靶——一个低一级的小女生仰慕罗天诚的哲学思想，给罗天诚写了一封信，那信像是失足掉进过蜜缸里，甜得发腻，左一个"哥哥"右一个"哥哥"。现在的女孩子聪明，追求时都用亲情作掩护，如此一来，处在友情和爱情之间，进退自如。罗天诚从没有过妹妹，被人

①：如果你拒绝了我，我也只好接受现实，我也乐得轻松，因为那已是衰老的尽头。 宋

声哥哥一叫，仿佛猫听见敲碗声，耳根一竖，一摆三晃得被吸引过去。那女孩子也算是瞎了眼，为哲学而献身，跟罗天诚好得炸都炸不开。

　　那女孩有Susan的影子，一头飘逸的长发，可人的笑靥，秀美的脸蛋。一个男子失恋以后，要么自杀，要么再恋一次爱，而第二次找的对象的要求往往相近于第一个，这种心理是微妙的，比如一样东西吃得正香，突然被人抢掉，自然等于白吃，十再想找口味相近的——这个逻辑只适用于女方背叛或追求来果着两人彼此再无感情，便不存在这种"骨子恋爱"，越吃越臭的东西是不必再吃一遍的。

　　罗天诚的想法林雨翔不得而知。他只知道罗天诚退出了，林雨翔也顿时松懈了，好比赛跑只剩下他一个人，一切都是个时间问题，无须担心夺不到冠军。他只是依然在路过时对Susan笑笑。一切从慢。

　　文学社那里，马德保正在催稿。去年在前几天，马德保收到一封信，信封上署名不凡，是中国文化研究中心（Centre for Chinese civilization)的 当代文学研究组。盖章派章一忘俱全，马德保深信不会有诈。信的正文说什么"贵校文学成绩显赫，名声在外。本研究中心近日正

96-5　16开500格书写文稿纸蒙纸出品　　　　　　　上海文化用品批发市场经销

举行全国的中学生征文大赛，规模之宏，史无仅有，各大报刊均有报道。贵校育才有方，诚望不吝赐稿，不胜感激。本次大赛组委会邀请全国著名作家×××，×××，××××，愈名学者×××，×××，×××组成评委团，以示水平。参赛作文审阅两元初审费，一旦初审通过，立即通知学校。本大赛不含商业性。

　　筹款是马巨雄。马德保看了这封信好几遍，尤为感动的是上面的字均是手写体，足以见得那研究中心对学校的重视。马德保自己也想不到这学校名气竟有那么大，果真是"名声在外"。看来名气就仿佛后脑勺的头发，本人是看不见的，旁人却一目了然。

　　那研究中心设在北京，首府的机构一定不会是假，至于二元的初审费，也是理所应该的。那么多全国著名而马德保不知名的专家，吃喝拉撒的费用全由研究中心承担也太辛苦他们了。市场经济，两元小钱，一包泡面而已。况且负责人是马德保的本家，那名字也起得气魄非凡，是马家一大骄傲。

　　马德下了决心写这封信让社参加，周五三游也是为此作准备。不多的社员里，马德保最看好的林雨翔、罗天诚和沈溪儿，这三人都笔调不足，林雨翔善引用古文——那是被逼的。林雨翔不得不捧一本《古汉语词典》汗牵强引用。比如作文里"我用三寸不烂之舌说得他痛入骨髓"，别人可以这么写。林雨翔迫于颜面，只能查典后写成"我用《史记·平原君传》里毛先生的三寸不烂之舌说得他像《战国策三》那样的痛入骨髓。"马德保叹他美文无敌，他也得意地拿回家给林父看，被父亲骂一顿。罗天诚就更不去说，深沉盖世，用起成语来动物乱飞，惹讨马德保欢心。沈溪儿的骈文作课还有马德保风格，自己当然没有不喜欢自己的道理。

　　沈溪儿作事认真，骈文剪裁心灵手巧，笔到词来，很快交了比赛征文稿，两元的初审像。罗天诚恨记叙文里用不上他的哲学，拖着没交。林雨翔更慢，要边翻词典边写，苦不堪言，文章里一股酸味。

　　马德保像讨债，跟在林罗屁股后面催。罗天诚的小妹替大哥着急，说可暂时菜团他本人的哲理，因为中国人向来瞧不起没名气的人的话，开玩笑说在中国，没名气的人放的话是臭屁，有名气的人放的屁是名言。罗天诚崇拜不已，马上把自己的话前面套什么"海德格尔说"，"版本佳写""孔德告诉我们"，不日完成，交给马德保。马德保自作主张，给孔德换了国籍，说他是孔子的儿子，害得孔鲤失去父亲。写天诫暗笑不语，回来后就宣扬说马德保像朴雨翔一样无知。马德保自己想想不对，一查资料，脸红难当，上课时纠正了自己的错误，大发议论，说孔德是法国的。孔德被遣送回国后，马德保为饰无知，说什么孔子在英文里是独有一词的，叫"Confucius"。

下面听事的人问那么老子呢？

马德保只好硬头皮翻译"老子"，先译出一个Laoz，不幸被一个国家先用了，又想到Loach和Louse，两者都不成立，直嫌谐读音怎么这么样。后来学生自己玩，墨子放弃了革墨的心，改去信奉毛泽东主义了（Maoist）。

马德保由无知变成有知，于是，无知者惟留下林雨翔一个。林雨翔实在写不出，想放弃，马德保不许。林雨翔只好抄文章，把一本介绍固在美丽的书里的内容打乱掉，再装配起来，附雨无给了马德保。

文学社的组稿工作将近尾声，马德保共催生出二十余篇质量不齐的稿子，寄给了马呈雄。一周后，马德保接信被告之，他已荣获组织推荐奖，得奖状一张；学生的作文正在初审之中。

96-5　16开500格书写文稿纸震纸出品　②：泥鳅　③：虱子　　　上海文化用品批发市场经销
①：芜菁

　　林雨新对文字社越来越失去兴趣，失去的那部分兴趣全部转在Susan帐上。他看着罗天诚和他小妹就眼红。那小妹有了罗天诚，如获至宝，每天都来找罗天诚谈心，那两人的心硕大，谈半天都谈不完，可见爱情的副产品就是废话。

　　班里同学都追问罗天诚哪里弄来的，罗天诚说："我哪是弄，是她自己送上门的。"

　　"不可能的，就你这样子——"问。

　　"还有还有，你有没有告诉她说你患过肝炎，会传染人的。"

　　"她不会计较的！"罗天诚斩钉截铁说。

　　"你问了再说，人家女孩子最怕你有病了，你一说，她跳都来不及呢！"旁人说。

　　罗天诚这才想到家外正班里人的认识错误，说："我和我妹又没什么关系的，兄妹关系而已，你们想得太复杂了，没那回事。"

　　这话出去就遭声讨，四面八方的证据涌过来："哟，你别吹了，我们都看见了，你们勾着腰！"

　　"如胶似漆！"

　　"我还看见你和她一起散步，靠得简直别那——东北你来说——"

"我说，是赋近啊！"

"恶近！"

"恶近！"

"巨近！"

罗天诚始料未及到全班同学都是语言专家，一大堆惊叹句预备要出来反驳。

班上人继续索制仿罗天诚。他们仿佛都是打手出身，知道一个人被揍得半死不活时，那人反抗起来愈猛，解决方法就是打死他再说——

"我还看见你和她一起在外面吃饭呢！"

"我也看见了。"

"周六在大桥上！"

"礼拜天去郊游了！"

罗天诚不会想到，他的行踪虽自诩诡异，但还是逃不过侦察。中国人的底子里有侦探的成份，在本土由于这方面人才太多，显露不出才华。一出国三年就叫他独霸了，这就是为什么中国人许多一跑到外国回来就成了间谍。也难怪中国有名言"群众的眼睛是雪亮的"，战时，雪亮的眼睛用来识别敌人；和平年代，就改为探人隐私了。罗天减秘密被揭掉了，叫："你们不可以跟踪我的！"

"哟呀，大哲人，谁跟踪你，哆跑了没事干。是不小心撞见的，晦气！想躲都躲不掉！"

罗天诚等教学后又和小妹一起走。由于早上大爱惊吓，此刻觉得身边都是眼睛，只好迂回进军。路上说："小妹啊，你知道吗，我的同学都知道了。"

她问知道什么。

罗天诚支吾着说那个。

她淡淡说："你在乎那些话吗？"

罗天诚忙说："在乎这些干什么！"

他小妹欣然笑了。适当的一些流是十分必要的。罗天诚深知这条至理名言，和小妹交往都是围绕着只成的什么"年少早慧博览群书"，"文武双全球技高超"，撒谎自己都没知觉了，万一偶尔跳出一句实话，反倒有破式的恐慌。

那女孩信了这话，问："是啊，你是我哥哥嘛。"越笨的女孩子越惹人爱，罗天诚正因为她的顺从而更把她喜欢得难割难舍。说："别去管别人怎么说。"

小妹扑哧一笑，手团在身后，撒娇说："听说你喜欢过一个很很很很漂亮的女孩子，是吗？不准骗我噢！"

罗天诚的惊讶在肚子里乱作一团，脸上神色不变，想没宋话。突然想到女孩子爱吃陈年老醋，吓得不敢说，搪塞着："听人家胡说！"

"是的，她叫Susan——肯定是真的，你骗我！"女孩子略想道。

罗天诚行骗多年，这次遭了失败，马上故事新编，说："你说的这事是有的——不是我喜欢她，是她喜欢我，她很仰慕我的——你知道什么意思的，然后我了，是她写了一封信给我，我当然理智地拒绝了，但我恒怕她太深，又写了一封道歉的信，她硬人就说是她回了我。哎，女孩子，庄重一点，也是情有可原的。我也不打算解释，忍着好了。"说完对自己的虚构夸大才华崇拜万分。新闻界一颗新星正冉冉升起。

罗天诚有做忍者的风度，她小妹却没有，义愤填膺地要说报仇。罗天诚怕事情宣扬出去难以收场，感化小妹说忍是一种美德。小妹被说通，便拥有了那美德。

两人走到桥上。那桥是建国后建造的，跨了小镇的一条大江，叫和着桥大桥。失桥已到不惑三年，其实是不获之年，难得施东得竹维护保留，偶尔也让人踏在上面不敢打嘘。桥上车少而人多，皆是恋人，都以为他由时死亡。这天夕阳极浓，映得人脸上红彤彤的，罗天诚和小妹在桥上谈生老病死。罗天诚是从佛门里逃出来的，知道这是所谓"四苦"，说："这跟其实都是所谓，我打算四十岁后隐居，平淡才是真。"

女孩道："我最恨生病了，要打针的！"

罗天诚继续演述其观点："一个人活着，红尘来去一场空，到他死时，什么——"突然愣住，回忆这话是否对小妹说过，回忆不出，只好打住。

女孩不懂他说，娇气道："呀，我最恨死了！会很痛很痛的。"

罗天诚转头望着小妹兴奋的脸，觉得愈发美丽，眼睛里满是期待。漫天的红霞更为两人增添气氛。罗天诚不说话了，产生一种欲吻的冲动。上帝给人嘴巴是用来吃饭的，但嘴唇肯定是用来接吻的。那丝红的双唇微微张着，红润有光，仿佛在勾引罗天诚的嘴唇。罗天诚的唇意志不坚定，决心不辜负上帝的精心设计，便冲动起舌头暗地里润了一下。他注视小妹，感到她一副欲醉的样子，胆更大了，侧身把头探过去。

本来很单纯的四片嘴唇碰一下，不足以说明什么。人非要把它看成爱的象征，无论从前是什么关系，只要四唇相遇，就成一对情人。这点连罗天诚和他小妹谁也否认不了。罗天诚吻上了瘾，逢人就宣扬吻感，其实那没什么，每个人一天里面大部分时间都在接吻——自吻。

在学校里，一个擅长接吻的男生的身价会大增，而被吻的女生则身价大跌。那女孩气呼呼地责问罗天诚干吗要说出去。罗天诚一脸逼真的愕异让听他说的人也大吃一惊。有个人偷偷告诉那女孩，她气极败坏，找到罗天诚大吵一架，罗天诚这才知道他的小妹有这个特长。

罗天诚愈发觉得那女孩没意思，一来她喜欢的只是哲学，却不喜罗天诚这类哲学家——这没什么好奇怪的，一个爱吃苹果的人，没有规定非要让他也喜欢吃苹果树。而且她喜欢哲学，但不喜欢谈哲学，罗天诚觉得她太肤浅，空有一张脸蛋，没有 Susan 的内涵。男人挑女友绝不会像买菜那么随便，恨世上没有人汇集了西施的面容，杨露的身材，林黛玉的气质，雅典娜的智慧。——不对，雅典娜的智慧是要不得的，哪个女孩子有了这种智慧，男人要的一切花招都没用了。

小妹最后还是拥有了半个雅典娜的智慧，愿意和罗天城分手。罗天诚也爽兄，安慰道歉几句，分手比放屁还快。

开头几天，罗天诚觉得不适应，但罗天诚比林雨翔有学习欲望，捧书读了几天，适应期过去后，又觉得不是一个人简单一点好。

那小妹倒是真的实隐居了，偶尔有重见天日的时候，都时时地沉默含情似得过恨人。和罗天诚不慎撞见也像陌路一样，毫不睬视。

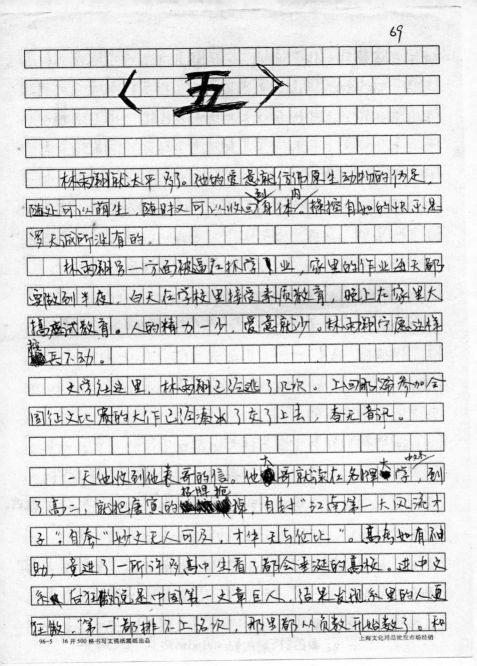

69

他同一寝室的一位"诗仙"，狂傲有方，诗才横溢，在床头贴一幅自勉，写道"文思如尿崩，谁与我争锋"，不诱众生俯首认输。这自勉在中文系被传为佳话，恨不能成为本系口号。中文系在大学里是颇被看不起的，同是语言类，外文系的就吃香多了。但那自勉给中文系争了脸，一次一个自诩"无所不译"的外文系高才生参观中文系寝室，硬是被这自勉里的"尿崩"给卡住了，寻遍所学词汇，仍不得其解，叹中文的丰富，只好根据意义，硬译成"Fail to command the urethra by self then urinate for a long time"，显见长累赘。倒是中文系的学生，不谙读英语，但根据"海星"一词，生造出一个"sea-uring"，引得外文系自叹弗如。值得林万翔自豪的是，那"sea-uring"就是他大哥发明的。

　　这些奇闻轶事自然是林大哥亲口告诉的，真假难辨。林大哥在中文系学习两年，最大的体会是现在搞文学的又狂又黄，黄是没有办法的，黄种人嘛，哪有不黄的道理。最要命的是狂，知识是无止境的，狂语也是无止境的，一堆狂人凑一起就完了，各自索狂，都说什么"曹聚仁是谁？我呸！不及老子一根汗毛！""陈寅恪算个鸟了，还不是多识几个字，有未必才子的学识吗？""我念初一时，读的书

① 能无法控制尿道积水时间的排尿 即，海尿

就此比钱钟书多！"林大哥小时志见大狂，功力不够，隐退下来细读书，倒颇得教授赏识。林雨翔前两年念书时，和他大哥每两个礼拜通一次信；上了毕业班后，他大哥终于有了女朋友，据说可爱不凡，长得像若晚霞，所以他大哥就宠爱有加，把读书的精力放在读女人身上——这是女人像书的另一个原因。历来博学之人，大多奇丑。要不是家庭没有女孩子问津，谁会静下心来读书。

　　林大哥的相貌距奇丑仅一步之遥。那若晚霞仰慕他的才华，忽略外表，和林大哥厮守。他高兴之余把这事告诉了林雨翔，林雨翔把这事告诉了自己父母。林父林母像看见滞销的货被卖出去了，纷纷贡献智慧，写信去提建议。林父还童心大发，一句话道破了男人的心声，说"抓住时机，主动出击，蒙完生米，就是胜利"他从事编辑工作数十年，从没写出这么像样的文章，喜不自禁，恨不能发表上去。

　　林雨翔的大哥显然不喜欢被政被干涉，收到林父林母信后很是不满，责问林雨翔，雨翔道歉说不是有心，表哥从此更无信过来。

　　这次意外来信内容如下：

小弟：

　　大哥近日十分忙碌，前些日子溺包过度，学习晚节，正拼命补学分呢。大学里的人都特别懒。中文系尤甚。大哥本想复印他人笔记，不料众人之想法与大哥不议而同也！偌大班级，无人记录，只好由大家硬着头皮，支向教授借之。

　　不知小弟生活如何？大学里轻松无比，本大院中文系里一男卅女，故男士非常吃香，如今供不应求，不知小弟有意缓解政策吗呼！玩笑而已！小弟尚在求学阶段，万不可思之！花如彼后易者，大院里放眼皆是，待小弟考取大院，便可知，大学美女如我国浩瀚书林，享用不尽也！谋一女相伴是人生之快乐也！

　　大哥心胸宽广，已不计较你逃窜一案，你日后小心，他人托你之事，切不可解！

　　大哥近姐成绩卓绝，每逢休息日，便与你的"小庵女大嫂"进舞厅蹁跹不已。舞厅里情人辟阗，唯你大哥大嫂一对郎才女貌，夺目万分。舞毕即看电影，生活幸福。我朋友都夸你大嫂婷婷娜娜，可见美貌。

　　吾正误发展矣！吾常自问，吾之爱美其话归？他人枝君，吾万事顺；然吾未尝滔滔，反忧之。幸得汝火帽真愚

96—5　16开500格书写文稿纸震纸出品　　　　　上海文化用品批发市场经销

照办之，（其过程不便细绍），方知兹为真理。甚矣，切记，汝万万万万不可仿之！汝嫂子对汝大哥已万事俱从，欲！何至反此乎！吾岂失悔。然忆汝父之箴言，赞之正确。念汝愚昧未开，故用古文，不懂也罢，期汝不懂！兹为交待，以备汝不虞。

好了，说正事吧。你快要中考了，这是一件大事，你一定要好好地读书，胜败在此一举了，如果你进不了好的学校，那你的一生算是完了。现在人只看文凭不看水平，你真的要加油努力了！

如果有什么不懂，你问大哥，我帮你解答。

好好学习！

考个好成绩！

江南第一大风流才子

小弟切记保存此信

日后可值大钱

晚 11时

于怀古楼

林雨翔念得极累，那古文恒是古人都看不懂。林雨翔凭儿时硕果仅存的一些记忆，把生疏的字释出来。起初不明白什么意思，也就真的罢了。但那些古义宛如大多能致人命的疾病，可以长期在林雨翔身体里潜伏，静候发作。林雨翔是在马德保的课上发作的，觉得有了点破解的思路，取出信仔细看，眼球差点掉下来——是真的，他大哥已经和那晓萱"干了那事！还洋洋自得，以为从此锁住她的心了。

他替他大哥着急，恨他显然落伍了，九十年代这招是没用的，时下男女恋爱真实是三个阶段——吻关系、性关系、然后没关系，大哥危在旦夕！

　　林雨翔忙写信挽救，挽救之余，还向他索诗一首。

　　大哥：

　　　　没有想到你已越过道德的边境"，与她"走过爱的禁区，享受幸福的错觉，误解了快乐的意义"。

　　　　小弟不才，但秦功尽，事值如此，你俩真爱已耗去大半，你要谨慎啊！

　　　　你的信真是难看Very Much，害我几乎要查字典了。

　　　　我的一个朋友向我要宋词，我向她推荐了你，你最好速寄几首词过来，好补上我烂摊。

　　　　我算了很多，用你们北方的话来说，是"贼贵"，吾啊！成绩还好，你可以放心。"

　　祝你们情投意合。

　　速速寄词。否则……

　　表哥看到信，吓了一跳，想这小子古文基础果然了得，这么艰深的内容都破译出来了。恨自己一时兴起，把这样的机密写了上去。

　　信一来一去的几个星期里，他表哥已彻和"晚霞"没了关系。那几天里，他的足迹遍布了大学里有啤酒喝的地方。分了手不喝酒，好比大完便不擦屁股，算不得功德圆满。醉过后醒来，才算忘情真正清逝的标志。

　　雨翔表哥是个坚强的男人。这类男人失恋的悲伤仿佛欧美发达国家的火端产品，只内销而不出口。他把忧愁放在心里，等胃酸把那些大悲化小，小悲化无。刚刚化掉一半，收到表弟的信，触景伤情，喝了三瓶啤酒，醉倒在校园里，第二天阳光明媚，醒来就有佳句——杨柳岸，晚风残月——可惜被人先他一千多年用掉了。

　　他懒着给表弟写诗，不为亲情，是给那"否则……"吓的。佩服自己的弟弟敲诈有方，不败怠慢。

　　所幸林雨翔敲诈的是诗词而不是钱。对文人而言，最缺少的是钱而最不值钱的便是诗词。平日写了都没人看，如今不写都有人预定，敢作全当是约稿，何乐不为。

西湖表哥立即端坐构思。不料这灵感仿佛是公共汽车，用不着它时只见路上一辆接一辆，等到真想来了，守候半天连影子都不见。无奈翻出以前听课时的笔记本，上面的东西都不符合意境，像四言绝句"××大厦，星光璀璨，走近一看，破破烂烂。十个老师，九个笨蛋，还有一个，精神错乱"。还有现代诗：

　　　　夜的女人在狂奔

　　　　裸露着天空的身子

　　　　在莫名的

　　　　棋盘里

　　　　方格似地跳跃在我的

　　　　　　视野

这诗曾受到系里才子的好评。那才子看多了现代派的东西，凡看不懂的都爱不忍口，现当校诗刊的主编。便可怜了那些诗人，写诗要翻字典，翻到什么词就凑上去，还要找个人充当白居易的老妪，只是那老妪的功效太大，专负责听不懂，诗人一写出一首大众都不懂的诗就狂奔去诗社交差。才子也写诗，诗倾天下。

放屁的上帝撒出一包屎

有烟囱和电熨斗在屎里抱成一团地

抖抖抖

之乎者也

是凯撒这个裸奔者

用鞋带

和吐脐眼

说的慌

呀！

我神

跤。

这些诗引得慕名的女生纷纷来请教，雨翔表哥也挤在里面聆听教海，回来后就在笔记本上仿了那首现代诗，但才子毕竟是才子，写文章有罗素的风采，别人要学都学不像。

雨翔表哥咬笔苦思半天，还是功力不够；女孩子爱诗，那诗一定要是情诗，情诗的最高境界就是诗意要仿佛河里的游鱼，捉摸不定，若隐若现；象征手法的运用要如同桂林树的排闸一样层出不穷。最高令人陶醉的感觉是看了半天没看但没看却不等于看了。这才是心情诗观止。

这类诗词往往只有女孩子写得出来，所以雨翻表哥不得不去史册里的才女。那才女必丑——史上大多才女都丑。因为上帝"从不偏袒"，据说给你此就不给你彼，所以女人有了身材就没了文才，有了文才就没了身材——上帝老了，难免失误，造出陆小曼这种都县备的才女——大体上是这样的。

大陆里最受人欢迎的文学巨作多数必现在课桌上而墙壁上，真正纸上的文字除情书外是没人要的。那才女收到雨翻表哥的文约，又和雨翻表哥共进一顿晚餐，不幸小春半夜煮史烹字，终于熬水了成品。

少年游·忘情

往列通湿尽后，愿重头。烟和送楼，不问此景何处有，除却巫山云。

两心沧桑霄雨情，天凉秋更愁。容颜如冰，春光难寻，退思忘红豆。

作完后，十分满意。文人里，除同性恋如魏小伦，异性恋如李煜者，还有自恋如这位才女——自恋者更过两种，一种人奇美，别人她都看不上；一种人奇丑，别人都看不上她。这两种都只好与自己恋爱。才女属后者，她越看这词越觉得好，舍不得给人。

丙翔表哥又请她喝咖啡，那才女结合中西文学史，悟到自古少有爱情与文学的完美结合，思忖过三，终于慷慨献诗，还附送了一首《苏幕遮·泡情》：

断愁媚，空山居，天涯旧痛，尽染入秋意，缘尽分飞誓不读，时近寒冬，问他可寻觅？

纱卷穹，淡别离，比情已去，愿君多回忆，我欲孤身奏四季，悲恨相续，漠然无耳语。

两首词情真意泡惨，感人肺腑，丙翔表哥从才女手上得到诗，好比从美女身上取得贞操，马上不留恋地走了。到某味蕙天的男生寝室里，想到也许份量不够，又想使人比补两诗，那"文怎如朱尚"的天才最近交挑战在这，人都不知道在哪个角落里，只好亲自动笔，决定抄歌词。男生寝室里的才子们为了扬起自己比较帅的信心，听歌都只听赵传的，手头有首歌词，当然现抄。

那年你决定朝北而去

而我却必须往南远行

你渡过那条潺潺小河

而我却翻越这座高山

经过多少年一切都无法找回

你我都背着各自的疲惫

是否该丢掉心中的负额

擦干这些年的眼泪

别忘了当年你我的约定

希望能有一天再次相聚

共同分享彼此

过去的经历

那年你选择往左的路

而我却抱定向右的心

你走进那座茫茫城市

而我却……

……

离别之情凝于笔端。西翔表哥被感动，再附一首"当初就该爱你"，真艳慕作词人的才华。一年寄去后，心事也空了。那才女一度邀请他共同探讨文学，他以不得不露天，能躲则躲，自然，"探讨文学"一事被他延宕无期。

林西翔其实并没有要诗的意思，说说而已，寄了信都忘记了。这些日子越来越难过，光阴老人的腿像抽了筋，怎么也走不快。过一天像是过一季，比得每天都感觉清瘦了好几斤。

突然收到大哥的信，见赫然四首诗词，惊异无比。仔细一看，觉得略有水平，扔掉嫌可惜，抽屉里一塞，继续作习题。

〈六〉

现在的考试好比中国的足球，往往当事人还没发愁，旁人却替他们忧心忡忡、焦虑不已。该努力的没努力，不该努力的却拼了命地努力。

林雨翔本人还没有紧迫的感觉——主观上没有，他父母却紧张得不得了，四面托朋友走关系，但朋友到用时方恨少，而且用时不能直接了当地像骑士求爱，必须委婉一通，扯淡半天，最后主题变不经意地流露出来，最好能像煮熟的饺子，隐隐快露出水面又沉下去。实践这门谈话的艺术是很累的。最后总中松了口，说林雨翔质地不错，才学挺高，可以优先降分考虑。最终还是要看考试成绩的。此时离考试这道坎一眼望不到边。

林母割爱，放弃一夜麻将，陪雨翔谈心——她从报派上见到在考前要给孩子"母性的温暖"，林父恨不能给，重担压在林母肩上。

那天林雨翔照常，放学后去大桥上散心，天高河阔风

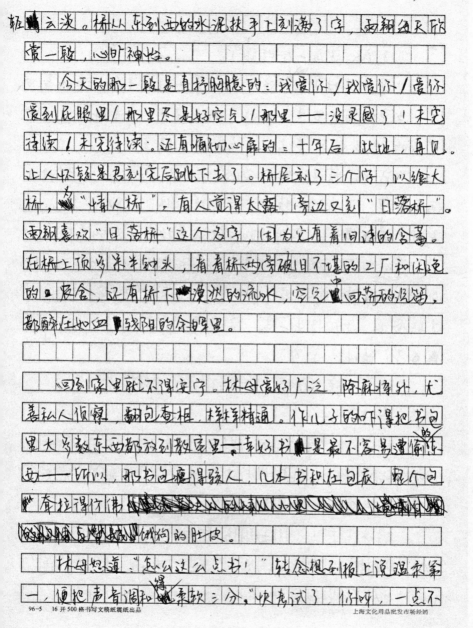

轻云淡。桥从东到西的水泥扶手上刻满了字，雨翔每天欣赏一段，心旷神怡。

今天的那一段是直抒胸臆的：我爱你／我爱你／爱你爱到屁眼里／那里尽是好空气，／那里——没灵感了！未完待续／未完待续。还有婉细心扉的：十年后，此地，再见。让人怀疑是君刻完后跳下去了。桥尾刻了三个字，以给大桥，名"情人桥"，有人觉得太露，旁边又是"日落桥"。雨翔喜欢"日落桥"这个名字，因为它有着日沫的含蓄。在桥上顶多呆半钟头，看看桥两旁破旧不堪的工厂和闲适的民舍，还有桥下漫流的流水，空气里动荡的没节，都醉在如血残阳的余晖里。

回到家里就不得安宁。林母爱好广泛，除麻将外，尤善私人侦察，翻包查柜，样样精通。作儿子的不得把书包里大号东西都放到教室里——幸好书是最不容易遭偷的东西——所以，那书包瘪得骇人，几本书积在包底，整个包看起来仿佛～～～～～～～～～～～～～饿狗的肚皮。

林母想道："怎么这么点书！"转念想到报上说过求学一，便把声音调和柔软三分，"快点试了你呀，一点不急。"

　　"不急，还有一个学期！"

　　"嗨！不对！古人说了，一寸光阴一寸金，说的意思
是一点点时间一点点——许多的钱呢！"幸亏她没见过罗
天诚的"与飞竞走"类名言，否则肯发挥半天。

　　"我呢，特地要跟你谈心，放松你的压力！"林母这
话很深奥，首先，是特地，仿佛搓麻将己成职业，关心儿
子好比捐款，是额外的奉献或是被逼无奈的奉献；其
二，谈心以后，放松的只是压力而不是林雨翔的身心。林
母雨翔当时都没体会那么深，但那隐义竟有朝发夕至的威力，
过好会儿，雨翔境界长一层，不满道："你连和儿子说话都成
了'特地'了？"

　　"好了，说不过你。我给你买了一些药。"

　　"药？"

　　"听着，这要好好吃呢。是增长智力和记忆力的，大价
钱呢！我要搓好几圈麻将才能赢回来！"说着掏出一大瓶
蓝莹莹药丸，说："看，是美国辉——辉——"

　　"辉瑞药厂！"林雨翔接音。那厂子至打正着掏出
伟哥"，顿时在世界范围内名声大振。作为男人，不知道
"伟哥"的老家是种罪过。

　　"那字念——"林母迟疑道。

　　"'瑞'啦，拿来我看！"林雨翔不屑于自己母亲的荒废学识，轻蔑地接过一看，吓一大跳，赫然是"辉X瑞药丁"，以为辉瑞误产药品，正遭封杀，不得不更名改姓。仔细一看，叫："假药！"

　　"尽胡说，妈妈托朋友采的，怎么可能是假药呢？你记冒了米吧！"

　　"妈，你看，这没条形码，这，颜色褪了，这，还有这，"他如数家珍。经过无数次受假以后，他终成识别假打假方面的鸿儒。

　　"不会的，是时间放长了！你看，里面有说明书和感谢信呢，你看那感谢信——"林母抖出一X张回馈单。上面有：

　　广东省　潘先生

　　　辉瑞药厂的同志，辛苦了！我是一位记忆力不强的人，常常看过就忘，记过就忘，这种毛病使我的朋友都疏远我，我十分的痛苦。我为此几乎失去了所有的朋友。

　　　广宇地，天降福音！我又从一位朋友这里得知了富含海洋生物DHA的"深海记忆宝"，我抱着试一试的心理购采了贵厂的药品两盒，回去一吃，大约一个疗程，果然有效。我现在过目不忘，记忆力较以前有很大的改善。一般的文章看两遍就可以背诵出来。

感谢贵厂，为我提供了这么好的药品，使我重新感受到了暖意，借此信，向贵厂表达我的感激之情。愿更多的人通过贵厂的药品而拥有好的记忆力。

当今的作文很少有这么措词及意的了。尽管说分自出，但母子俩全然没有发现，竟半信半疑了。

林母给儿子倒药。那药和人在一起久了，也沾染了人的习气，粒粒圆滑无比，要倒量比较困难。林母敢倾着药瓶，手轻轻抖，可那药甚圆滑，内部展激十分团结，一点使力也倒不出来。

林母抖累，动了怒，加大倾角，用力过猛，一串药飞奔而下。林母补救不及，纠正错误后，药已溢往桌上四处逃散，林母又气又心痛，扑桌子上围住药丸。以孙子兵法，这里说包围敌人就要有十倍的兵力，"十围之"林母反其道而行，以一围十翻了这理论。《孙子兵法·火攻第》还说将领不轻围且己动怒而打仗，又被林母打破，于是，林母同时击败这部中国现存最早最具影响力的军事

96-5　16开500格书写文稿纸震纸出品　　　　　　　　　　　　上海文化用品批发市场经销

理论著作。

林母小心把药丸拾起来捡进瓶子里，留下两粒，嘱雨翔吞服。

那小药丸看似重，一敲到水竟剧烈膨胀，浮在上面。林雨翔没预料到这突发情况，哈了一口，药卡在喉咙口，咽不下。再喝几口水，它依旧梗着，引得人的口慌心得难受。

林雨翔在与病魔搏斗以前，先要经历与药的搏斗。斗智不行，只能斗勇。林雨翔奋勇地喝水，终于了有正宗的"心里的一块石头落地"的感觉。雨翔的心腑松开调，骂这药劣质。林母叫他把另一颗也吞了，他吓得不敢。林母做个预备发怒的动作吓儿子，雨翔以为母亲已经发过火，没有再发的可能性——他不懂得更年期女人的火气多得像更年期男人的外遇。林母大骂一通"我买给你吃，你还不吃，你还气我，我给你气死了！"

林雨翔没有办法，赌命再服。幸亏有前一粒开路，把食道撑大了，那粒才七磕八碰地入胃。

林父这时终于到家，一脸的疲惫。疲惫是工作性质决定的，作编辑的，其实是在"�643气"。手来一大堆稿子，相当一部分狗屁不通。碰上一些狗屁通的，往往毫无头绪，要悉心梳理，敲字重组。这种吃力不发行量不大的报纸又没人看，还是上头强要摊派订阅的，当官的只有在上厕所时看，然后厕所里旧报省下许多——不过正好，狗屁报纸擦狗屁股，也算门当户对。

　　这几天林文心情不好还有原因，那小报上错别字不断，经人手太少而工作量太大。尽管编辑部是钟情于文字的，但四个人要编好一份发行量四千份的报纸，好比要四只猴子一下吃掉四吨桃子。林文曾向宣传部领导反映此事，那领导满口答应从大学里挑几个新生力量。可那几个新生力量仿佛关东军的援兵，林文等到花儿都谢了还是杳无人影，只好再亲自看来稿箱，领导拍胸而起，直说："你瞧我——你瞧我——"林文果然瞧他用笔再敲自己的脑瓜。有修养的人都是这样的，古训云"上士以笔杀人"，说的就是这个道理。文人心软，林文见宣传部一部之长在自我摧残，说理解领导。领导被理解，保证短时间内人员到位。那领导是搞历史的。历史家有关时间的承诺最不可信。说是说"短时间"，可八九百年间他们的话说都是"历史的瞬间"，由此及彼，后果可料。

　　后援者迟迟不见，林文急了，今天跟领导说的时候顶了几句，那领导对他展开教育，开口就仿佛自己已近知几多少——"像你这样的年轻人，眼高手低，缺少人员是不利的，但根据唯物主义的辩证论，这反而是给你们一个展视才华的机会。年轻人，不能因为自己有一点点学问，会写几篇小文章就居功自傲，到处报怨，乱提意见。历史上，这样失败的例子还不够多吗？你呀……"俨然是老子训儿子的口气。

林父受委屈，回来就训儿子不用功。老子出气，儿子泄气。林雨翔说：我反正不用功，我不念了！"吓得父亲连忙补救，说口气太重。

一顿晚饭吃得轰轰烈烈，一家人都不说话，每个都专心致志在涮戏自己碗里的菜。

晚上八点，林母破门进雨翔的房间，雨翔正看漫画，藏匿不及，被林母搜去。他气道："你怎么这么没有像样，进来先敲门。"

"我敲门我还知道你躲在里面干什么？"林母诈意地说。

"书还我，我借的。"

"等考试好了再说吧！那书——"林母本想说"那书等考试后再还，免得也影响别人"可母性竟也是自私的，

她转念想了一那学生成绩好了，雨翔定相对退一名。于是
娘不能那学生看闲书成瘾，便说："把书还给人家，以后不
准乱借别人的东西，你，也不准读闲书。"

　　林雨翔引证丰富，借别人的话说："那，妈，你所谓的正书，乃是过了七月份就没用的书，所谓闲书，
乃是一辈子都受用的书。"

　　"乃你个头！你现在只要给我读正书，做正题！"林
母又要施威。

　　"好——好，好，正书，哈——"

　　"你这破分数，就是小时候的乱七八糟书看太多的原
因！心收不回来！现在读书干什么？为了有钱有势，你不
进好的学校，你哪来的钱！你看着，等你大了，你没钱
连横麻保都让人上你爹！"林母从社会的梦命析到本行工
作，殖密无懈可击。

　　"你找我谈心——就是谈这个？"雨翔要�道。

　　林母意犹未尽，说再见太早，镜而不舍说："还有哪个？
这些就够你呛了！我和你爸商量给你请一个家教，好好
给你补！"

　　回房和林父商量补课事宜。林母坚信儿子服用了她批

采的益智药品，定会慧心大增。加一个家教的润色，十拿九稳可以进好学校。

　　林父高论说最好挑一个贯通语数外的老师，一齐补。一来便宜一些，二来可以让儿子有个可依靠的心理，家教师要这只有一个的话，学生会由专一到专心。挑老师像结婚挑配偶，不能多多益善，认定一个。学光那老师的知识，毛泽东有教诲——守住一个，吃掉一个！发表完后得意地笑。

　　林母表示反对，因为一个老师贯通三门课，那他就好比市面上三合一的洗发膏，功能俱全而全不到家。

　　林父咬文嚼字说既然是贯通，当然是全部都是最一流的了。

　　在这点上两人很快达成共识。下一步是具体的联系问题。教师不吃香而家教却十分热火。可见求授知识这东西就像谈恋爱，一拖几十的就是贱。而一对一的便是珍贵。珍贵的东西当然真贵，一个小时几十元，基本上与妓女开的是一个价。同是赚钱，教师就比妓女高雅多了。妓女赚钱，是因为妓女给了对方快乐；而教师给了对方痛苦，却照样收钱，这就是家教的伟大之处。

　　因为家教这么伟大，吸引得许多渺小的人都来参加到这个行当，所以泥沙俱下，好坏回视。

　　林父挑好的。家教介绍所里没好货，只有通过朋友的介绍。林父有一个有过一面之交的朋友，他专门组织家教联系生源，从中吃点小回扣，但就那点小回扣，也把他养得白白胖胖。他个子高，别人赏给他一个冷饮的名字——白胖高，白胖高的受欢迎程度也与冷饮雷同（和时间）。临近七月天热时，请他的人也特别多。林父目光长远，时下寒冬早早行动，翻半天找出那朋友的电话号码。白胖高记忆力不佳，林父记得他，他早已不记得林父，只是含糊地"嗯"，经林父循循善诱的启发，白胖高蒙了灰的记忆终于重见天日，激情澎湃地吹牛："我还当是谁呢！原来是林先生。我实话告诉你，我这里的老师都是全市最好的，学生绝大部分可以进市重点，差一点就是区重点。你把孩子送过来保管给教（铸）——考试门门优秀！"

　　林父心花怒放，当场允许，定下了时间，补完所有课后一齐算帐。第一门补化学，明天开始，从晚六时到九时，在老板酒吧。

　　第二天课上完都已将五点半，桥上已经没有日落美景，回翻回家匆匆吃饭，然后骑车去找老板酒吧。大街小巷里

录通 那老板酒吧（thief Bar）一点没有老板爱出风头的习性，本联西藏反而像贼吧（thief Bar）。

时间逼近六点，雨翔只好去问卖米京烧饼的花甲老人，那老人在这镇上住了一辈子，深谙地名，以他的职业用语来说，他对这个小镇的情况已达"熟得快要僵掉"。不料他也有卡壳的时候，回忆良久不知道老板酒吧在哪里。雨翔只好打电话给父亲，林父再找那朋友，辗转几个回合，终于知道"老板酒吧"是个新立的事物，贵庚一个礼拜，栖处马路旁。

天色都暗了，黑幕里探头出现一颗早熟的星星。映得这夜特别凄凉。凉风肆虐地从雨翔衣服上一切有缝的地方灌进去，一包冷气在身上打转。寻寻觅觅，冷冷清清，那"老板酒店"终于在灯火昏暗处。

白胖高白而亮的脸，代替了灯的功能。雨翔寻亮而去，和白胖高热情切磋。

"您就是——"

"你是林雨翔吧？长得好好，一脸聪明的样子。好好地补，一定会考取好的学校！"

"嗯——谢谢——"

"好了，不说了，进去吧，里面还有同学，也许你认泥呢！"

　　林雨翔循声进门，见里面乌烟瘴气，一桌人在里面划拳喝酒，陪酒小姐手捂住嘴哈哈笑，那笑声穿云裂石，雨翔只想当初怎么就没循笑而来。

　　白胖高举轻轻一挥，说："轻点，学生还要补课呢！"一桌人显然和白胖高是挚友，甘为祖国的花朵而失声。白胖高指引雨翔进一间小房间。里面一张圆桌，正襟坐着五个学生，还有一个老师，名副其实的"老师"。顽固的性格无遗地写在脸上，嵌在皱纹里，真是老得嘴唇都嚅嚅不动。老师平声说："坐下。人到齐了，我们开始吧。"

　　白胖高哈腰关门退出。退出一步，发现忘了什么，推门进来说："同学们，我来介绍一下这位化学老师，他很资源啊，曾经多次参加过上海市中考的出卷工作啊。所以他应该对这东西——比如卷子怎么出——很有经验的，真的！"

　　老师们一脸漠然，示意白胖高可以离开了，再抖擞开来讲课。女人愈老声音愈大，而男人反之，老如这位化学老师，声音细得仿佛春秋时楚灵王章华宫里美女的腰。他几句话更变本加厉，已经细成十九世纪我国上流社会美女的手，真正的"未盈一掬"。那声音弱不禁风，似

96-5　16开500格书写文稿纸覆纸出品　　　　　　　　　上海文化用品批发市场经销

乎有被人吹一口气就断掉的可能。吓得四个学生不敢喘气，伸着头听。

努力半天后，学生终于松解了，而且还松懈的心定理得——恋爱结束人以"曾经爱过"聊以自慰，听课结束自然有"曾经听过"的感慨，无奈"有缘无份"、无奈"有气无声"，都是理由。

四个人私下开始讨论，起先只是用和化学老师等同的声音。见老师没有反应，愈发胆大，只恨脑子里被中国儒家思想束缚着，否则便要开一桌麻将。

老师依然在授课给自己听。丙柳问身旁的威武男生：

"喂，你叫什么名字？"

男生气壮山河道："深梓君。"

"娘子'军'？"

"我——操！是课——这么写，你看看。"深梓君在丙柳的草稿纸上涂道。

"不对，是念'锌'吧？"丙柳说完。可见化学果然与日常生活有着密切关系。

深梓君惊吾："哟，你语文不及格吧，连这字都会念错。"

其实名字里有字冏字也是那人的一大代势，瞅人家不懂，他便有了享享教诲的机会。比如以文心雕龙而闻名的刘勰，注人谨而起敬。又比如钱钟书，有博识的称谓，却没有赡识的名字，傲气也会一下削减一大半，所以他在著作里不署"钱钟书"而署"钱锺书"，权当后天的一种补阙。林雨翔是这方面的直接受害人，脸红耳赤地不知所措。

　　梁梓君拎工帮肩，说："这么念，懂吗？"

　　"我——我是不小心一下子看错了。"林雨翔尴尬地笑着说。

　　"你的语文很差吧？"梁梓君推论。

　　"哪呢！"雨翔激动得要捶桌子，"我的语文成绩是全校——"说着停下来，瞥视几眼另外两人胸前的校徽，还好都是外镇慕名而来的，不知道底细，于是放声说："是全校数一数二的好！"

　　"是吗？我怎么没听说你叫什么？嘿——林雨翔的大名？"

　　林雨翔一身冷汗，悔自己忘了看梁梓君的校徽，又暗暗想怎么人一凑到毕业班，新人像~~雨后春~~的小苗般纷纷破土而出。

　　小茜遗憾说："遇怕你在吹牛吧！"

　　"我没！只是我最近在转攻理科——看，这不是在补化学吗？咳！那老师水平真破！"

　　课梓君中了计，受到最后一句诱惑，转业改去化学老师。"是啊，我爸化了这么多钱要人介绍的什么'补课专家'，烂得不像样子，但我爸钱多，无所谓。我一搡，弄不好今年还要留一级呢！"

　　雨翔惊讶地问："还要——留？你是说……"

　　课梓君引以为荣说："我前前年留了一级呢！好的，考差点嘛，什么大不了的。反正我爸有的是钱，我读书做什么？读书就为钱，我现在目的达到了，还读个屁书？我一搡！"

　　林雨翔听了，恨不得要把自己母亲引荐给课梓君，他俩倒有共同语言。

　　课梓君再说："老子只要高中毕业，我就可以进重点中学，不是瞎说的，给他十万二十万，那校长老师还会恭维得——只差没有倒队欢迎了，哈。"

　　林雨翔正接受新思想，听得眼都不眨。

　　课梓君说："你想，什么什么主义，什么什么思想，都是骗人的，唯有钱，是真的。你有钱，什么东西都会送上门来，妞更别说，不要太多噢！"

　　"是吗？你有途径？"林雨翔小心地插话。

　　"废话！咹，我告诉你，我对这东西的研究可深了！

在恋爱方面，全镇没人可以和我，啊，那个词叫什么："比美'，是吧？"

林雨翔严肃地纠正道："是媲美。"心里舒服了很多。

"管他，总之，老子第一！"

"是吗，你说说看！我可要拜你为师呢！"

梁梓君常用这些话来套人，可惜被套的人极少，以往每每说起，别人都不屑地说："这又不会考试，你研究了有屁用"。所以每次都恨不得求别人收他为师。这次行骗有了成果，忙不迭道："一句话，女人最喜欢两种男人。一种有财，一种有才。"

林雨翔信服地点头。

梁梓君再苦苦酝酿下一个哲理，无奈牛也不是一下子能吹出来的，哲理的生成过程好似十月怀胎。梁梓君硬是加快速度，终于有了临产的感觉，却不幸生下一个怪胎："我告诉你，这年头的女人的眼里没有男人，只有钞票。其实欣赏什么'才华'，假的！她们只欣赏能挣钱的才华。归根结底，是要钱！"

"唔。"林雨翔的旧观念被冲击得欲陷。

"啊，以后，你在这种事情上有什么不懂，尽管来问我好了！我绝不指足。"

"谢谢谢谢。"林雨新涉世极浅，被哄得对课梓君双倍感激。

课梓君便进道："其实呢，这个说难也不难，只要的人心细，多撒些谎，多琢磨磨，理论结合实践。衣服多注意更换，一天一个样，三天大变样，还要，多一些甜言蜜语，多一些哄，女人其实最像动物了，多哄几下，多摸几下头，就乖了！"

"噢，是啊。"林雨新获益匪浅，想父亲真是不枉费金钱，让儿子补到这么深刻的课，终生受用。

课梓君又款款而谈，不去当老师真是可惜了，"我跟你说，你最主要的呢，还是写情书。女的最喜欢那论意儿，尤其是第一封，最主要！"

"是吗？"

"屁话，当然是，你最好呢，写方造什么唐诗宋词，女人最喜欢！"课梓君铿锵辩道。

"噢，那该怎么写呢？"

"告诉你，其实女人第一眼看上的是才，男人有才，她才会吹牛有本钱，然后呢，要发展，等到两个人亲热得男人叫她叫'宝贝'了，她就把'宝'字留着，而那个'贝'呢，你送给你的才，她就爱'财'了。"说完自己也惊奇不已。

心说文解字一摆在课桦君面前，真是相形见绌了。但他解字有功，却没回答林雨翔。没当老师的课桦君竟已染上天底下大多数老师的毛病。

　　林雨翔叹服得自己问了什么都忘了，直夸："说得有道理！"

　　课桦君这时才想起，说："噢，你刚才问我怎么写景呢。我——棒！太简单了。我告诉你，最主要呢要借环境才多用些什么'春花秋月风花雪月'的，写得浪漫一些，人家自然喜欢！"

　　上完谢的课，课桦君推开笔记本，展示他的思想火花，上面尽是些精诗。古今协作中美合壁。

　　My Love：

　　　美人卷珠帘，深坐颦蛾眉。我凝视你的眼，见到一种异常的美。There is a summer place where it may rain of storm. There are no gloomy sky when seen through the eyes of there who are blessed with love and the sweet secret of a summer place is that it's anywhere. 悠悠爱恨之间，我心永远不变。从此便心通魂田，追逐你到天边。我不在乎昨天，我无所谓明天，抛开世间

一切，唯独对你退去。

　　雨翔觉得这诗比他大哥的"追思忘红豆"好多了，浅显易懂，奉承说："这诗好！通俗！"

　　"哪呢！我——操，这是荔佳的，最好的诗是半明不白的，知道了吗？"梁梓君的观点基本雷同于雨翔老哥，可见雨翔老哥白活了四年。

　　"咕，原来这样！是谁教你的，那——你会有崇敬的人吧？"

　　"崇拜的人，我——操，我只崇拜我。"梁梓君气壮地恨不得跟在尾声后面大喊"打倒偶像"，声音猛提一阶，说："老子没有要敬佩的人，我有的是钱。"

　　这话声音太响，化学老师为自己的话而汗颜，终于加力说："同学们不要吵！"这句话像从天而降，吓得四周一片寂静。然后他又低声埋头讲化学。两个学生精认真地听着，听出来，这化学老师一定是文人出身，说话尤废，仿佛里句帝国扔的炸弹，虽多却无一击中要害，尽听他在说什么"化学的大窍门捷利夫的学习化学方法"，无边无埌的话扫了四人的兴，又各顾着淡话。

　　梁梓君又问："林兄，你是不是也有那个呢？"

　　"唔——没有没有——"林雨翔说这话的本意是要让课梓君好奇地追问，好让自己有偌大的面子说心事，不料语气过分逼真，课梓君摆手说："算了，我不问你了。"

　　"其实——也——我也算了！"雨翔说。

　　课梓君自豪地说："你啊，我看你这么急进，这事你甭提了！我给你挑吧。"

　　雨翔以为课梓君果然信誓旦旦，亲自遴选，理当不胜感激，然而目标已有一个，中途更换，人自会有罪恶感，忍痛推辞："不必不必了。"

　　课梓君听到这话，心里暗暗吁一口气。想大幸林雨翔这小子害羞地不要，否则要害苦自己了。说出来的话也卸掉了重负，轻装如远征军队，幽曲在小房间里飘扬："也好！自己挑好！"

　　化学老师批毕门缝剥开来，瞪他一眼。又舍不得地重拾起来批。

　　待到九点，四个人该说的话都说完了，怏怏欲睡。化学老师完成任务，卷起书往腋窝里一夹，头也不回走了。白胰离进来问："效果怎么样？"

　　"好——"四人起哄。

　　"好就好，我请的老师都是，那——是水平一流的。

这个礼拜五再来补英语，是个大学的研究生，英语八级。

两个女生跳起来问："帅不帅！哇，很有才华的！"

白胖高情谆谆读剧里每集最后要留个悬念吸引人的手法，说："到时你们看了就知道了！"那两只跳得高兴地拍手说："我一定要来！"

夜很深了。漫天的繁星把沉沉的天地连结起来。最远方的亮光，忽地近了。

那晚林雨翔辗转难眠——课堂灌输的知识实在太多了，难以消化。只好把妥善保存的复审一遍，越想越有道理，恨不得跳出被窝来写情书。无奈，爱情的力量虽然是伟大的，但大力士却不见得耐寒。雨翔的灵魂默默跳了三次，都冷得缩回去告诉肉体跳不得。

权衡以后，雨翔决定在床上写。因为学者相信，一切纯美爱情的结束是在床上。如果真是这样，那么在床上开始的话，也算是一种善始善终首尾呼应。

给一个人写第一封情书好比小孩子捉田鸡。远远听见此起彼伏的叫声；走近一看，要么没有了，要么都扑通跳到水里。好不容易看见有只伏在路边，刚要拍下去，那田鸡竟有圣人的先知，刹那跳掉了。雨翔动笔前算是身无灵感到话，话多得写不完，真要动笔了，又决定不了哪几句话作龙头部队。哪句话起过渡通用，愿得愿尖。灵感摸也摸不住，调皮地逃循着。

　　咬笔苦思，想应该试用文字的多样性"，就第一封而言，最好的还是诗，含蓄不露才是美。这时他想到了大哥寄来的诗词，此下床去翻，终于找出《少年游》《苏幕遮》体会一下意境，想这两首词太凄悲，届着待到分手时才能派上大用场。而赵传的"那年你决定向南而去"似乎意境不符，那首心当初就该爱你》也嫌露骨。相比以后，觉得第三首尚有发展潜力，须提炼出来改造。几个词一动，居然意境大变，够上情诗的资格。

　　　　是否你同样要向北远行

　　　　那我便放弃向南的决定

　　　　你将去哪座充充城市

　　　　我终究抱着跟随的心

　　　　时光这样的飞逝

　　　　我们也许没有相聚的日子

　　　　我愿深埋这一份痴情

　　　　直到回忆化成灰烬

　　　　愿和我一起　走吗
　　　　走过会了却心中无际的牵挂
　　　　把世上愚蠢都抛下
　　　　世事无常中渐渐长大

　　　　和我一起　走　好吗
　　　　不要让思绪在冷风里挣扎
　　　　跟随我吧　你不会害怕
　　　　一起营造那温馨的家

　　　五五十六行，两翱写了一个多钟头，中途换了三个韵脚，终于凑成。这首小诗耗尽了他的才气，他感到，写诗真是人生的一大折磨，难怪历代诗人里大多都瘦得骨瘦相连。

　　　娘不嫌自己的孩子丑。两翱对这诗越看越喜欢。其实这诗里的确有一个很好的地方，寓意深刻——它第一节是愿跟随女方的，是男人荷追时普遍的谎话。到第四节掩饰不住，本性露了出来，变成"跟随我吧"，才是真正

96-5　16开500格书写文稿纸震纸出品　　　　　　上海文化用品批发市场经销

的城市。

　　写完诗，时间已逾十二点。雨翔几乎是冲出去投递掉。心事已经了却，睡意也不请自到。这一觉睡得出奇的甜，梦一个连一个，仿佛以后几天的梦都给今夜的快乐给透支掉了。

　　第二天雨翔晚起，林母正好到了家，把儿子叫醒。雨翔醒来后先找情诗，再穿好衣服，回想昨夜的梦，可做了梦却回忆不起来的确是一种遗憾。因为做梦时不会快乐，只有第二个阶段——回想时——才会有欣悦，正好比文章发表了收不到稿费。

　　他匆忙起床到学校，正好Susan也在走道上背英语，两人相视一笑，反而笑得林雨翔惊慌起来了，昨夜的勇气消失无踪。快快走进教室，奇怪怎么勇气的寿命这么短，好像天下最大的勇气都仿佛昙花，只在夜里短暂地开放。思索了好久，还是不敢送，放在书包里，以观后效。由于睡眠的不足，上课都在睡觉。被英语老师发现一个，问个题目为难他，雨翔爽朗的一个"Pardon"，硬把英语老师的问题给问了回去——那英语老师最近也在进修，睡得也晚，没来得及备课，问题都是随机问的，问出口自己也不记得了，只好连连对雨翔说："Nothing! Nothing! Sit down."

①：再说一次

Please sit down, don't sleep。① 丙翔没听到他的"Don't sleep"就犯了困，又埋头睡。

文学社那里没有大动静，征文比赛的结果还没下来。马德保痴心地等着，还乐颠颠道："他们评选得慢，足以见得参加人数的多，水平的高。"骗也得一帮只具备作家的文笔而尚没练就作家的狡猾的学生都信以为真。

围的课也上得三昧。马德保讲课西望只会拖时间而不会拖内容，窒息的中西文学史，他化了一个月两节课就流流清完。没课可上，只好介绍作家的生平事迹，去借了一本作家成名史。偏偏那本书的作者似乎看多了立体未来主义以沦社会趣味—记事先—的宣言，字里行间给大作家打开头先，马德保念了也心虚。像什么"郭沫若到后来变成一只党喇叭，大肆写'亩产粮食几万斤'的恶心诗句，这种人不值得中国人记住"，言下之意是要外国人记住。还有"卡夫卡这人不仅病态，而且白痴，不会写文章，没有头脑。心里的记一黑格里高尔·萨姆沙变成甲虫后怎么自己反不会惊讶呢？这是他笨的体现。德国人要忘记他！"马德保读着自己觉得不妥，不敢再念。见书扉页上三行大字："不喜欢高汛，你是白痴；不喜欢马里内蒂，你是笨蛋；②

96-5　16开500格书写文稿纸震纸出品　　①：没什么没什么，坐，请坐，别睡。　　②：未来主义的代表人物

109

不喜欢我——你老得没药救了。"

　　马德保不认识里索里尼钟爱的马里奥帝，但对他也没了好感，往下读到第三条，吓得发憷，以为自己老得没药救了。不过老的确是无药可救的。

　　马德保再翻到一本正规的《中国作家传》，恰前几个人平反，但是先入为主，学生的思想顽固他不肯改，达人就说郭沫若是坏蛋、卡夫卡是白痴，幸亏现在更多的学生没听说过这两人的名字。

　　这天马德保讲许地山的散文，并把地自己的奉献出来以比较，好让许地山文章里不成熟的地方现形。学生毫无兴趣。自干自的。马德保最后自豪地说地的上册散文集已经销售罄尽，学生单纯，不会想到其实是赠送罄尽，都放下手里的活向马老师祝贺。马德保说他将出版个人第二本散文集，暂定名《明天的明天的明天》，说这是带了浓厚学术气息的。学生更加相信，眼前似乎涌上了许多抢订团的书名号。这书名都是借了动力火车的。学生对马德保这本"大后天"的书都很期待。

　　周五晚上晔章去补英语。林雨翔英语差，和英国人交流起来只能问人家的姓名和性别，其它均不够水平。林又十分看重英语。在给儿子的十年规划里，林雨翔将在几年后出国，目标极多。但他坚信，最后郑襄、哈佛、东京、早稻田、斯坦福、悉尼、牛津、剑桥、伦敦、巴黎、麻省理工、哥伦比亚、莫斯科这十三所世界名大学里，总有一所会有幸接纳他儿子。最近林父的这十个目标也在减少了——俄国太冷，拿破仑和希特勒的兵败，大部分原因不在俄国人而在俄国冷。儿子在温带长大，吃不了苦受不了寒；况且俄国似乎无论是什么主义，都和穷摆脱不了关系，所以已经很穷的一些社会主义小国家不敢向俄国学得更穷，都在向中国取经。可见去莫斯科大学还不如上北大复旦。林父林母割舍掉了一个目标，继续减员。日本死�硬的军国主义者常叫嚣南京那么多人不是他们杀的，弄得林父对整个日本也没了好感。日本大学也失去魅力。儿子理科不行，麻省理工大学也不适合。于是只剩下九座。这九座大学全在英美法澳，通用英语。所以林父在逼儿子念古文时也逼他学英语。雨翔触及了中国博深的文化，爱国情绪浓得化不开，对英语产生了排斥，英语成绩一直落在后面，补习尤是急需。

　　林父在儿子临去前塞给他一支派克笔，嘱他把笔交给冯群，让冯群重点照顾雨翔。这次补课不在老板酒吧。

110.

溜去到了镇政府里。才五点三刻，再翻到那时政府机关大门散开。里面却空无一人，减热的，这镇上的机关工作人员干什么事都慢，唯一可以引以自豪的是下班跑得快。五点半的铃你当是空袭警报，可以让一机关浩浩荡荡的人在十分钟里撤退干净，足以使惹得史上有名的陆军将领眼红不已。

机关很大，造得十分典雅，还有仿古建筑。补课也是有幸在仿古建筑里。那幢楼编号是五，掩映在树丛里。据说，设计者乃是这小镇鼎鼎有名的大家。当然，那人不会住在镇上，早去了上海的"罗马花园"洋房里定居。他初中毕业，神奇地考进了市重点市南三中，又神奇地考取了南开大学，再神奇地去剑桥名扬天下的建筑专业读一年。剑桥大学不愧是"在里面睡觉人也会变聪明"的神奇学府，那小子在里面睡了一年的觉，出来神气地归国，神气地成为上海建筑业的一颗新星。神气地接受故土的邀请，设计出了这幢神气的楼房。

那可是镇长书记住的地方。美如宫廷。罗马风味十分地足。白胖胖高在会客室里等人，身边一个瘦瘦的大学生，大嘴小眼，是看得少而说得多的生理特征。他一定会让两个女生失调不小。

96-5 16开500格书写文稿纸震纸出品   上海文化用品批发市场经销

　　课棒君最后进到。补课随即开始。大字生用英语介绍自己，完了等字生反应。恨不得代替字生对自己说"I've often heard about you！"失望后开始上课，见字生不围ⓘ喘，说："You are wanker！"

　　学生不懂，他让字生查词典，说讲英语就要多查生词，满心为字生会叫"原来wanker是'做事精超者'的意思！我明白了！"不料字生都在暗笑，两个女生都面红耳赤。他发怖威道："笑什么！"

　　课棒君苦笑说："我们不是——"

　　"怎么不是？你英语好还是我英语好？"大字生傲起道。

　　课棒君把词典递过去。大字生一把拿过，从后扫起，见"wanker"释义第二条就是"做事不认真者"的解释，理直气壮地想训人，不想无意间看见第一条竟是"手淫者"的意思，一下子也面红耳赤。ⓘ自己的大字教授只讲延伸义而不讲本义，况且那教授逢周皮字生就骂"wanker"，那大字生自己也在教授嘴下当了六年的"wanker"，才被骂保出一个英语八级。

　　课棒君大笑，说："We are not那个"林雨翎也跟着笑。

　　大学生猛站起来，手抬起来想摔书而走，转念想书是他自己的，摔了心疼，便宁可不要效果，转身就走。走到门口，意识到大门是公家的，弥补似地摔一下门。四个学生惯看奇哥"天之骄子"的脾气。门外是白胖哥"喂喂"的呼唤声，大学生故意大声说，意在上门里的人也听清楚："我救不了这些学生，你另请高明吧。Nuts！我补了十分钟，给十块！"大学生伸手要钱。

　　"你没补完，怎么能——"白胖哥想理通。

　　"You，Nuts，too！"大学生气坏地回头即走。走之余不忘再摔一扇门。

　　白胖哥进来忍住火发下一摞试卷说"你们好，把老师气走了，做卷子，我再去联系！"

　　四人哪有做卷子的心情。两个女生对那男生川字交口称赞，说喜欢这种性格粗迷的男孩子，恨那男孩脚力无限，一会儿就走得不见人影，不然要抢回来。

　　课桌君重操旧业，说："你回去有点感悟吧了？"

　　两颗缄口不语。

　　课桌君屑飞色舞道："告诉你吧、这种东西要要担量，豁出去，大不了再换一个。"

　　一番名言真是念课得一场糊涂，林南飘心头阴云[o]积

96-5　　16开500格书写文稿纸震纸出品　　　　　　　　上海文化用品批发市场经销

①：混晨

时被拔开。

　　"喂，原来是这样！来来来，你帮我看看，我这情诗写得怎么样？"西朝山书包里翻出一张泡经泡酒的纸。那纸古色斑斑，考古学家看了会流口水。

　　深梓君接过古物，细看一遍，大加吹捧，说："好，好，好诗！有味道！有味道。"说着巴不得吃掉。

　　林雨翻开心地派头憨笑。

　　深梓君，"你的文才还不错——我一操，我差点骂你文盲了。这样的诗一定会打动人的！兄弟，你大有前途，怎么不送出去呢？"

　　"我——还没有想好。"

　　"我一操，你这个西瓜，告诉你，这东西一定会打动那行的！你不信算了！只是，你的纸好像太——太古老了吧！"

　　"我只有——"

　　"没关系，我有！你记得，随身头带着信纸！要淡雅，不要太土！像我这张——"深梓君抽出他的信纸，一袭天蓝，背景是海。深梓君说这种信纸不用写字，光寄张就会十拿九稳搞定。

　　林玛翔感觉无法言语，所以寄信这难也免了。他照课桌君说的誊写一遍。林雨翔的字象昭孩子，平时其貌不扬，但打扫一下，还是领得出门的。以前那些似乎从来不受打瞌睡的字，今天接受了重要任务，好比美国军队听到有仗可打，都振奋不已。

林雨翔见自己的字一扫颓废，也满心喜欢。誊完一遍，回首写天诚的"裸体字"，不迭尔尔！

课桌君看过，又夸林雨翔的字有人样。然后猛把信纸一撕为二。林雨翔捂挡已晚，以为是课桌君嫉妒，失态地说："你——你这又是——"

课桌君又拿出透明胶，小心地把信纸补好，说："我教给你吧，你这样，人家女孩子可以看出，你是经过再三考虑的，撕了信又补上寄出去，而不是那种冲动地一个一个递一个的，这样可以显示你感情的深、内心的矛盾，性格的稳重，懂吗？"

林雨翔佩服得又无法言语。把信装入信封，怕泄露机密，没开姓名。

这天八点就下了课。课桌君约林雨翔去舞厅。雨翔舞盲，不敢去献丑，撇不清推辞掉，躲在街角写地址和贴邮票，趁勇气开放的时候，寄掉再说，明天的事情明天再处理。

这一夜无梦。睡眠安稳得行（联航）行在被麦哲伦贪名时的太平洋上。一早准时上岸，这一觉睡得金眼瞎了无牵挂，昨夜的事似乎变得糊糊不真切，像在梦里。

彻底想起来惊得一身冷汗，直拍脑袋，后悔怎么把信给寄了。上课时心猿意马，全在担心那信下场如何。他料想中国邮政事业快不到哪里去。但他低估了，中午去门卫间时见到他的信竟直地躺在Susan班级的信箱里。他又打不开，心里干着急，睁眼瞪看那信愈感无策，是探视状时的表情。

无奈探视是允许的，只可以看看那信的样子，饱眼渴，要把信保释或劫狱火去要么须待时且要么断无可能。两相和那信咫尺天涯，痛苦不堪。

吃完中饭匆忙赶回门卫间探望，见那信已刑满释放，面对空荡荡的信箱出了一身冷汗。心里叫"怎么办，怎么办！"

垂头丧气地走到Susan教室门口时，连看一眼的勇气都没有了，头更垂得恨不能缩进脖子里。寒冬里只感觉身上滚烫，刺麻了皮肤。

下午的课心里反而平静了，想事已如此，自己也无能为力。好比罪已犯下，要杀要剐便是法官的事，他的命运歪孔的话。

那天下午雨翔和Susan再没见到，这也好，省心省事。这晚睡得也挺香，明天星期日，可以休息。严寒里最快乐的事情就是睡懒觉，雨翔就一觉睡到近中午。在被窝里什么都不想，傻得枕头上流满口水，略微清醒，和他大哥一样，就有佳句来凑——问君能有几多愁，恰似一摊口水向东流。自娱了几遍，还原了"一江春水向东流"，突发奇想，何不沿着日落桥下的河水一直走，看会走到哪去。

天时地利人和，林父去采访了，林母自然的回勿需赘述。打点行装，换上旅游鞋。到了河边，是泥土的芳香。冬游不比春游，可以"春风拂面"，冬风绝对没有拂面的义务，冬风只负责逼人后退。雨翔她摸了大半试着换取的短游，不过一个小时，但却轻松不少。回到家里再做兔子的效果也胜过服用再多的补品。

周一上课像又掉在俗人市俗里，昏头涨脑地想睡。沈溪儿兴冲冲进来，说："林雨翔，你猜我给你带来了什么？你猜！"

"不知道。"

"叫你猜！"沈溪儿命令。

"我没空，我要睡觉了！"林雨翔一摆手，缩头下去睡觉。

"是Susan的信！"

"什么！"林雨翔惊得连几秒钟前惦记着的睡觉都忘记了。

"没空算了，不给你了！"

"别，我醒了——"雨翔急道。

"你老实交待，你对我朋友干了什么，Susan她可没有写信的习惯噢！"

林雨翔听了自豪地说："我的本领！把信给我！"

"不给不给！"

林雨翔要飞身去抢。沈溪儿逗雨翔玩了一会儿，腻掉了，把信一抛说："你可不要打她的主意噢！"

"我没，我只是——"林雨翔恨未拿拆信。

"还说没有呢！我都跟我的——Susan讲了！"沈溪儿嬉嘴道。

"什么！"林雨翔又惊得连几秒钟前惦记的拆信都忘记了。

"哪，你听仔细了，我对Susan说林雨翔这小子在追你的倾诉了呢！"

　　"你怎么——怎么可以胡说八道呢！"林雨翔一脸害羞，再轻声追问："那她说什么？"

　　"十个字！"

　　"十个字？"林雨翔心里猜会是个十字句。

　　"我告诉你吧！"

　　"她说哪十个字？"

　　"你别跳楼噢！"

　　"不会不会，我手�--心开朗活泼，对新生活充满向往，哪会呢！"

　　"那，我告诉你咯！"

　　"嗯"

　　"听着——没目不噢！"

　　"你快说！"

　　"她说啊——她说——"

　　"她说什么？"

　　"她说——"沈溪儿咳一声，折磨够了林雨翔的耐心，说："她说——'没有感觉，就是没有感觉'"。

　　雨翔浑身凉彻。这次打击重大，没有十年八载的恢复是做不了了。但既然Sasan开口送话给他了，不沉好大不，也断胜于无。好比人饿极了，连观音土也会去吃。

"你是不是很悲伤啊？想哭就哭吧！"

"我哭你个头！他说这些话关我什么事？"

"噢？"沈溪儿这个叹词发得语略有点回转无穷，引得雨翔有点……

"没事的，你去做你的事吧！"

"不，我要看住你，免得你寻死，你死了，我会很心疼的——因为你还欠我一顿饭呢！"

林雨翔活了这么多年，价值相当一顿饭，气愤道："没你事了。"

"好了，你一个人静静吧！想开点，排队都还轮不上你呢！"沈溪儿转身走了。

雨翔低头摆弄信，想这里面不会是好话了，不免心二度悲伤。班主任进门再发卷子，吓得雨翔忙把信往屁股下塞——这班主任爱拆信远近闻名，凡视野里有学生的信，好比小孩子看见玩具，拆掉才罢休。

呆了几分钟，班主任走了。那信儿被坐得暖烘烘，已经有六七成熟，只消再加辣酱油和番茄酱，即成阿根廷牧人有名的用屁股的温度烧成的牛扒餐。

雨翔终于下决心拆开了牛扒餐。里面是张粉红色的信纸，

96-5　16开500格书写文稿纸震纸出品　　　　上海文化用品批发市场经销

写了一些字。理论上正好够拒绝一个人的数目而不到接受一个人所需的篇幅。

雨翔下了天大的决心，眯眼看信。看完后大舒一口气，因为这信态度极不明确。

雨翔：

见信快乐。

说真的，我看不懂你的信。

跟随吗？我会去考清华。希望四年后那里见到你。一切清华见再说。

雨翔惊异于Susan的长远计议。林雨翔还不知道四天后的生活，Susan的蓝图却已经画到四年后。清华之梦，遥不可及，而追求的愿望却急不可揠。如今毕业惨到，大限将至。此时不加紧攻势，更待何时？

高三时雨翔又在沈溪的楼房里补作文——本来不想去补，只是有事要请教数理任君。作文老师在本地闹分歧论，可惜得了一个大人最忌讳的庸俗的姓——牛。恨得毅然弃团，自起炉灶，取笔名多个，马备称需求，真逼当年杜甫九名的记录。他常和马德保有过口角，马德保不嫌弃他的"马"，从不取笔名，说牛烔这人文章不好就借什么"东日""一波""豪月"来掩饰。牛烔当场和马德保吵，吵着吵着说到打，两人打架真有动物的习性，牛烔比马德保高大半个头，吵架时占不利地形。但牛烔学会了世界拳击界特加固脑袋顶德芥的先进功夫，当场顶得马德保嘴唇破裂，从此推翻指"牛头不对马嘴"的成语。牛烔就言不收马德保的学生，但林父和牛烔又是好朋友，牛烔才松口答应。

　　牛烔是人也倔得很，两道剑眉专门为动怒而生。林雨翔压抑着心里的话，认真听课。牛烔说写作文就是套公式，十分简单，今天先讲小作文。然后给学生九个例子，无非进"居里夫人""瓦特""爱迪生""张海迪"。最近学生觉得写张海迪写烦了，盯住前三个作文章。勤奋学习的加上爱因斯坦，不怕失败的是爱迪生，淡泊名利的是居里夫人，废寝忘食的是牛顿，助人为乐的是雷锋，钻研业务的是徐虎，不畏死亡的是刘胡兰，鞠躬尽瘁是周恩来，等等。就是这些定死的例子，先来地造就了上海乃至全国这么多考试和比赛里的作文高手。更可见文学的历害，一个人死记是稀罕的从玫的，大家都在为文学作奉献。

96-5　16开500格书写文稿纸震纸出品　　　　　　　上海文化用品批发市场经销

牛烔要学生牢记这些例子，乃要运用自如。再套几句评论，高分矣！

学生第一次听到这么诚恳的话。以前只听老师说现在写作文为弘扬中国文化。所幸现在的中国文化有日本学者弘扬着，学生只负责弘扬分数就可以了。

积过跑时候，林雨翔才愿和梁梓君切磋。林雨翔说："我把信寄了。"

"结果呢？"

"有回信！"

"我就说嘛。"

林雨翔把Susan的信抖出来给梁梓君，梁梓君奋："好字！"

林雨翔心里很是舒服。如果其他人爱慕一个男人的钟爱者，那男人会为她自豪，等到进一步发展了，才会为她自卑。由此见得林雨翔对Susan只在爱慕追求阶段。

梁梓君看完信说："好！小弟，你有希望！"

林雨翔激动道："真的？"

梁梓君："屁话！当然是真的。你有没有看出信里那种委婉的感觉呢？"

"没有！"

"你这人脑子是不是抽筋了！这么明显都感觉不出来啊！"梁梓君的心敏感得能测微震。

"她不过是说——"

"笨蛋！我——操，你是不开窍了！如果她要拒绝你，她早拒绝你了。她之所以这么写，是因为他——那成语叫什么——欲休还——"

"欲说还休"

"是啊，就是这种感觉。要表达却不好意思，要那得又舍不得的感觉。小子，她对你有意思啊！"梁梓君拍拍两翔的肩道。

"真的？"两翔笑道，内心激动澎湃，恨不能有个空间让他大哭来抒发喜悦。看来追到Susan已是提上日程的事情了。

梁梓君诲人不倦，继续咬文嚼字："信里说清华。清华是什么地方？"

林两翔当他大脑有恙了，说："清华是所大学。"

"多少钱可以进去？"梁梓君轻巧地问。他的脑子里只有华东师范大学，因为师范里都是女子，相对竞争少些。今天听到个清华大学，研究兴趣大起，向林两翔打听。林两翔捏卫清华里不多的女生，把梁梓君引导去了北师大。

深梓君有了归宿，专心致志给林雨翔指点：

　　"她这意思不可能是回避，而是要你也好好读狗屁书，进个好学校。博大啊！下一步你再写信，而且要显露你另一方面的才华，你还有什么特长？"深梓君不由得以为林雨翔是个眼光稿光的人，当林雨翔还有才华可掘。林雨翔搜地三尺，不见新才华。到记忆深处去搜索，成果喜人，道："我通古文！"

　　"好！总跟我不通！你就抗了烦况的，用古文给他写信！对了，外面有你俩的谣言吗？"

　　"没有。"

　　"你也搞得太隐蔽了！这样不好！要敲敲到到！你就假设外面谣言很多，你去平息，这样女孩子会感动！"深梓君妙理迭出。

　　"这样行吧？"

　　"No 问题啊！"

　　"那怎么写？"

　　"就这么写了，说你和那叫清——生上学的教授通信多了，习惯了用古文，也正好可以——那个——"

　　"噢！"林雨翔叹服道。只可惜他不及大学中文系里的学生会班董古文，而且写古文不容易，往往写着写着就现代气息扑鼻，∎连"扒框"、"氧吧"这种都要出来了。牛炯正好让学生试写一篇小作文，林雨翱向他借本古汉语字典。牛炯随身不带字典，见接待室的红木书柜里有几本，欣喜地奔过去。那字典身为工具书，∎幸的是机关领导很护着加，平日连碰都不愿去碰，∎所以翻上去那些纸∎都和领导的心肠一样硬，只∎不及领导的心肠黑。

　　有字典的帮助，连起来就通畅了——"畅"还算不上，顶多是通了。林雨翱查典核字半天，终于草就成功了美文一篇。

　　Susan：∎

　　回信收到。

　　近日诸言四起，甚∎甚惶。余不能愿。见谅。就辞之余欲明凉。谢谢时日。

　　向余与清大∎中文系教授通信，费用古文，今已非更。读之阴晴酸迟，更见凉气。

　　复古亦非∎言之本意。夫古文，其小而其指极大，举其近而见义远。批古文之迂腐，为我所慈之。汝识字遣词。余之文字往辞不及意，柳或一词顿生几∎义。此恰可籍是窗汝之悟性。

　　林雨翱本来还想给马比设什么"这天生丽质，与心蕙姓"等等。但信纸不够，塞不下溢美之辞，只好忍痛割爱。尽兴地给课桲君过目。

　　课桲君一眼看上去全不明白，仔细看就被第一节里的"谐""楷""僭"三兄弟给噎住，问林雨翱怎么这三个字如此相口近。

　　林雨翱解释不清怎么翻字典凑巧让三字团聚了。支书说不要去管，拿最后一张信纸把信誊一遍。

　　课桲君要的就是看不懂的感觉，对这信给予很高的评价，说这封尤为关键。第一封就像把鱼吸引过来，而第二封就像下了钩子，能把鱼钓在此一举。林雨翱把这份慎重的信转录在书里。

　　牛焖有些注困，哈欠连天。草率地评点了一篇作文布置一道题目就把课散了。

　　这天里夜十分美，把得人心在这夜里轻轻地欲眠。雨翱带了三分困意，差点把信塞到外埠寄信口里。惊醒过来想好事多磨。但无论如何多磨，终究最后还是一件好事。想着想着，心醉地笑了。在些里的路上洒下一串走调的音符。引吭到了家，身心也疲已经倦，没顾得上做习题，倒头就睡了。

96-5　16开500格书写文稿纸震纸出品　　　　　　　　　　上海文化用品批发市场经销

周五的文学社课林雨翔实在不想去。马德保让他无论如何要去，林雨翔被逼去了。课上马德保不谈美学，不谈文学，不谈哲学，只站在台上呵呵地笑。

社员当马德保朝史慕佐，终于修炼得像文学家的傻气了，还不敢表示祝贺，马德保反茶喜说："我祝贺大家！大家的努力终于有了成果！"

社员都惊愕着。

马德保自豪地把手撑在讲台上，说："在上个学期，我校受北京的中国文化研究中心三遍，写了一部分的稿子去参加比赛。经过专家严谨的评选，我在昨天收到通知和奖状。"

"哇！"

"我们的文学社很幸运的——当述，不全靠幸运。很高兴，夺得了一个全国一等奖！"

"哇！"

马德保展开一张奖状，放桌上带头鼓掌说："欢迎林雨翔同学领奖状！"

"哇！"众社员都扭头看林雨翔。林雨翔的脸一下子绛红，头脑涨大，荣辱全忘，机械地带着笑走上台去接奖状。坐到位置上，开始慢过神来，心被喜悦塞得不留一丝隙缝。

得全国的第一，除了足道不楚帝冈这种千人小国里的觉得无所谓外，其它国家都是没有理由不亡奋的。尤是中国这种人多得吓死人的国度，勇搞全国冠军的喜悦够一辈子慢慢享阅的了。

　　林雨翔认识到了这一点，头脑热得课也听不进，两颊的温度"让冬天忘而却步"。下课后，林雨翔回家心切，一路可谓奔逸绝尘。

　　同时，马德保也在帷划全校的宣传。文学社建社以来，生平仅有的一次全国大愎，广播表扬大会总该有一个。马德对学生文学的兴趣大增，觉得有必要扩大文学社，计划的腹稿已经作了一半。雨翔将要走了，如此的话，文学社将后续无人。那帮小了一届的小弟小妹，品阅历婷浅，但作文里的爱情故事却每周准时发生一个，风雨无阻。马德保略一数，一个初二小女生的练笔本里曾有二十九个白马王子的出视，马德保自早见过的女人还没那小孩孤过的男人多，感慨良多。

　　不过这类东西看多了也就习惯了。九十年代中学生的文章仿佛是个马厩，里面尽是黑白马王子和无尽的青梅竹马。马德保看见同类不顺眼，凡有男欢女爱的文章一律就地枪决。如此一来，文章死掉一大片，所以对马德保来说，最重要的是补充一些情窦未开的作文好手。用他的话说是求贤若渴，而且"非同小渴"。

　　林雨翔没去忘文学社的后事，只顾回家告诉父母。林母一听，高兴得差点忘了要去搓麻将。她把奖状糊在墙上，边看边失声笑。其实说穿了名著和猴子差不离多少，它们的任务都是供人取乐逗人开心。林雨翔这仵的猴子比较大一些，大猴子做怪腔逗人的效果远比小猴子好，好比大人玩过家家。林母喜悦得很，打电话通知贴友儿子获奖，贴友毕竟还情剩下一些人性，都交口夸林母好福气，养个作家儿子。

　　其时，作家之父也下班回家。林父的反应就平静了。一个经常获奖的人就知道奖状是最不合算的了，既不能吃又不能花。上不及嫖金的实际，下不及奖品的实用。

　　但林父还是脸上有光的，全国第一的奖状是可以像林家的书一样用来炫耀的。

　　林雨翔的心像经历地震，大震已过，余震不断。每每回想，身体还有炽热。

第二天去学校，惟恐天下不知，逢人就说他荣获全国一等奖。这就是初获奖者的不成熟了，以为有乐就要同享。殊不知无论你是出了名的"乐"，或是有了钱的"乐"。朋友只愿分享你之所以快乐的原动力，比如名和钱。快乐归根结底还是要自己享用的。朋友沾不上两翔的名，得不到两翔的钱，自然体会不到两翔的快乐，反倒滋生痛苦。指后骂林两翔这人自私小气。

〈七〉

　　这炸弹并不像林雨翔想象的那样会轰动全中国，甚至连轰动一下这学校的劲量都没有。雨翔原先期盼会"各大报刊纷纷报道"，所以报仇也翻得勤快，但可恨的是那些报纸消息闭塞，这么重大的事情都不予报道。林雨翔甚至连广告都看得一字不漏，反而看成专家，哪个地方打三折哪个地方治淋病都一清二楚。然后乞望"敢见于消报端"，然而"消报端"也没这闲工夫。

　　失望后，林雨翔只盼小镇皆知就可以了。他想上回那个理科狠威力还尚存，这次这个文科狠还不知道要闹多厉害呢。但文科毕竟不及理科的声望大，事隔一周，小镇依然静逸，毫无要暴发的痕迹。

　　人对此反之的平淡最令雨翔伤心。最后还是马德保看不足了雨翔的孤寂，准备给雨翔一个广播会。雨翔不敢上广播，一怕紧张，二是毕竟自己夸自己也不妥当，不如马德保代说，还可以夸得夸大一些。

　　罗天诚也常向雨翔祝贺，这些颂词虽然不是肺腑之言而是"胃"之言，都酸得让人倒牙。乃是从胃里泛上来的东西的典型特征。但不管怎么说，罗天诚的"盛赞"都算是"肚子里的话"了。

　　林雨翔摆手连说："没什么没什么的，无所谓。"一派淡泊名利的样子。其实这世上要淡泊名利的人就两种，一种名气小得想出也出不了，一种名气大得不想出还在出；前者无所谓了，后者无所求了，都"淡泊"掉名利。倘若一个人出名正出得半红不紫或大红将紫，那他是断不会淡泊的。林雨翔肯定属于第一种，明眼人一瞥就可以知道，而罗天诚这大思想家就没想到。

　　同时，林雨翔急切盼望Susan知道，而且是通过旁人之口知道。他曾急切地问沈溪儿Susan知道否，答案一直是否。那封古老的信也杳如黄鹤，至今没有一点回音。看上冷水多归来，至今没和Susan说一句话，但值得欣慰的是课棒老师科学地解释了这种现象，说"和一个女孩子关系太好了，说的话太多了，反而只能做朋友而不能做女朋友"。难怪中国人信奉"话不能说绝"，这是因为话说得没话说了，就交不到女朋友了。

　　以这点自慰，林雨翔可以长时间笑而不语。笑真是人的一种本能，禽兽里能笑的也只有人和马了；无怪乎星宿里有人马座。男的一看见美女，心里就会不由自主地①微笑色笑，所以兴许男人是马变的；而女人看见了大概就会想去依靠攀登，可见，女人才是地地道道由猿猴进化来的。林雨翔每走过Susan身边，总是龇齿一笑，Susan也报以抿嘴一笑。如此一来，林雨翔吃亏了两排牙齿，心里难免有些不平衡，总伺机着说话，或谈谈文学，或聊聊历史。可每过Susan一笑，什么文学历史的，全部忘记。事后又失悔不已。

还好有沈溪儿在。沈溪儿常去找Susan，顺便还把林雨翔的一些关及她的话也带上，一齐捎去，所以林雨翔浮起了，有话对沈溪儿说。沈溪儿搬运有功，常受林雨翔嘉奖，虾米果冻总少不了。

Susan的心情①本左是抽象的不能捉摸的东西，而每次沈溪儿总会将其委婉表现出来，好比哩示风向的稻草。雨翔称赞她功不可没。但沈溪儿很怪，这次林雨翔会同大奖的消息却她偏活不肯说。

荣获之后那段日子，马德保和林雨翔亲密无蹑。马德保收拳个爱徒，才知道其实收徒弟是件很快乐的事。引到他如果格拉底孔子之类都会收徒弟——徒弟失败，是徒弟本身的不努力，而徒弟成功，便是良师出高徒了。广收徒弟把才识教给他们，就好比把钱存在银行里，保赚不赔。

林雨翔只为报知遇之恩。马德保教的那些东西，不论中考高考，都只能作壁上观。换句话说，这些东西都是没用的。

马德保把自己新散文集的书稿给林雨翔看。那书名叫《梦与现实——明天的明天的明天》，很吸引人。自序里说马德保他"风雨一生，"还"没读过多少书却有着许多感悟"。

雨翔很惊异。这些文字不符合马德保的狂傲性格。林雨翔困惑良久，终于知道——别人可以去拍马的屁而马不能拍自己的屁。于是拍道："马老师你很厉害的。写的文章很华美的！"

马德保推辞："一般性。你可是老师很值得骄傲的一个学生啊！"

"咦——是吗？"

"你很有悟性！"

雨翔被合得不好意思。

　　马德保再介绍他即将付梓的书稿："我这本书，上面出版社催得很紧，我打算这个星期六就送去，唉，真是逼得太紧了。其实，写文章要有感而发的，赶出来的不会好，我这几篇文篇，开头几篇我挺满意，后面的就不行了，嗨，也非我本意，读者喜欢嘛，可这次谁说后面几篇好，谁的欣赏水平就……"

　　林雨翔刚好翻到后面的《康河里的诗灵》，正要夸赞，嘴都张了，被马德保最后一句吓得闭都来不及。但既然幕已经拉开，演员就一定要出场了，只好奉和着说："马老师的后面几篇其实不错的，一千个人眼里有一千个哈姆雷特嘛！"

　　"也对。嘿，对了，林雨翔啊，你的文章——那篇获全国一等奖的，我在寄给北京的同时，也寄到了广州的《全国作文佳作选》，这期上发表了，你拿回去吧，这是样刊，寄在我这儿。"

　　林雨翔最近喜不单行。这欣然地接过作文料，想这本《全国作文佳作选》应该档次很高，不料手感有异。定睛看，纸张奇差，结合编辑父亲的教诲，断定这本杂志发行量和影响力都很小。名字的气派却这么大。想中华民族不愧是爱国爱出了名气的地方，针眼大的杂志也要冒个全国的名义。突然也对那全国作文比赛起了疑心，但疑心很快过去了，想不会有假的。

马德保：" 你最近的收获很大啊。"

" 嘿嘿，是啊，谢谢马老师。"

" 不要这么说，马老师也是尽了马老师的责任，你说是不是？"

" 哈，这，我以后要多向马老师学习散文的创作。" 林雨翔说。

马德保毕竟在文坛里闯荡多年，脸皮和书稿一样深厚，说：" 哈哈，那马老师的风格要薪尽火传了！不过，最近你还是要抓紧复习，迎接考试。你这种脑子，考不进市南三中，可惜了！好了，你回去复习吧。"

林雨翔回去后仔细看《全国作文佳作选》，不禁失望。他的美文是第八篇，地理位置居中。可惜这类杂志不像肥鱼，越中间那段越吃香。这种小书重在头尾，头有主打文章，尾有生理咨询，都诱人垂涎。雨翔看过他那篇中国第一的文章，觉得陌生。文章下面还有 " 名家评点 "，那名家长寿，叫 " 伯玉 " 扳指一算，贵庚千余岁，彭祖都要叫他爷的爷的爷。伯玉已经千年修炼成精，所以评点也

①：初唐陈子昂的字，②：作说里他话八句梦。上海文化用品批发市场经销

特别地"精简"，且且放行，说雨翔的文章"文笔奔放，收敛自如，颇有大师的风采。但结构尚欠推敲。"

　　林母看见儿子发表文章，欣喜如和了一局大牌。她从览这篇文章好几遍，说整本书就儿子的文章最好。拿到单位里复印了近十份，散发给赌友和朋友——其实就等于散发给赌友——还寄给林雨翔小学老师。林父正在云南出差，打长途回家，林母就报喜。林雨翔的小学语文老师迅速作出反应，回迅说林雨翔天生聪颖，早料有此一天。

　　雨翔把复印件寄了一份给Susan。寄后又沉住沈溪儿问Susan的反应。沈溪儿最近因为强信蓓的"到处偷情"去辑受到批评而不悦。平方诸责林雨翔胆小懦弱，懒不敢亲手通信。林雨翔辩解说"寄情寄情"，就是这个道理，感情是用来寄的，寄的才算感情。

　　沈溪儿骂他油滑，胡诌说Susan另有所爱。那男的长得像福山雅治，现在在华师大里念英文系，被雨翔骂白痴，气得再度胡诌Susan除另有所爱外还另有所爱。那男的长得像江口洋介，在华师大里念数学系。雨翔和沈溪儿不欢而散。

　　林雨翔口头说不可能，心里害怕得很，宽慰自己说两个日本男人在一起一定会火并的，但突地想到东洋武士不像欧洲武士那样会为一个女人而决斗。两个人一定很和平共处。他在情路上连跌两跤，伤势不轻。

偏偏他下午看到电影杂志上有福山雅治和江口洋介的照片，瞪着眼空对着两个人吃醋。然后悲观地想给这段感情写悼文。

池深儿告诉他那是假的——她相林雨翔乡祖见。说出了以后悔地想给林雨翔在这些上也是对她语文课代表的一种感~~谢~~协助。林雨翔高兴地活蹦乱跳。

自修课时他跑去门卫间看信，一看吓了一跳，有给他林雨翔二十几封信，于是他带着疑惑第一冲话进了教室。进门不免要炫耀。有时信多比钱多更快乐，因为钱是可以赚的而信却赚不出来。同学诧异，以为林雨翔登了征婚启事。林雨翔自豪地拆信。

拆了第一封信才知道来由，那些~~信~~是因为看了林雨翔的文章后~~才~~寄来的。第一封就简明扼要，毫无旁敲，直冲目的地而去：

我看了你的文章，觉得很好，愿与我交笔友的就给我回信，地址是……………

第二封是内蒙古，看得出这封信经过长途跋涉，加上气候不适，又热又累，仿佛大暑天里的狗，张嘴吐舌——信的封口已经开了，信纸露在外面。信的正文一承内蒙古大草原的风格，长无边际：

你别以为我们是乡下人哦，我们可是城上的。我父亲是个教师，母亲是个家庭主妇。我妹妹今年三岁，正计划着给她找个幼儿园呢！你们这里是不是叫幼儿园呢？上海是个繁华的大都市，让我充满了向往和幻想……

这样的，写了几千字，天文地理都淹没在里边。雨翔这才明白，信虽然挤不出来却可以摆出来——当然是和学生作文那样的扭捏的"摆"——雨翔决定不回信。这时他首次感到成名后的优越。

以后的信大多是像以上几封的式样内容，涵盖中国各地。广东作为本土，更是有几十封的数量。写信人都看了几本全国作文佳作选了，再引几句伯玉的话夸奖，毫无新意。雨翔发现现代人的文笔仍旧有南北派之分。南方人继续婉约，信里油烟酱醋一大摊；北方人口气像身材一样豪壮，都威胁"你一定要回信！"雨翔庆幸自己身在上海，不南不北。拆到一封本市的来信时，顿时庆幸也没有了——上海人的笔风收纳了北边的威胁和南方的唠嗦。而且那人不愧是喝黄浦江水长大的黄种人，坐拥双倍的"黄"，好喻说雨翔的文章没有强奸文字的迹象，有着早泄的痕迹。然后贵水东引，说这好喻出自台湾童桥，是一贯的童桥风格。林雨翔不知道"童桥"是什么地方，想在国民党赋居的地方，不会有道家的桥，怀疑是"孔桥"的音误。既然没办法断定"市友"的信也只好束之高阁了。

信只拆剩下三封。倒数第三封让人眼前一亮，它来自首都的"鲁迅文学院"。鲁迅余猛未泡，名字震撼着林雨翔。取出信，林雨而来的就是文学院院士的判断失误。把手写林雨翔"后铅印的"先生"一笔划掉，留下"小姐"读翔。给林雨翔小姐的信如下：

我院是个培养少年作家的地方，是文学少年的乐土。在这里，祖国各地的才子才女欢聚一堂，互相交流，著名作家×××、×××等等，都是从我院走出的杰出人才。

我院办院水平较高，旨在弘扬中国文学。幸运的你已被我院的教授看中。我院发出此信，说明你的文学水平已经有相当的基础。但尚须专家的指点，才能有进一步的

①：藏书家。②：国民党军队溃败

提高。

　　本院采取的是函授方式，每学期（半年）的函授费用一百八十元，本院有自编教材。每学期您须交两篇一千字以上的习作（体裁不限，诗歌三十行），由名师负责批阅，佳作将推荐给《全国作文佳作选》《全国优秀作文选》《全国中学生作文选》等具影响力的杂志报刊。每学期送学员通讯录。

　　汇款请寄××××××××，切勿信中夹款。祝您圆一个作家之梦！助您圆一个作家之梦！

　　林雨翔又难以定夺，准备回家给父亲过目。例教第二封更加吓人：

　　您好。莫名收到信，定感到生奇怪罢！我是您远了一辈子，默视着你，视线又长，且累。所以我决定写信。这种信该不会太有话说，然而我也忍不住去写，或者竟寄来了。大抵是因为你的文章太好了罢！假若你有空，请回信。

　　林雨翔看完大吃一惊，以为鲁迅在天之灵寄信来了。

一看署名，和鲁迅也差不离了，叫周树仁，后标是笔名，自湖北某中学。树仁兄可能晚生了一百年或者早生了一百年。林雨翔突然想这人也许正是"鲁迅文学院"里"走出"的可以引以骄傲的校友，不禁失笑。

　　最后一封信字体娟秀，似曾相识。林雨翔盯着字认了一会儿，差点叫出声来。最后一封信恰恰是最重要的，来自Susan。林雨翔疾速拆开，小心地把信抽出。信的内容和上封并无二致，奉劝林雨翔要用心学习，附加几句褒扬文章的话。反反正正十个字他看了好几遍，而且是课眼钦定似的直勾勾的盯住，幸亏那些字咽江不起来，否则会羞盖死。

　　这次去门卫间去得十分有价值，这些信落到班主任手里，后果很难说。林雨翔丰收后回家，路上对那本烂杂志大起敬意，原以为它的发行量不过二三十本，看来居然还不止。可见这些破作文虽然又愚又呆，但后面还有一辈子写个比破作文更愚更呆的学生跟随着呢。

　　林母听到看到鲁迅文学院的邀请，竭力建议雨翔参加。其实她平不爱鲁迅，只是爱了那个年代书的影响，对瞿家秋恨得咬牙切齿，引用军事上的一条哲理，"敌人的敌人就是我的朋友"，所以，既然朋友的学院函请，便一定要丢脸。她又把喜讯传给林父，林父最近和林母有小矛盾。按照逻辑，"敌人的朋友就是我的敌人"，屡次反对，说一定是骗钱的。

晚上补课补数学。任教老头� 朝无比，就是耳背——不过当老师的耳背也是一种福气。他是退休下来的高级教师——不过说穿了，现在有个"高级"名义算不得希奇，上头还有"特级"呢。兴许再过几天，"超级老师"都快有了。高级老师深谙数学，和数学朝夕相伴，右眉毛长成抛物线：左眉毛像个根号，眉下眼睛的视力被那根号开了好几次方，弱小得须八百度眼镜才能复原。他极关爱学生，把学生当数学一样爱护，学生却把他当文字一样遭践。这次补课也一样，没人爱听他的课。

课间林雨翔把收到的信全部展示给课桢君，课桢君挑了几篇字迹最破的，说这些值得回。林雨翔问原因，课桢君引用数学老师的词语，妙语说一般而言，女性的美色和字迹成反比，人长得越漂亮，字迹越难看。

林雨翔又被折服，和课桢君就批评一个研究课题，两人钻研不倦，成果喜人。最后断定是Susan是女孩子里的奇人，水现频率和伟大作家一样，五百年才能有一个。

林雨翔倍感珍惜。梁梓君探问她电话号码，雨翔噎憋地说不知道。

梁梓君失望地给手里的信估计身价，打算改天来探。林雨翔吃惊地问信也能卖钱？梁梓君说："现在的人别看外表上玩的疯，心里不要太空虚！我——林，这种信至少可以卖上五六元一封，你没看见现在杂志上这么这么多的交笔友启事？"

"嗯。"

"全送给我了！"

"好吧。"

教�教师老得不行，身子一半已经升天了。头也常常犯痛。他还继看不肯实乘，说定补满二个半钟头。白眺高生怕这位老人病故比地，收尸起来就麻烦了，不敢久留他，婉言送走。

时间才到七点半。梁梓君约林雨翔去"鬼屋"。林雨翔思忖时间还早，父亲不在，母亲一定去赌了，她在和不在一个样。胆大三才，说："去！"

"你知道鬼屋在哪里吧？"

"不知道。"

"你呀，真是白活了，我操，西这么有名的地方都不知道！"梁梓君嘲笑他。

林雨翔又羞愧又自卑，油然而生有种名人录的感觉。他问："那个地方闹过鬼？"

"鬼你个头，哪来的鬼，可怕一点而已！"

"怎么可怕？"

"我怎么跟你说呢？我——操，这个地方在弄堂里，房子旧了，像很老以前那种楼房，到半夜常有鬼叫——是猫叫。"

话落，一阵凉风像长了耳朵，时机适当地吹来。林雨翔又冷又怕，没见到鬼屋，已经在发抖了。

"敢不敢去？"

"我——敢！"

两人驱车到日落桥下。那里是一片老的居民区，林雨翔好几年没有去过了。路像越变小。天上没有星月，衬得这夜空格外幽凉。

梁梓君导游："快到了。"

林雨翔顿时像拥有狼一样的耳朵，广纳四面声音。他没有听到鬼叫。

梁梓君句句搪塞吓人："在传说里，这地方常还有四个被日本人活埋的农民，死得很惨，一到晚上就必来聚到鬼屋里，听人说，那四个鬼专管这镇上人的生、老、病、死，还有人见过呢，眼睛是红的。那个人过几天就死了，全身发绿，脑子烂光！我——操，恐怖！"

林雨翔的鸡皮疙瘩骤起彼伏，狼的耳朵更加灵敏，只听到沙沙落叶卷地声和风声。一句古诗见景复苏，涌上林雨翔的记忆——"空闻子夜鬼悲歌"。

侧耳再听半天，隐约听见有麻将牌的声音。这种漆黑骇人的地方，恰好是赌徒喜欢的，说不准那四个鬼也正凑成一桌麻将玩呢。

林雨翔公开鬼话题："这地方赌钱的人很多啊！"

课棒君："是啊，不要太多，就像——"他本想用喻说像天上的繁星，抬头看见连星星都不怕弄脏自己的清去忙喻赌徒，这忙改口，"多得数不清！"

"哟，赌徒加鬼，正好是赌鬼。"

"大作家，别玩文字了！"

林雨翔突然想到"赌鬼"这个词选得有误，鬼一定不会服气——因为感觉上，那"鬼"好像是赌注，比如甲问乙"你们赌什么？"，乙答"我们赌鬼"，语法上还是成立的。这该叫"鬼赌"才对。

　　林雨翔刚想把自己的巧思妙见告诉梁梓君，只见梁梓君精确地一刹车，说："下车，到了！"

　　林雨翔紧张，聊以自我放松的赌徒见解"都忘了"。待下车锁好，见四周只是些老房子，问："哪来的鬼屋？"

　　"别怕，走进那弄堂——"梁梓君手一指身后的黑弄。林雨翔扭头一看，刹那汗毛都直了。那弄堂像地狱的入口，与它的黑暗相比，外边这夜也恨不得要自豪地宣称"我是白天"了。

　　林雨翔跟随着梁梓君走进弄堂，顿时举步艰难，但碍于面子，还是要艰难举步。四周暗得手贴住鼻子还不见轮廓，仿佛一切光线胆小如雨翔，石屋都不及他，都不敢涉足这片黑暗。

　　提心吊胆不知道走了多久，眼前地时有了感觉。那两只荒置了半天的眼睛终于嗅到光线，像饿猫看见老鼠一样捕捉不已。

　　看仔细了眼前的东西，林雨翔的脚快酥了。那幢危楼伫立在一个大庭院里，半边已经坍了，空留着楼梯。这楼解放前是教堂，解放后是医院，塌了十多年。总之，无论它作教堂作医院，都是一个害人的地方。塌了更苏人心。林雨翔不知道这楼的简历，以为是从天而降的，更吓着了

96-5　16开500格书写文稿纸覆纸出品　　　　　　上海文化用品批发市场经销

自己。林雨翔"困倚危楼"，颤声说："有什么好怕的？"

"不怕，就上去！"

林雨翔听到要上楼，马上染上吴文英的毛病，踌躇着不前。

课桌君诚说："你怕了？"

林雨翔瞥一眼位于正在凄冷夜色里的鬼屋，顿时吓得胆魄消失，说："这——还有危险呢——"

"哪里！我陪！娘们似的，走！"课桌君拖林雨翔上楼。那楼梯其实还和楼面团结得很紧，只是看着像悬空了似的。刚走几步，楼上一阵骚动和脚步声。课桌君吓得全身一震，喝："谁！"林雨翔的意识更像傻掉了，连表示惊讶的动作也省略掉了，怔在原地。

楼上的鬼也吓了一跳——吓了四跳。有人开口："侬啥人？"

课桌君的心终于放下，长吐一口气。林雨翔的意识终于赶了上来，与意识同行的还有浑身的冷汗。他听到一口的上海话，心也放松许多，好歹是个人。退一步讲，即便上面是鬼，也是上海鬼，给点钱就可以打发走了。

课桌君迟疑着问："你是——是——老师？"

"啥？侬——课桌君！"

151

　　上来有了回应。林雨翔大吃一惊，想原来课桦君的交际面不仅跨地域而且入地狱。那人叫老K的从楼梯口出现，猛拍课桦君的肩。课桦君介绍他："我朋友，叫老K，职校的！"

　　"伊是侬弟兄？"老K不屑地指着林雨翔问。

　　"不，我的同学。"课桦君道。

　　课桦君和眼前的长发男生老K是从小玩到大的——从小打到大。老K练得高强武艺，横行邻里，小镇里无敌，成绩比课桦君略略微微好一些，所以保升职中。课桦君和他友谊深厚。但由于课桦君与具道路不同，沉溺美色，成绩大退，所以留了一级，无缘和老K厮守。老K进了具城的职校后，比于打架，察人骗人的议程排满，所以无回小镇。课桦君和他已经一个多月不见，此番意外相逢自然不胜激动。两人热烈交流，把雨翔冷落在一边。

　　老K聊一阵子，忽然记起林雨翔西志在楼上，招呼说："猫咪，出来吧！"

　　楼上怯生生走出一个女孩，长发及肩。夜色吞噬不掉她脸的惨白，反而衬托得更加嫩。林雨翔两眼瞪大得脸上快要长不下，嘴里喃喃说："Susan！"

　　那女孩边下楼边揉着眼。老K伸手迎接。林雨翔跨前一齐，发现认错了人，那女孩的姿色逊了 Susan 一分，发质也差了 Susan 一等，但毕竟还是秀色照人的。

老 K 竟也和课梓君一个德性，可见他不是不近女色而是情窦未开。而且他不开则已，一开惊人，夜里跑到冤屋来"人鬼情未了"（Unchained Melody）。

那女孩羞涩地低着头玩弄头发。

老 K："你来这地方干什么？"

课梓君："玩啊，我——操，你——"课梓君指着那女孩子笑。

"嗨，还不是大家互相 Play Play 嘛！"老 K 道。

课梓君顿悟，奇老 K 有他的风采。

老 K："还愣着等个鸟？去刷一顿！"

"哪里？"课梓君问。

"不是有个叫'夜不眠'——"老 K 对乡里的记忆犹存。

"嗨！对！'夜不眠快餐店'！"课梓君欣喜道，边右邀请林雨翔说："一起去吧！"

林雨翔本想拒绝，却鬼使神差点了头。追溯其原因，大半是因为身边长发飘然的老 K 的"诱"，所以，身边有个美女，下的决定大半是错误的。难怪历代皇帝昏招不断，病根在此。

152

　　三人有说有笑，使走路的距离似乎缩短不少。老K的"猫咪"怕生得自顾自低头走路，叫都不叫一声。西朔几欲看她的脸，恨不得提醒她看前方，小心撞电线杆上死掉——虽然有史以来走路撞电线杆的只有男人。他不忍心那个看上去很清纯的女孩子开先河。

　　走了一会儿，四人到"夜不眠快餐店"。那是小镇上唯一一家营业过九点的快餐店，望文生义，好像二十一点以后就是白天。店里稀稀拉拉有几个人，都是睡饱了无比充沛的，所以静逸无比，从外观看，"夜不眠"无精打采地快要睡着。

　　四个人进了店门，那感"夜不眠"顿时店容大振，一下子变得生机无限。

　　老K要了这家店扬名天下的生煎。四人都被吓饿了，催促老板快一点。老板便催促伙计快一点，伙计恨不得要催时间快一点。

　　课梓君追忆往事，说他第一次出台就是因为在上海的"好吃来"饭店打杂。老K向他表示疑问。那女孩仍不说一句话，幸亏手旁有只筷子供她玩弄，否则表情就难控制了。

　　一会儿，生煎送上来，那生煎无愧"生煎"的名字，咬一口还能掉下面粉来。四人没太在意，低头享用。老K和课桌君一如中国大多学者，在恋爱方面有精深的研究，却不能触类旁通到餐饮方面。他们不晓得女孩子最怕吃生煎小笼这类要一口活吞的东西，而这类又不能慢慢消灭掉，那样汁会溅出来。女孩子向来用樱桃小嘴自居，樱桃小嘴吞下一个生煎的话，物理学肯定气死，因为理论上，只存在生煎小嘴吞下一个樱桃的可能。

老K全没顾及到，忙着吃。那女孩的嘴仿佛学会了中国教育界处理问题的本事，只触及到皮而不敢去硬家质的东西。林雨翔偷视她一眼，她忙低下头继续里物不搭咬皮，头发散垂在胸前。

正在三人快乐一人痛苦之时，门外又进来三人。课桌君用肘撞一下老K。老K抬来一看，冷冷道："别管他们，继续吃。"

林雨翔虽然对黑道的事不甚了解，但那三个人名气太大，林雨翔不得不听说过。这三人已佐缀序，成天蜂事，前几年流行《黄飞鸿》，这三人肯过后手脚大痒，自成一派，叫"佛山飞鸿帮"。为对得起这称号，三人偷扒施无所不干，派出所里进去了好几次。所里的人自卑武功不及"佛山飞鸿帮"，大不了关几天就放了出去。

　　"佛么飞鸿帮"尤以吃见长，走到哪儿吃到哪儿。今天晚上刚看完录像，打算吃一派再闹事。三人里为首的人称飞哥，一进店就叫紧要发生猛。

　　老板知其善吃，连忙吩咐伙计做，生怕待久了"佛么飞鸿帮"饥不择食，掀桌子给砸了。伙计汁得快把生意送上去。

　　林雨翔瞟一眼，轻声说："他们上得这么快，真是……"课桦青给他一个眼色。

　　邻桌上飞哥一拍筷子，愤怒道："妈的，你烦个鸟！不要命了！"

　　林雨翔九个字惊得他十个字，吓得不敢开口。

　　那"飞鸿帮"里一个戴墨镜的提醒飞哥看邻桌的那个女孩子。

　　飞哥一看，灵魂都飞了。略微镇定后，再瞄几眼，咧嘴笑道："好！好马子！你看我怎么样？"

　　墨镜："帅气！妈的美男子！"

　　"什么程度？"

　　"泡定了！"墨镜吃在没好好学习，否则奉一声"飞哥"，马屁效果肯定更好。

　　林雨翔正在作他的"雨翔帮"，暗地里自理头发，想在她面前竖一个光辉的形象。

雨翔眼前忽然横飞过一个纸团，打在那女孩肩膀上。她一愣，循着方向看去，见三个人正向他招手，忙低下头撩头发。

梁梓君察觉了情况，默不作声。老K刚忘向生煎，对身边的变化反应迟钝。

飞哥感到团派团不快，便改进武器，拾起一个生煎再扔去。那生煎似有红外线制导，直冲女孩的脸颊。她躲避已晚，"啊"的叫了一声，顺势倚在老K怀里。

"怎么了？猫咪？"

"他扔我！"

"他妈的找死！"老K一摆筷子。

林雨翔反对战争，抢："算了算了。"

那桌不肯算，又扔来一个生煎。老K最近忙于寻花问柳，生疏了武艺，手扬个空，生煎直中他的外衣。梁梓君也一拍桌子站起来。

店老板见势，顿时和林雨翔一齐变成和平鸽，疾速赶过去说："算了，小误会，大家退一步，退一步！"老板恨不得每人多退几步，退到店外，只要不伤及他的店，双方动用氢弹也无妨。

飞哥一拍老板的肩，向他要支烟，悠悠吐出一口，说："我这叫肉包子打狗！"

老K一听自己变成狗，怒火焚胸，便拿起肉包子，把生煎反掷过去，不幸掷艺不精，掷得离目标相去甚远，颇有国家足球队射门的英姿。

三人笑道："小毛驴拐这么歪！"

老K在金庸著作上很有研究，看遍以后，威力智力都大增，这次甩出杨过的佳句："小毛驴骂谁?!"

老K读书不精，吃了大亏，杨肩脱口而出："骂你！"

课棒君和老K大笑。

飞哥破口说："笑个鸟，是骂你，你，长头发的野狗！"说着一扬拳，恨自己不是秦琼笔下逢狗必杀的杨小邪。骂完脑子反应过来，眼睛一瞪，把椅子踹飞，骂："奶的熊嘴巴倒挺会要的。"

另外两个帮兄也站起来助阵。

左老板心疼那只翻倒在地的凳子，忙过去扶正，带笑腔说："大家退一步，不要吵，好好吃嘛！"见自己的话不起作用笑腔更加重一层，心里话掩饰不住："你们要吵到外面去吵，我还要做生意啊！"

飞哥呸他一声，骂："放你个鸟，滚！"

　　梁梓君开了金口："我——操，你们嚣张个屁！"

　　飞哥又甩掷过去一个生瓶，落在林雨翔面前。林雨翔吓一跳。对面的女孩子扯住老K的衣角哀求道："算了，求你了！"

　　老K一甩手说："男人的事，你少插嘴，一边去！"然后慌乱地想是否本帮人数上占优势。但无奈一个是女人，一个像女人，可以省略掉。二对三，该是可以较量的。不幸老K平日树敌太多，后排两个被他揍过的学生也虎视眈眈着。梁梓君庆幸自己只有情敌，而他的情敌无论数量稀无比，无论身高体重三围和眼前拥有一副好身材的飞哥不成比例，所以没有后患。

　　飞哥又掷一个生瓶，激起了已怒的老K，他拖起可乐瓶过去，没打中但溅了三人一身。飞哥一抹脸，高举起凳子要去砸人。老K一把把女孩子搁到身后，梁梓君扶一下正发慌的林雨翔，叫："你先出去，别惹事！"

　　林雨翔顾及大局，慌忙窜出门去。临行前忍不住再看一眼那女孩子，她正披散头发劝老K罢手，无暇和林雨翔深情对视。末了听见一句话："妈的——这马子靓，陪大哥玩玩……"

　　刹那间，林雨翔觉得四周一凉，灵魂确定发现自己已经在店外了。恰米见里面深棕君也正举着一只凳子，飞哥边拾一只手挡，边指着林雨翔，一个帮手捡起一只凳子飞奔过来……

他吓得拔脚就逃，自行车都不顾了。逃了好久，发现已逃到大街上，后面没有人追，便停下脚步。凉风下只有他的影子与其作伴，桔黄的街灯在渐渐黑云下，显得更加阴森。

林雨翔定下心后来回随着影子，想该不该回去。抬头遥望苍穹，心情阴暗得和天一样无际。他决定掷硬币决定，但抛到正面希望反面，抛到反面希望正面，实在决定不下来，只好沿街乱逛，仿佛四周有打斗声包围过来。边走边警觉后面有无追兵。

走了半个多小时，不知怎么意逃到Susan家门口，而他确信脑子里年没想她，可见思念之情不光是存在于头脑之中还存在于脚上，心有所属脚有所去。

止步仰望阳台。Susan家居四楼，窗口隐约探出温馨的台灯柔光，那光线仿佛柔顺得可以做高难体操动作，看得林雨翔心醉。

怔了半天，隐约看见窗帘上有影子挪动，以为是Susan发现了，要来开窗迎接。雨翔满心的喜悦，只等Susan在窗前招手凝望。此刻，唯一的遗憾就是莎士比亚没写写密欧是怎么爬过凯普莱特家花园的墙的。

人影仍正在窗前。近了，近了！林雨翔心不住的跳，私定来生，想下辈子一定要做只陸虎。他恨不得要叫：

"轻声！那窗子里亮起来的是什么光？那就是东方，Susan就是太阳……"

人影又近了一点！林雨翔又恨自己没有写密欧与神仙的交情，借不到"爱的轻翼"。

正当他满怀希望时，人影突然消失了。鼓起的兴奋一下子消散在无恨夜空里。

如此打去以后，林雨翔领悟到，知人知面不知心不及知人知心不知面的痛苦。

深夜排徊后，课梓君的后事已经不重要了。林雨翔安心回家，越想回想今天的人与该事，不知不觉里睡着了。

第二天他头一件事是去问课梓君的生死。找到课梓君后看见他一股也没少，放心不少。课梓君说他估计那飞奇骨折了。林雨翔拍手说："好！这人的下场就是这样的！活该！"

课梓君得意道："我们后来还招来了警車呢，我逃得极快。

161

可惜老K像受点轻伤，送医院了。"

　　"那，那个女孩呢？"

　　"她没事。回去了。她家不在这里，还哭着说她以后不来了呢！"

　　"不来这里了——"

　　"不敢来了吧。"

　　"噢。那她叫什么名字？"

　　"我操，我怎么知道！"

　　林雨翔眼里掠过一丝失望。

　　下午班会课林雨翔和课桌君一齐被叫往校长室。林雨翔一身冷汗，想完蛋了。小镇中学校长的气魄比近学校大多了，平时不见人影，没有大事不露面。

　　他严厉地问："你们两个知道我干嘛叫你们来吗？"

　　"不知道。"

　　"昨晚八点以后你们在干什么？"

　　课桌君："补课。"

　　"说谎！今天早上有人来说你们两个砸了他的店。倒好，不读书，去打架了！"

　　林雨翔只挂道："没有！"

　　"人证都在。叫你们父母来！"

　　- - - - - - - - -

　　结果林父把雨翔揍一顿，但梁梓君竭力说林雨翔没动手，外加马德保假借全国作文第一名求情，林雨翔幸免于难。梁父赔了钱。梁梓君确系打人致伤，行政记大过一次。梁父想用钱消灾，与校长发生不快。

　　时近□月份，梁梓君转校至浦东私立学校，林雨翔来及和他告别。马德保率文学社获全国最佳文学社团奖——不是"获得"，应该是"荣得"。

　　次日，亚洲金融危机来袭。一位语文教师失业归校。马德保教学有方，轻引荐，任县城中学语文教师。临行与雨翔依依惜别。

　　林雨翔与成绩、与Susan，一切照旧。

96-5　16开500格书写文稿纸震纸出品　　　　　上海文化用品批发市场经销

期末考试终于结束。展望未来，整个寒假都是由书本衔接成的。在期末总结大会上，校方说要贯彻教委关于丰富学生生活的精神。众生皆知，这是教委所做出的少数几个正确决策之一。不幸"丰富生活"的口号仿佛一条蛔虫，无法独立生存，一定要依附在爱国主义教育上。爱国必要去南京，因为南京有许多可进行爱国主义教育的名胜古迹。去过一趟南京回来后必会献爱，可惜献给板鸭了。

学校安排了一天给这次活动，早上三点出发，晚上十点回家，只留四个小时在南京本土。可见爱的过程是短暂的而爱的回忆是无穷的。在爱的路上会有区电视台来做一个节目，另有教委之人下凡督导。这些人此行主要目的是在电视上露脸兼弄几只板鸭回来兼督导。

爱的降临往往是匆忙的，校方通知众生第二天就要出发，半夜两点半集中。

傍晚六点林雨翔去超市购物。这小镇最穷的是教育最富的是教育局，据说这个超市乃是教育局的三产。然而上

（作者按：第162、163、164页手稿缺失，不知为何三页手稿1200字对应原书才那么点字，估计涉及爱国主义教育，出版社有大幅删节。）

课不正下课延。这超市里藏了不少三无商品，且商品不乱
充数，往往能在"文具"柜中找到三角裤，引得学生浮想翩
翩，想这年头教改把三角裤都纳入学生用品类了。不过细
想一下还是有道理的，学校里面通常课程安排太密，考试
时间太长，实在憋不住只好——林雨翔一想及此，哑然失
笑。

　　挑了半天篮里只有一支口香糖，体积上比较寒酸。正
当此时，瞥见一个熟悉的身影。果然是Susan和沈溪儿在
一起购物。女人浑身都是婚，两人的篮子里满得状密外流。
林雨翔恨不得大叫要家什共产主义。

　　雨翔马上画好蓝图——他将穿过三个货架逅后与两人
不期而遇。一路上必须补充物品，不管什么先往篮里都再
说，大不了过会儿放回去。于是一路上仿佛国庆党征兵，
不论好坏观贵贱，一律照单全收。到第三个路口的镜子旁
雨翔苦练了几个笑容，把自己迷倒以后保持这个笑容等候
Susan。不幸随着时间的推移，这笑脸变成不稳定结构，机
构乱跳。雨翔心想这样不行，索性改成严肃，因为女孩都
喜欢流川枫型。不料在实验过程中Susan竟然从场角出现，
雨翔大为尴尬，忙举起篮子说："嗨，去南京准备些东西。"

　　Susan扫了蓝子一眼，哈哈大笑，指着说："你去南

京还要喵上这个啊？"

林雨翔问："哪个？"然后低头往篮里一看，顿时血液凝固。只见一包卫生巾耀然在最顶层。大窘之后雨翔沿巴道："这——这是我以为用来擦嘴巴的——餐巾纸。不好意思，眼误眼误。"

沈溪儿不放过，像口工歌语道："哟，还是为大流量设计的，你可真会流口水啊！"

Susan在一边调停说："好啦，溪儿，别说了。"

沈溪儿道："怎么，你心痛这小子啊？"

"你才心痛呢——"

林雨翔心顾在一旁揣后脑勺，悟了好久才意识到最主要的事忘了做，偷偷拿起卫生巾，往身后的文具栏里一塞，终于大功告成，同时心里有点清楚了这一栏为什么会有内裤。原来幸福的人各有各的幸福而不幸的人有着相同的不幸。

Susan看林雨翔完工，岔开话道说："喂，林雨翔，你晚饭吃了吗？"

林雨翔明知这个问题很妙，如果没吃，那对方肯定会盛情邀请。尽管林雨翔刚撑饱但为了爱情，只好委屈胃了。林雨翔拍拍肚子，不料拍出一个饱嗝，二度大窘，忙说："

"饿得我都打泡沫了！"

　　温柔和幽默往往只有语气之别。林雨翔这句废话被Susan听成笑话，又哈哈不止。林雨翔乐得看Susan的笑语，不想Susan这笑的惯性太大，害得他这笑好比坐到住大车，忽然轻好许多。沈溪儿此时又给林雨翔一个狠重打去："那还不回家去吃？"

　　Susan笑不忘本，说："算了，让他跟我们一起吃饭吧。"

　　沈溪儿两边打去："你说你是不是对这小子有意思？"

　　Susan忙表示没意思。"哪里啦，就一顿饭嘛，算是上次无固定的还情啊，走啦！

　　林雨翔战战兢兢地跟着她们走，偶尔扫一下自己的盘子，发现里面有一包虚唯采，吓了一跳，看没人注意，忙和饼干放在一起。

　　三人去就餐的饭店是"走进来"快餐厅。刚开始生意不振，服务态度又粗暴。顾客大多是走进来滚出去的。最近改变特色，推出情侣套餐，最后还奉送一枝玫瑰。尽管这枝玫瑰长得像这家店以前的生意状况，但始终聊胜于无。在这里三人每进餐叙和谈话到山穷水尽之时，服务员总会操一口不标准的普通话说："先生小姐，露色"。这样平添几分温馨气氛，本来要吵的架都因故推迟到后半了。推出这一套经营理念后小店安静不少。举凡酒店，在里面喧闹发酒疯的都是政府人员，而这些人小店惹得起不起，因为他们白吃白喝后会就此谋已开一个流产会议，二个基层扩大会议，三个辞职座谈会议，再招集社会上有名的流派开一个名流学术研讨会议。情侣就不会。

林雨翔镇定且非要了一瓶啤酒，硬是吞了下去，一展豪气，头脑发沉，顿时变成一个集傲气霸气和酒气于一身的男人。拍着桌子追忆似水年华，说："老子小时候酒像喝水啊。Susan，你没喝过吧？告诉你，古人很多东西是没道理的，你们思考问题要换一种思维方式。"说着甩掉一个生的方式，趴在桌上，两眼直勾勾地看住Susan，说："你们的思维方式就是延续性的，而我的是逆向的——逆向懂不懂？就是——比方说一般人说到了感性后，下一个说的就是理性，而我说到感性后，下一个就给你们说性感。"

说着林雨翔捋一下袖子，觉得几乎变思危，以为雨翔要用肢体语言，此要护着Susan。不想林雨翔幼稚单纯，挥手说："再来一瓶！区区小酒，不足挂齿，老子喝酒像喝奶似的，快拿一瓶力波牛奶！"

Susan站起来揪住雨翔说："好了，别喝了，走了，时间差不多了。走啦。"

池渎儿也比去拖，林雨翔推开他们，说："你们真以为我醉了，我真可谓——"说着想找一句古诗词证明自己牛饮本事巨大，可惜这东西东遭了劫，生平未见，只好把"谓"字拖得像伟人作古时的哀悼汽笛。

池渎儿一话揭断那笛声说："谓个屁，走！"

店外夜凉如水，吸一口气，冷风直往鼻孔里钻，凉彻心肺，连耳孔里也灌风，那风果真无孔不入。Susan不由搁紧手在口边哈一口气。林雨翔看见比扒下一件衣服，那衣服薄得吹弹欲破，披在身上可以忽略不计，所以扒下来给Susan披。Susan说不用不用，快到家了。

林雨翔急说："怎么了，你嫌脏两！老子还厚！"说完又脱下一件，顿时浑身一轻，鼻涕一重，冷得哈啾不止。Susan更加推辞。

林雨翔脱出了惯性，又要扒，池渎儿一看大势不妙，再扒下去要裸奔了，赶忙命令："穿上！"

林雨翔一个踉跄，然后××××××××××××××说。"又不是脱你们给的，老子愿意！"

Susan也看出了事态严重，比在路边叫住了一辆三轮车把林雨翔推进去，叫车夫说送他回家。雨翔开始抓狂，乘先上车。车驶出一路后，Susan担心道："他会不会有事？"

沈溪儿眉毛一扬，说："这小子这眼扒了这么多还不醉呢，你说会有什么事？"

Susan回头往长街上望了几眼，被沈溪儿拖着回家了。而沈溪儿也没有好事做到底透佛上西天的专业精神，见驱狼工作完成，在下一个路口就和Susan告别。从那个路口到Susan家还路途漫漫，只差没用光年做。Susan只是感觉有些不安，怕林雨翔喝醉大发拆人家三轮车，或者被车大劫诈了，或者把车大劫诈了。

隐隐约约前方几十米下路灯下有一个身影，见Susan靠近了，徐徐向前两步立咖挺在街上。

Susan停下车，低头问："林雨翔，你不回家在这里干什么？"

林雨翔今天酒肉下肚，不仅胃大了许多，胆也是胀大无数，大声说："Susan，我想陪你一会儿。"这句话在深夜宝里格外清响，方圆十里内所有莫火名叫Susan都会为之一振。

"你喝多了。"

"不多不多，多乎哉，不多矣！"林乙巳悦着又觉得头有一点沉，想有一种要表白的冲动。雨翔暗想酒果然是好东西，一般人的表白如果失败后连朋友都做不了，而醉中表白万一惨遭失败就有"酒后失态"或"酒后真态"的借口，如此一来，后路比前路还宽。可另一方面，林雨翔又不想对这种纯真的友情做任何沾污。他是这么想的，其实还是两个字："不敢"。最终两人很平静地在街边慢慢走，但各自心潮起伏。

　　林雨翔经历了比二战还激烈的斗争后，终于下定决心——如果依旧这么僵下去，弄不好这场恋爱要谈到下个世纪，按师训，今天的事情今天完成，那么这个世纪的爱意这个世纪表白，否则真要"谈了十几年，黑发谈成白发"，毕竟谈恋爱拖得陷入世纪不是好兆的。决心一下后，林雨翔开始措词，东拉西扯竟在脑子里排列了许多方案，比如"我爱你，不久，才一万年"，比如《大话西游》里孙悟空的"我爱你，如果非要给这份爱加一个期限，那就是一万年"，不胜枚举。这年头爱情果然厉害，要么不爱，一爱就抵四百来只乌龟无八的寿命。不仅如此，连猴子也是，可见猴子的爱情现已经进化到和人的一样——是退化到。想好了话言后，最后一步是确定用爱或喜欢。其实两者是等同的。人就是奇怪，一提到有三个字要说，人首先想到的就是我爱你，却不想"丢小厮""你这猪""救命啊""上厕所"甚至"分手吧"都是三个字。假使说话也有某些有钱根扎头志扎所开出的

"千字千元"的报酬，相信这世上大多情人会将我爱你说口成"我喜欢你"。然而由于人的习惯，用爱显然有一字千斤高如泰虎的威力，所以林雨翔还是决定用"爱"。

寒夜的街上没几个人，空旷的世界里好像只剩下两个人和几盏灯。林雨翔握紧拳，刚要张口，终于不幸，大坏气氛的事情发生了，Susan早雨翔一步，说："有什么事么？没有的话我回家了？"

林雨翔的勇气被吓得找也找不回来，竟摇摇头说"没事没事。"

Susan围好围巾，对林雨翔莞尔一笑，蹦上车回家。林雨翔呆在原地，又责怪自己忘了说"路上小心"等温馨的话，不由破传统后悔。酒劲又涌上来，越想越不甘心，叫了路边一辆三轮摩托从另一条路赶往下一个路口。

那小三轮尽管好像比林雨翔喝了更多的酒，东倒西歪的，但速度奇快，一路上街灯飞速往后退，只听风在耳边尖叫，恍若梦境。

到了下一个路口，林雨翔靠倚在街灯后，且准倒且呼呼大睡。同时他又坚持信待Susan会像先一辈无产阶级革命家的精神，一条路走到底，不要剑新长其它走法。

远方雾里渐渐清晰出一个身影。林雨翔顿时高度警惕，

172

几乎和路灯合为一体。突然那酷似Susan的女孩停下车来，林雨翔以为身影发现异样，大为紧张，恨不得钻到灯杆里或拥有一身保护色。

身影下车后往路边走，再仔细一看，那里蜷跪着一个乞丐。林雨翔平时虽然认为乞丐不去搞些祖国四化而来讨钱很没志气，但是还是会给点钱的。但偏今天没看见，感情果然使人盲目。

那长发飘飘的身影半蹲在乞丐边上，掏出一些东西给乞丐，而乞丐则磕头不止，身影扶住乞丐，再把手套脱下来给他，说几句话后擦一下头发，挥挥手转身去推车。那撩头发的动作林雨翔再熟悉不过了，的确是Susan。

此刻的林雨翔已经不想再去弄什么自己了，蜷在路灯后暇想谁追到了Susan谁就是最幸福的人。然后就希望Susan不要发现他了，忙躲一团不知名长青植物后。自行车的声音渐远。不远处的乞丐目视Susan走远，然后盯住林雨翔看，以为是志同道合者。想那乞丐视左之是小康乞丐，所以并看不起林雨翔。林雨翔还看着Susan远去的背影发怦，转头看见那乞丐，是个残疾人，坐在一辆四轮平板小车上，心生怜悯，也想去献爱心，不料那乞丐站起来拎着小车拍拍屁股走了。

这一夜林雨翔怎么样迷迷糊糊回到家里的已经不记得，只知道夜里梦却多，一个接一个像港台连续剧。做得正在剧情紧张部分时，被敲铁门的声音震醒。张开眼见是自己母亲回家。生母已经好久不见，今晚——今晨老母喜气洋洋，想必是赢了钱，人逢胜胜精神爽。林母见起儿子醒着，笑着问："咦，我今天怎么见到街上都是学生？"

林雨翔一听马上跳下床，一看表，叫完蛋了，要迟到了，于是为了集体荣誉，抛弃个人卫生，直冲门外。一路狂奔，到了校门，车子已经启动，想万幸，跳步赶上。找到本班那辆车时发现上面陌生的地方已经坐满了人，只差方向盘上没人。老师自然指责他一顿，然后发了一个重要指示：坐隔壁班那辆车上。

跳了隔壁班那车，只见都是人头。导游给他指明方向说还有一个加座，雨翔看过去，顿时气息不畅两眼发亮，靠加座的一幸就是Susan。Susan也发现了他，微微一笑，拿掉加座上的包。

坐到那个位置林雨翔只觉得无所适从，又恨自己没搞个人卫生，愤愤造化弄人。闷了好久不敢张眼看世界。Susan旁边的那个女生仿佛一个大探索家，喜欢和大自然抗争，只穿了一条短裤，脸上又惨白，在夜色的渲染下，能去吓鬼。Susan只是很普通的衣着，但已使那地身旁那个衬得像鬼中豪杰。那女生一见林雨翔，顿时马屁横溢："啊，你就是林雨翔吧！才子！"

林雨翔恨不得要叫"好！赏赏！"，却只低下头说哪里哪里混混而已不如你身旁那位才女。

此时车内一暗，气氛格外雅致，Susan轻声说："林雨翔"

雨翔精神高度集中，差点响"到"。

"你昨晚安全回到了？"

"要不然我人还能在这儿吗？"

"你怎么坐我们的车？"

"没什么原因，最后一个上车已经没位置了。"

"最后一个上车，这么伟大？"

林雨翔大喜，想懒人有懒福，说："没你伟大。"

"开玩笑。对了，你喝得——没事吧？"

"没有。昨天一身酒气，不介意吧？"

"不——说实话，那酒味挺好闻的。"

虽然这句话是赞物馏的，但作为酒的清天者，林雨翔还是很荣幸的。

"昨天怪冷，你回家有没有觉得冷？"林雨翔问。

"还好。"

"去南京车程多久？"

"五个小时吧，现在才三点呢。外边真漂亮。"

林雨翔抬头看窗外，昏立交路上好儿排路灯交织在一起，远方衬着黑儿盏孤灯。林雨翔想这辈子算是和路灯结下不解之缘了。

林雨翔要想一个话题，斟酌好久，那话题终于在这而出："喂，Susan，你觉得你是个感性的人还是理性的人？"

"Susan抿嘴一笑，说："你是个性感的人吧？"

林雨翔暗下说哪里哪里，你旁坐那个才性感呢！"嘴上说："不好意思，酒后失言。"

"哪里，我觉得你说得很对。我是个感性的人。"

林雨翔已经想好了，无论Susan说什么，都要大夸一番再把自己归纳入内。"感性好！我也是感性的人！"说完变成感冒的人，打了一个喷。Susan问："你着凉了？"

"没有没有，喷乃体内之气，岂有不打之理？"林雨翔又诵了一首诗来解释，原诗是"屁乃体内之气，岂有不放之理，放屁者欢天喜地，吃屁者垂头丧气。"是首好诗，可惜无处发表。

"这么凉的天，你只穿这么一点，不冷吗？"

雨翔身上托的几件衣服，这一点不冷。郭去指身上果个点不冷，其余地方都冷。

　　林雨翔想起昨夜酒后作诗一首，上写：

　　亲爱的　为你饮尽这杯酒

　　醉了之后　我就不会有忧愁

　　什么都可以说

　　只是别说曾经拥有

　　那是伤情的人骗自己的理由

　　亲爱的

　　别说我不要

　　别说对于

　　伸出小指　我们拉钩

　　不说来世爱你

　　来世我遇不见你

　　来世我会爱别人

　　今生只爱你已经足够

　　这诗首是林雨翔一气呵成~~的~~一气喝成的，烈酒为酒果
热给人灵感。想到以后忙拿去来给Susan看。Susan拿出一个小
手电，读完以后问："你写的？"

　　"不，你志摩写的。"

"我怎么没看见过？"

"噢，好像是戴望舒或柳亚子写的，写得怎么样？"

"太棒了！"

林西翻大悔，想当初怎么就不说是自己写的，如今自己卖名却给别人喝彩，不值。

Susan地诗还给林西翻。问："是不是说到创意性了？"

"嗯。"

"我想到以前我的一个语文老师——是女的——她刚从师大毕业。是我们学校最年轻的一个老师。她给我的印象很深，记得上第一节时他说不教而我们看语文书。然后给我们讲高晓松——那个制作校园歌曲的。她第一节课给我们唱了青春无悔。说我们不要困于考试之内的无聊没用的东西，要在课外充实自己，这样才能青春无悔。然后她推荐给我们惠特曼的书，小林多喜二的书，还有一本讲知识经济的，还有数字化生存。嗯——很好，还带我们去图书馆。不过后来她调走了，因为我们班的语文在全级里是最后一名，能力很高，成绩很差。后来校长说她不适宜于教师工作，教育手段与现在的素质教育不符。放纵学生不吃透课料，体会什么鬼态中心。后来他走的时候都委屈的哭哭了，说教育真的不行了。然后再给我们唱青春无悔。其宋视在中国教育不好完全不是老师和学校的问题，是体制的问题。剑视在我一听青春无悔，就会想起那位老师，真的。"

　　林雨翔听得义愤填膺，恨不得跳下车跟开在最前面的昏迷不醒里的教育局的人拼命。问："那理性的人呢？"

　　"嗯——理性的人会把'青春无悔'里每一句话作无谓语分析。然后出题目这个字加在这里好不好，删掉行不行。"

　　"言之有理。那首叫'青春无悔'的是谁唱的？"

　　"老狼和叶蓓，高晓松的词曲。"

　　"唱给我听一听好吗？"

　　"嗯现在车上有些人在休息，不太好吧，我把歌词给你看吧，在这儿。"

　　林雨翔在聚摇的灯火下看歌词，词的确写得很棒

开始的开始　是我们唱歌

最后的最后　是我们在走

最心爱的你　像是梦中的风景

说梦醒后你会走　我相信

不忧愁的脸　是我的少年

不灭灭的眼　等岁月改变

最熟悉你我的街　已是人去了阳斜

人和人相立在街边　道再见

你说你青春无悔包括对我的爱恋

你说岁月会改变相许终身的诺言

你说亲爱的道声再见

轻过年青的脸

含笑的带泪的不变的眼

是谁的声音　唱我们的歌

是谁的琴弦　撩我的心弦

你走后依旧的街

有着青春依旧的我

总是有人不断重复　我们的事

都说是青春　无悔包括所有的爱恋

都还在纷纷说着相许终身的诺言

都说亲爱的亲爱永远

都是永远年轻的脸

~~永远永远 不变的眼~~

"好！写得好！不知曲子怎么样。"

"曲也不错。你看这首，也很好听。"

"是'模范情书'吧？'我是你窗前的那棵橡树'，好比喻！"林雨翔暗想毛狼真是不简单，摇身就从哺乳类动物变成植物。

Susan把食指轻放在唇上说，"不要说话了，别人在休息，你也睡一会儿吧。"

林雨翔点点头，想Susan真是体贴别人。于是往椅背上一靠，轻闭上眼睛。林雨翔没有吃早饭，肚子饿，又不好意思拿出面包来啃。此时的夜就像面包一样诱人。Susan已经闭上了眼，和身旁那个像"聊斋志异"里跑出来的女生合盖一条小毯子，使得林雨翔的爱心无处奉献。

此时林雨翔的饥饿仿佛教改的语言，虚无飘渺摸也摸不着边。实在睡不着只好起身看夜景。这时林雨翔的身心中突然掠过一种难以名状的感觉。偷看一眼身边的Susan，月光像面膜一般粘贴在她脸上，嘴角似乎还带笑，几丝头发带在唇边，是歌词里那种"撩人心弦"的境界。

林雨翔觉得受不了她表里如一的美丽，又扭头看另一边的窗外。

　　可林雨翔觉得在车子上坐得并不安稳。徐匠迪就曾料到这一点，说"上海到、车子跳"，那么逆命题是：出上海车子也密跳。这车上过一段不平之路，抖得很猛。然后灯火突然亮了许多，想必是变收费了。只听到后面"咔一咔"一声，林雨翔以为自己跳的车子翻了。转头一看，大吃一惊，是一辆货物装得出奇多的货车。那卡车如有神助，竟把货惟得高大于长。如此负担重的车想来也是安稳的。其实这种结构早有典故，一战曼的采园邮见相路上遇见大坑，所以背一捆木条，好填坑平路。估计卡车司机也是怕路上猛出现大洞，才严防患于未然，跳过不平路。巨向旁息上林雨翔再。一看，叹服于那卡车居然还体现完整，还有轮子有齿的。

　　车子到南京的路仿佛古时文人的仕途，坎坷不已。开了一段后又要停下来收费，司机口袋里的钱倒中泓定叛泊无家。

　　然后导游给司机一包烟。要其提神，司机的手挣扎不已，说不要，但最终打不过导游的手，悻悻囊下，塞一支在嘴里。一时车子里有了烟味，前面一些不知大自然的力量小于大于更密，顿时一车人醒了大半，那骂安又密。

　　林雨翔忙过去送温暖，说："你冷不冷，披我的衣服吧。"

Susan 赶紧说不冷。

这时车内一个女孩站起来倡议："我们唱歌好不好？"

"好！"

"我先给大家唱一首《闪着泪光的决定》。"

"好！"

"献丑了！"

说完那女孩扯开嗓子就唱。不过这社会上说话这么像那女孩一样讲信用的人已经不多见，说献丑果然献丑，调子走得比八头牛都拉不回来。

唱着唱着他开始亢奋，手在旁边一挥，这一挥伤把厕所给扯平了，越唱越像说歌。

一曲毕，林雨翔看看身边的 Susan 还健在后，然后说："怎么这么难听。"

"不要说人家，她也是为大家想嘛。哎，林雨翔，你饿不饿？"

"还好。"

"吃点东西吧，好丽友什么的，我看你饿了。"

林雨翔大惊，想"饿"这个抽象的东西居然能被 Susan 看出来，真是慧眼。此时 Susan 给他一块，林雨翔推辞一下也收下了，感激涕零。只是在心爱的女孩面前吃东西似乎不雅，便且好的是"像小泥儿似的一块"，更是无从下口。只好东咬一小块，西咬一小块。宋热想到一本书里写到过孩子或过度男的吃东西的方式是二种，一种是福吃~~～式~~，东说说西说说，太文雅，另一种是蛇吞式，一口一个，饥不择食，石头也下咽，太粗鲁，都给人以不安全感。况且毛主席教导我们"伤其十指不如断其一指"，于是林雨翔猛咬一口，不多不少，正好半个。

Susan问他："很饿吧？"

林雨翔刚要开口，宋热发现自己的食道忽大量小，正塞得像那场撒冷大朝拜~~发~~发生拥踏悲剧~~～～～～～~~的清真寺门口，一时痛不欲生，憋出一个字："不"。

精过一会儿食道终于被不负口水的重负~~～~~打通。想这苹果西真是容易噎人，还有剩下的半个要多眼看待小心应付。Susan又把苹果仅剩的几个分给周围同学，还叫他们给老师带一个。林雨翔暗想Susan~~～～～~~真是会摧残人民教师。不过今天的老师特别安静，一言不发，也不控制局势。想必因为教师是太阳底下最光荣的职业，不过到月底底下就没戏了。对嘛教师提倡学生看社会的光明面而不看阴暗面。生存环境决定一切嘛。

热后引光围围的人在车上家暨。宋热没有涌须重登的北坝，但也够去伊拉克换几吨石油回来。此时前座往后递了一个形状匪夷所思的东西，林雨翔拿着它不敢动口，Susan说："吃啊，很好吃的"。林雨翔马上对那食品露出相见恨晚的腔色。

此时Susan享庭吃入佳境，动几下身子，一股粉尘平地升仙。林雨翔鼻闻到这个，觉得此味只因地狱有，人间难得几回尝。突然一个喷嚏卡在喉咙里欲打不出，只好抛下相见恨晚的食品和Susan，侧过身去专心酝酿这个嚏。偏偏吸入的粉不多不少，恰是刚够生成一个嚏而不够打出这个嚏的量，可见中庸不是什么好东西。雨翔屏住气息微张嘴巴，颈往后伸肩往前吐，~~用影~~用影视圈的话说这叫"摆Pose"企图诱出这个嚏。然而世事无常，方才要打嚏的感觉突然全部消失，那嚏被惋惜地抚养在襁褓之中。

Susan说："林雨翔，怎么一直不说话？今天不高兴？"

"噢，很高兴。"

一车人在狭小的空间里过着吃了睡睡了吃的生活。直到天边精许透出一点微亮，车里才~~微微~~宁静了一些。林雨翔隐隐看到远方还老在家乡里的山，十分兴奋，睡意全无，忽然又看见一座荒山，想这个时代连山也秃顶聪明绝顶了，不愧是在人性化发展中迈出了一大步。于是他想让Susan一起

视山，往窗边一看，见Susan好像睡着了，睫毛微颤。两手很自然在垂在扶手之下，距林雨翔的手仅一步之遥。看见这种场面不起邪念的就不是男人，况且那手就如人两人心一样动人，资深和尚见了也难免与上跳入俗尘。何况林雨翔。�，不敢，不握吧，不甘。思想的斗争丝毫不影响行动的自主，林雨翔的手此刻大有地方政府的风范，不顾中央三令五申，就是不住向前。

正当千钧一发之际，车嘎然停下。导游叫道："前面是个免费的厕所，三星级的，要上厕所的同学下车！"

Susan醒来揉揉眼睛，说："到了？"

林雨翔大叹一口气，两只险些出海的手握在一起，愤然说："到了。"

"到南京了？" Susan问。

"不，到厕所了。"

"不是说去南京吗？" Susan一脸不解。

林雨翔发现聪慧的女孩子犯起傻来比愚昧的女孩子聪起来可爱多了。

Susan慢慢醒悟过来，吐一下舌头，说："不好意思，我是不是很笨？"

"有一点点。"

"下去吗？"Susan问。

"下去走走吧。"

"我不了，外面很冷。"

林雨翔刚才还以为Susan邀请一起去厕所，不料到头一场空。但话已出口，就算没事也要下去受冻。车里已经去了一大半人，留下的人也很容易认人，以免两分沙系统有问题或是就地解决了。

车下的一大片空地不知是从何而来，雾气重重里方向都辨不清楚。几辆车的导游沉寂了好多时候，见终于有了用武之地，亢奋不已，众生去厕所。昏昏沉沉里看见前面一条长队，知道那里是女厕所。这种情况很好理解，假使只有一个便池，十个男人可以一起用，而两个女人就不行。厕所边上有一家二十四小时服务的小店，里面东西的价钱都沾*了厕所的光，通通鸡犬升天。林雨翔想买一瓶牛奶，一看标价十二元，而身边只有十块钱，痛苦不堪。最后决定抛下面子去和感服务员杀价。林母杀价有方，十二块的牛奶按她的理论要从人一块二角杀起，现而林雨翔不精于此道，"丝毫不见能把价给杀了，连价也伤不了。"叔叔，十块钱怎么样？"

林雨翔以为这一刀算是狠的，按理不会成功，所以面了一些箴言性句准备垂旅，不想身服务员一口答应，林雨翔后悔已晚。抱着一瓶牛奶回到车上，预觉车子里春暖花开。

此时天又微亮一些。林雨翔往下一看，停了一辆具教益的林肯车，不禁大为吃惊，想这类神仙竟也要上厕所。再仔细往里一看，后排两个神仙正在仰头大睡。林肯果然是无论似人似车都四平八稳。电视台已经开始日出而作了，镜头对着女厕所大门。林雨翔仿佛已经听道了几天后如此的报道：学生们有秩序地排队进入南京大屠杀纪念馆。

好久车子才启动。

路上只觉得四周开始渐渐光明。教育局的车子好像暴暴其光明，不知跑什么地方去了。两边的远山绿水比钢筋水泥有味道多了，可惜这山与爱国没有联系。林雨翔突如想如果能和Susan携手在山上，那——不由转过来看Susan。Susan淡淡一笑，扭头看窗外。

‥‥‥‥

第二天。清晨。林雨翔睁开眼看着天花板。昨天爱国的内容可以忽略不计，记忆止于到南京后与Susan分别那里。这次出游只在记忆里留下了一个好老师。一首叫"青春无悔"

的歌，一个怅望搔到手的遗憾，一个像设在冥界的厕所。几座青山，几条绿水，几间农舍，最直接的便是几只板鸭。

过一会儿林雨翔接到一个电话，他"喂"了半天，那头只有游息缕缕。

"喂，是林雨翔吗？我是——"

林雨翔一听到这个声音，心像掉在按摩器上，狂跳不止。Susan约他一小时后大桥上见。林雨翔喜从天降，连连答应。接下来的时间里林雨翔像花木兰回老家，梳妆打扮不停。计算妥了时间以后要了一辆三轮车过去，车夫年纪已高，和三轮车一起算怕是已到期颐之年。他上桥有点困难，骑一米退三米。林雨翔怕这样下去，不多久就可以回老家了，也说算了，下车付了钱后往桥上跑。看看天高地阔，自心情也平翔明媚，想应该是去效游谈心。他正琢磨着怎样才能将心迹掩盖得像高手杀人后留下的痕迹般不让Susan察觉。蓦然一惊，看见Susan已经妙站在桥上，微风吹过，头发微扬。

"昨天睡得好吗？"Susan问

"好——好！"林雨翔不敢正视，默看一江冬水向东流。

Susan没说什么，从地上捡起一盏书，调皮道："叹好，好重啊——

　　林雨翔要过去帮忙，Susan把书信他手里一交，说："好了，这些都是我做过的习题——别笑我，应试教育嘛，没有办法，只好做题目了。记住噢，对考试很管用的，有的题目上我加了三角星，这些题目呢，要重视噢。为了进个好一点的学校，只好这样子了，做得像个傻瓜一样。你不会笑我吧？那——我走了，再见——"

　　说完拦了一辆三轮车，摇摇手道别。

　　林雨翔痴痴地站在原地，想还谈心呢，从头到底他一共说了一个"好"字。低头看看手里一叠辅导书，惊喜地发现上面有一封信，激动地恨不得马上书扔河里信留下。

　　你好。前几封信我都没回，对不起。别根教育过不去，最后亏的是你。这些书可以帮你提高一点分数。你是个很聪明的男孩子。相信你一定会考取市重点的。愿我们在那里重逢。

　　林雨翔看过大为吃惊，自己并没和教育过不去，只是不喜欢而已。他只属于孟德斯鸠式的人物。~~不喜~~ ~~不跟北教育~~ ~~觉悟~~ 但思想觉悟还没到 ~~推翻现行教育体制~~ 主义这高度。因为一旦到这个高度他马上会被教育推翻。

　　两翔拿着信想愿望是美好的，希望是没有的。林两翔现在正繁华着，并不想落尽繁华去读书。他不知道许多时候"繁华落尽"就仿佛脱去奢华的"衣服落尽"，反能给人一种更美的境界。

六

四个月后。

中考前一天。

　　林雨翔还在背《出师表》，这类古文的特点就是背了前面的忘了后面的，背了后面的忘了前面的，背了中间的全部忘光。小雨翔记得晚饭前自己可倒背如流，饭后竟连第一句话都记不得了。林母听别人雨翔强记奏效，夸奖她的补品效果好。现在又忘记，便怪雨翔天资太笨。雨翔已经焦躁心乱，明日就要中考，前几天悖命令的意志剩无几。无奈之中，雨翔只好把背的内容排坐队，用出古罗马人对待战俘的"十一抽杀律"，凡逢排到十的就不背。减轻一点负担，林母为雨翔心急，端来一杯水和妈补药，那水德是忘川水，一杯下肚，雨翔连出师表是谁写的都不记得了。

　　林母容让雨翔镇定心意，拨了个心理咨询的声讯电话，那头一往老套过份轻放，陷入彼动，反让雨翔问得哑言不及后语。雨翔问怎样才能稳定考前心情，老者洋洋洒洒发挥半天，身旁沙沙翻书声不绝地从听筒里传出。最后老者更健忘，忘题道："所以，最主要的是让心静平和。"林母等雨翔挂电话后忙着问："懂了吗？"

　　"不懂。"

　　"你又不好好听，人家专家的话你都不听。"

　　"可他没说什么。"

　　"你怎么……"林母的话不再说下去，那六点省略号不是恼极无言，而是的确不知"你倒底怎么了"。两人怒目相对时，电话再响起。林母要去接，雨翔快一步，林母只好在一旁闭气听电话里是男是女。雨翔恁一声后，那头让雨翔猜猜他是谁。雨翔在电话里最怕听到这种话，声音半生不熟，想半天那出声者的印象就是不清楚，又不敢快刀斩乱麻，只好与他硬僵着，等那头好奇心消失，虚荣心满足，良心发现，徐徐道出自己大名，雨翔也只好发出一声表示吃惊和喜悦的叫。今天情况不同，那头是个男声，雨翔准备投降，那头自己憋不住，道："我是沈祥君，你小子没良心啊。"

　　雨翔发自肺腑地"啊"一声，问："沈祥君，没想到没想到！你现在在哪里？"

　　深梓君在私立中学接受的教育果然有别于中国传统学校。考虑问题的思路也与众不同，信口回答："我在电话机旁啊。"

　　雨翔一楞，想这也对，再问："你在干什么？"

　　"给你打电话啰。"

　　"这，你明天要中考了。"

　　"是啊，还要去形式一下。"言下之意是要把肉身献到考场里摆个样子。雨翔也心知肚明，深梓君他应该早已选择好怎么进哪所高中，哪怕像当年吴晗数学考零分一流字校照取。

　　深梓君与雨翔侃一会，压低声音，说："我告诉你一个秘密，今年中考语文的作文题目我已经知道。"

　　雨翔淡淡一笑，心想不可能，口上要配合深梓君，故作急切，问："是什么？"

　　"喔，你听着，是，是，听着——'神奇的一夜'。"

　　"什么，哈哈哈哈哈！"雨翔前三个"哈"是抒发心中想笑的欲望的，第四个哈时要笑的东西已经笑完，要增加这题目的荒谬性及可笑程度而硬塞上去的，第五个"哈"是惯性滑动。

　　深梓君在那头有些急："真的，你千万别乱说，千万千万，我只把它告诉你了，真是这题目，我爸打听到的。"

"这个题目怎么写？"

"咳，正是因为不好写，免得今年有人套题目，所以才出的嘛。"

雨翔仍不信。因为往年也都说要防止套文章，结果年年被人套，出卷人不见得有曾国藩"屡败屡战"的志气，出的题目年年被人骂，应该信心已丧尽，不会再极刻出这个题目。况且这个题目极不好写，写这个题目不能掀到房子不能推车子不能让位子，会而所谓的作文高手也不要倒下一大片。试想——"神奇的一夜"，这题目极易使人联想出去，实话实写，中国一下子要增加不少李百川，虽然中国正在"开放"，也不至于开放到这个地步。

想到这么深奥，雨翔断定课择君定是把恩人弄记错了日子，表示谢意后就挂断了电话。并未将此事放在心上。电话刚挂，铃声又起，雨翔以为又是课择君捣乱，心不在焉回了一声，那头又沉默。雨翔眼前似乎闪过一道思潮，这沉默似曾相识。雨翔一下紧张起来。果然是Susan。凡Susan打的电话中应答的声音都像中央规定与地方执行一样脱节，雨翔手握累了话筒，背过身对母亲。那头Susan问："你有把握考取什么高校呢？"

　　"我想——我会考取其重点的，市重点，嘿——"

　　"那好，其重点也不错，好好考，祝你考得——嗯——很顺利很顺利！再见！"

　　临考这一晚，雨翔久久不眠，据说这是考前兴奋。考前兴奋的后果是考中不兴奋。雨翔平时上课时常像《闲情偶寄》里的善睡之痼，一到要睡的时候眼皮就是合不起来。强拉的瓜不甜，强拉的睡也不会甜。雨翔索性坐起身来，随手翻翻书，以惜添自己必胜的信心～～～～～～笔友也来过一封信鼓励，其实一个人到了生死似定极度紧张之刻，勉励只能增加其压力。雨翔回信里乱吹一通，说自己连复习到闭上眼睛闭藤盖都想得出答案，此言一出，就成背水一战。几个月里，雨翔四处补课。中国连夏天挖到家庭教师就像腊梅花一样难找，如熊猫一样珍稀，林父光家教就请掉五千多元钱，更将雨翔逼上绝路。

　　灯光下，那十几本习题册仍在桌上最显眼处，雨翔大部分题目全做了一遍，心里满是不坚硬的信心。雨翔心里感激Susan，半年前，雨翔只相当于佛教里的哑羊僧，差点连最低级的"自了汉"都当不成。如今，已胸有成竹，有望搏一下市重点。

　　人想不到要睡时自然会睡着。这天晚上雨翔睡了六个钟头，一觉醒来一想到要中考，心① 里一阵憋闷。抓紧最后的时间背涌了几句文言文，整理好笔盒，走向考场。外面天气出奇的热，虽是清晨，但扑面的风声已经让人烦燥。校门口家长比考生多，都嘱咐有加。雨翔找到考场，那考场在最底楼，通风条件不佳，雨翔一进去就涌来一阵汗臭。雨翔的位置在最后排的一个角落里，在那里，那些臭百川归海，汇集一处，臭入心脾，臭得让人闻一西就想割鼻子自残。天下三大，何臭不有，雨翔却是第一次到臭味这么聚集的地方，相比之下，门口的臭只是小臭见大臭。但臭略能给人肉体上的痛苦，最要命的是那张桌子像月球表面，到处不平，垫好几张纸那横不平竖不直。但更令人佩佩的是竟有高手能在桌上写字。

监考两个老师一进门直皱眉，未拆包发春教室里已有一个女生晕过去。门外巡查的镜头烂额，睁眼说："又一个"苦读九年真正要一展才华之时倒下的确是一件很痛苦的事情。而且往往倒下之人是真正能拿高分的人，高分低能也罢，高分却体质不佳最冤。试卷拆封后向下递，拿到卷子后雨翔刹那间心静如水。

很少答完课内的题目后，有一道课外文言文翻译，语出自《孟子·滕文公上》：亲丧，固所自尽也。这题言在考学生理解能力，此处"自尽"作尽自己的力做本份的事三义。坐在雨翔旁边的一个男生抓头半天，不得要领，见两个监考正在门口看外面的风景，用笔捅儿下前面那人。两人早已熟识，那人便把身子靠在椅背上，后面的男生许久不曾说话，本想窃窃耳语，不料声音失控，传播到外。雨翔不理，继续答题。一侧被问的那人看来家底不薄，放大声音说："这个就是说——"亲长，同所自尽也，同所——对了，意思是说亲爱的人死了，所以我也自杀了。"后排那男生听此点播，忙挥笔记下。

于是又是一片静默。突然有人轻轻啊"了一声，自语："这作文题……"

雨翔被提醒，翻过卷子看作文题目，一看后觉得血液往头上涌，身体不能动弹。原来那题目是《神奇的一夜》。雨翔懊悔不已，他说听深祥君好告，早推敲就好了。这么一想，思绪又乱了，阅读分析的题目全道做得不顺手，心里窝着一团火，怒火攻心，写错字不断，写一个字涂两三遍。

迷迷糊糊里写完作文，铃声即响。雨翔呆坐在位置上想过次完了。最强顶考烂障，不死也残废。出门时失神落魄，听一堆一堆人在议论作文怎么写。一个女孩子火叫："

"语文写文章吧——呀，你们听我说——语文里的作文要和政治里面的什么马克思这种合起来，政治书上摘贝些内容，保管他们不敢扣你分。说不准，还高呢。"

　　身旁一帮人狗急：你怎么现在才说，你……"

　　第二门物理下潮自己得自己也说不清好坏，说好，满分也有可能，说坏，不及格也有可能，感觉在好坏的分界。回到家林母不住催问，雨潮说还可以，林母拍腿而起："你说可以就是不好！"

　　"那还好。"

　　"你呀，叫你平时好好上课，你不听，脑子里不知道在想些什么！"

　　这天晚上雨潮睡得较香，只是半夜被热醒一次。热与冷相比之下，冷比较好办一些。因为冷了可以添衣服，衣服穿得像千层糕也未尝不可；但热就不行，衣服顶多只能晚裸一两件，皮不能扒，一时半载凉不下来。说"心静自然凉"那是骗人的，死人也会出汗。雨潮又想到语文老师说过了，愁肠自结，汗水从汗腺里伸上来，沾得满头颈都是，头一转动湿漉漉黏乎乎，身上一阵一阵的热。热着热着也就睡着了。

　　三天一晃而过。化学定完卷后，雨翱说不清心里是沉重还是轻松。他一个人在路上算分数，算下来县重点应该不成问题，市重点基本无望。但人往往在无望时才最相信奇迹。据说奇迹不会出现在不相信奇迹的人身上，所以雨翱充分相信奇迹。兴许奇迹出现，阅卷教师热昏了，多加十分二十分。但相信奇迹的人太多了，奇迹来不及每个光顾。雨翱作好最坏的打算，去县重点也未尝不可，距离产生美感。雨翱不知道因为距离而产生的美感与思念都是暂时的，都是源于一方不在身边的不习惯，一旦这种不习惯被习惯了，距离迟会发挥其真正作用——疏远。所以由距离产生的美感就譬如流行歌曲磁带里的第一首主打歌，听完这首歌，后面就趋于平淡了。

　　等净分数的日子是最矛盾的，前几天总希望日子过快点，早日知道分数，一旦等净的日子过到 Midpoint 后，总恨不能时光倒流，然而那时候，日子也更飞逝了。这几天里雨翱翻来覆去算分数，连一分都不愿放过，恨不得穿牢裙冲三算围周率精确到小数点后第七位。

　　傍晚五点，林父告诉雨翱分数提早一天出来了。今晚就可以知道，两翔的心塌一下。分数已经出来成为现实，幻想也一下子不存在了。又想去看分数又不想去看，往往一个勇气快成型时另一个总是后来居上，如此反复。林父说："你自己考出来的分数你自己去问吧。"

这句话余音沉深，飘荡在两翔心里。这时罗天诚来一个电话问两翔分数知道否。一听否，说："我也不知道，可我太想知道了，不如——哎，对了，你听说吗，四班里一个女的考不好自杀了，你不知道？真是消息封闭，你在深山老林里啊？我去问分数了……"

两翔无奈地挂重电话，想当今中国的教育真是厉害，不仅读死书，死读书，还有读书死。难怪中国为失恋而自杀的人这几年来少了一大帮，原来心理承受能力差的已经在中考、高考两个槛里死得差不多了。这样锻炼人心充分体现了中国人的智慧，全世界都将为之惊微！转念想这种想法不免偏激，上海的教育不代表中国的。转两个念再一想，全国开放的龙头都这样，何况上海三外。说天下的乌鸦一般黑，未免夸大，但中国的乌鸦是一般黑的。转三个念一想，又不对，现在的狗屁素质教育被吹得像成功了似的，所以 ~~是~~ 中国的乌鸦，不仅不是一般黑，而且还是一般 ~~白~~ 白。

　　雨翔在房里犹豫要不要去问分数。他不怕不进县重点，因为无论无名三辈达官贵人，只要交一些全国通用的人民币，本来严谨的分数线顿时像女人束腰的带子一样收放自如。但市重点就难了。倒不是市重点对这方面管得严，而是要进市重点要交更多的钱，以保证进去的都是有势三人的儿子。以分数而论，雨翔已经断了大部分进市重点希望，但从来是塞翁，也有通风的地方，雨翔尚存一丝不到的希望。三思三后，雨翔觉得踹泥命已经是注定的了，明天看也不会多几分，不如及早圆了悬念。

　　街上的风竟夹了一些凉意，这是从心里涌出来的凉意，想想自己恶补了几个月，还是情缘不圆，令人咬惜。

　　学校教导室里灯火通明，但知道消息的人不多，只颁略那小队。前面一个父亲高大威猛，一看到分数笑也硬了，腮敲着，眼里掩饰不住的失望，礼貌性谢过老师，喝令儿子出去。走道上不断传来那父亲阴森森的声音：“你不争气，你，你……咬！”这几句话如恐怖牢里的恐怖声音，加深了雨翔的局促不安。雨翔的脸是冰冷的，但手指逢里已经汗水淋淋，手心更是像摸鱼归来。

　　负责查分数的女老师认识雨翔，她常听马德保夸奖，地呼雨翔：“哟，语文天才来啦，我帮你查，你准考证几号”

　　雨翔报了一个号码，静听宣判。女老师埋头查半天，一推眼镜，"呦"的一声，叫得雨翔心惊肉跳，几乎昏倒。"呦"之后那老师推推眼镜，俯身再细看。雨翔不敢问什么。女老师确诊后，两眼放大，作一个吃惊的动作，像见到了唐僧吃肉，道："你怎么考的，语文才考九十四分，不过其它还可以，467分，够县重点自费了，让爸妈出点钱吧，还可以还可以。"

　　雨翔说不出是悲是喜，悲的是奇迹没有出现，喜的是这个分数就半年前来说已是奇迹。雨翔回家那一路，面无表情，不敢猜测父母知道这个分数的大悲大喜都有可能。前几年老重点高中成风，现在已泛成疯，雨翔的分数还是许多人遥望不可及的。自我安慰一番，定心跨进家门。

　　林父林母同时问："几分？"两人都故作镇定镇静，声音稳不住，抖了几下。

　　"467分。"

　　沉默。

　　林父笑颜慢慢展开来，说："可以，县重点自费进了。"林母心里一块石头落地，但表示得不满，提出一个不成问题的问题："那你怎么不再多考一些分数呢？"她有个习惯，就是一件事发生后不去解决，而是追究没了的结果。

"假设"去延伸或歪曲这件事。这些都是不敢正视的表现，所以躲在假想里。

赵志良打电话来问雨翔的分数，问清楚后直夸好。林母信口说："好什么，我们都想他进市重点，这小子只考个县重点——还自责。"

"县重点好，县重点没压力，男小孩嘛，潜力是在高中时暴发的，将来一样考清华！"

赵志良正在外面喝酒，电话里一个声音从后赶到，盖过赵志良的："进市重点，市南三中啊，哈，这个容易，那里不是收体育特招生，什么？雨翔体育不行，哪，你这个就不懂了，他们说是招体育生，降低分数，其实啊，是开一个口子，让人放水啊，只要体委开个证明，自己跟点钱，保管进去。市南三中这志愿你填了哦？第一志愿就好说了。"

林母只是酒后醉言，说："体委怎么开得到证明。"

回答这个问题的是赵志良，他"喂"了两声说："你晓得刚才说话的人是谁？"

"谁？"

"体委金主任，金博焕。"

"啊！这！金主任……"

"你们俩刚要进而重点说一句，会主任包办。"

林母于是沉默，决定考虑这话中的真实性有多少。分析下来一半是醉话之故，另一半是吹牛之故，所以一笑了之，免得抱有希望而换来失望。林母淡淡地搪塞说："谢了。"

赵志良那头喧闹声更大，赵志良说："金主任轮你说。"这六个字新鲜，可见得手机正在离赵志良而去的过程中。金博焕一个石破天惊的"喂"，震得两部家那娇小的电话承受不住，嗡嗡作响。

金博焕道："那你明天来一趟体委，赵志良的朋友就是我的朋友。你嘛，准备四五万就应该可以打通了。"

……

翌日。林家正决定去不去。林父恒昨夜金博焕在胡说，若是去了，六目相对，无话可说，会比裤子衣服穿反尴尬百倍。因为衣裤反穿乃是单方面的尴尬，观者还会得到身心上的愉悦；而如果去后金博焕苦想半天不记得了，便是双方面的尴尬。思于斯，林母要打个电话给赵志良确定一下。但今天是普通揭榜之日，求人的人多，所以赵志良的手机电话都不通，无奈之下决定闯一下。体委就在大球场边上，林父与球场负责人曾有联系，一年前这个球场铺了草皮，具报上曾报道过。不料此经来时黄土朝天草皮不见。

怪石海水都是。林父林母一路是（别忸忸捏捏捏，进了体委办公室。金博焕起身迎接，他瘦得（像根平签，中国干部饮�’里已经很少有（像他一样瘦的人了。金博焕口气里带了理怨道：你们怎么才来。"

林父林母一听受宠若惊，林母面有窘色道："你看这次我们两手空空的，连准备都······"

"喂——不要这么说，我金某不是那种人，更不是什么人，尽一点力，赵志良说你们儿子喜欢踢球，那么应该体能还好，就开一个一千五百米县运动会四分四十一秒吧，这样的二三级运动员，一般特招可以了，以后雨翔去了，跳上比赛尽力跑，跑不动装脚扭狼，不装也罢，反正没人来查。学习要跟紧。"金博焕边写边说，然后大章一盖，说，"赵志良大概在联系市南三中几个负责招生的，到时你们该出手时就出手，活络一下，应该十拿九稳。"

林母一听天下那么多富爱心的人在帮助，感动得要跪下来。

到家后林母寻思先要请金博焕吃饭。赵志良打电话告之，市南三中里一个数导已经松口答应，要近日里把体育成绩证明和准考证号带过去。林母忍不住喜悦，把要让他进市南三中的事实告诉雨翔，雨翔一听这名称汗毛都竖起来要倾听。Susan的第一志愿是市南三中，此次上苍可怜，得以成全。雨翔激动地跑出去自己为自己祝贺。晚上罗天诚又来电，劈头就是恭喜。雨翔强压住兴奋，道："我考那么差，恭喜什么？"

"你不知道了清是太封闭了，你那个Susan也离市重点三分，她竟会进县重点！你们两个真是有缘，爱情的力量还能让人变笨。"

雨翔一听这几句话眼珠子吓掉下来。他又想起罗天诚也对Susan动过念头，也许不能动过这种过去完成时，兴许还"动着"，听他的语气不像有普渡众生的大彻大悟，便说：

"你骗谁？她去不取市重点谁去得取？"

那头一句"不信算了"便挂了。这样看似被动放弃的话反能逼对方主动的袁摄。越是他说那边越想不算，不信不起来。雨翔打个电话给沈溪儿要她探明情况，沈溪儿考进了另一所市重点，心里的高兴无处发泄，很乐意帮雨翔雨翔说想探明Susan的分数，沈溪儿叫了起来，说："你连这个都不知道？"道雨翔以为全世界就他一个人不知道了，急着追问。沈溪儿道："你也太不关心她了，不告诉你！"

雨翔无暇跟这个心情特别好的人纠缠，几次逼问，信果都未逐。雨翔就像狗啃骨头，一处不行换个地方再加力，"你快说。否则——"这话雨翔说得每个字都硬到可以揍森森好几拳，以杀敌之吉气。"否则以后的内容则是历代兵法里的攻心为上"——故意不说结果，让听者可以遐想"否则"怎样。比如杀人裸尸弃之于野，对方心防一破，必不打直招。但对于极度高兴之人，就算整时一家人死光剩他一个，也未必能抹杀其兴致。雨翔的恫吓被沈溪儿一阵笑驱赶得烟消云散，感觉仿佛一拳打在棉带上，又像点根蚊香去吓老虎。雨翔尽管百计迭出，但战无不败。照理说狗啃骨头用尽了一切招数后还是啃不动，就将弃之而去。但精诚所至，金石为开，，别说骨头了。

雨翔换一种语气，黯然道："我一直想知道她的成绩，可，我一直在等她的电话。我没等到，我真的很忌，请你告诉我。"

沈溪儿被雨翔的深情感染，道出实情："Susan她差三分上市重点。她怎么会考成这个样子的。好意外啊，你留意安慰她，也许你们还要做校友呢。"

得知真情后，雨翔喜如上色，此跑到父母房里道："爸妈，我上市重点吧。"

"瞎说！市重点教育到底好，我们都联系好了。你不是挺高兴吗？这次怎么了？压力大了，恒恳[?]上了？"

"嗯。"

"总之你去读，一进市南三中，就算于半只脚踏进大学门槛里了！"

"可⋯⋯"

"别'可'，我们为你奔波，你要懂得体谅！"

"但⋯⋯"

"你别'但'，你要尊重父母！"

█████████████████

█████████████████

█████████████████

█████████████████

结果很快就下来了，雨翔的抵抗无效如螳臂挡车，一句很废的名言说"命运掌握在自己的手里"。但你的手未必照你意愿，天知道你掌握命运的那只手被谁掌握着。上一句才是名言。

请吃饭、送礼，终于有了尾声。雨翔以长跑体育特招生的身份，交了三万，收到了市南三中的录取通知书。那录取通知书好比一个拎不了包的未婚女人，迫使雨翔屈服了下来。希颖没有点滴的兴奋，倒是林母惟恐天下不知，四处打电话通知。然后接到小训涛任务，说8月中旬要去夏训。四分之三个寒假安然无事，没Susan的电话，只有睡了晚吃了睡以及外人不迫的杂物。

七

　　全球的 ~~地球变暖~~ 冬天越来越热，夏天更热；温度计零以下的刻度似乎已是多余。夏天白天气温直冲四十，偏偏上海近海，太平洋水的比热容还许比其他地方的大，一到晚上也降不下来。恒温倒是恒温了，只是恒温太高。高到一只鸡在窝里下一个蛋后外面玩儿天后回来，小鸡不仅已经破壳，而且已成熟食。

　　转眼四十四天过去。这四十四天雨翔竭力不去想那些阴差阳错颠倒过来的事。临赴杭州清涛前一天，家里白度俱兴，给雨翔冰写收拾，又要弄燕北生一去的豪运，请了许多人吃送别派。席间，雨翔想起沈溪儿曾说过Susan将来一定会去考也会考取清华，一腔激情又被燃起来，想现在君子报仇，十年都不晚，何况君子相见，三年算什么。于是站起来要表态道：

　　"我一定要考取……"

　　话出一半，被微有醉意的林母打断，说："考取什么大学现在不要乱说，好好读高中三年……"

正在豪情万丈时有人唱反调是很能给人打击的事情。尤是话未说完被人搞断，像是关云长被斩头般。当年关公被斩，"身"居当阳，"首"埋洛阳，身首两地，痛苦异常。西翔的话也是如此，被砍了不算，还被搅得支离破碎，凌云壮志刹那消失无踪。

林母做了一会刽子手，借着醉意揭露内幕，久人嘿嘿作声。酒席散后，林母疲劳疲惫，马上入睡。西翔站在阳台上看星星，想明天就要去市南三中，久久不能平静。

第二天一家早起。学校要一点前去报员到，林父一早忙着托人叫车，林母则在检阅还缺什么，床上尽是大箱小包。林母心细，生怕有突发情况，每样东西都有一个备份，牙刷牙膏毛巾无不如是，都像娱乐场所里的官们，是成双成对出现的。这一遍不放心，再这一遍，直到确定这几大包东西可以保证西翔的基本日常生活。漫漫高中求学路就要从此开始。

东西陆陆续续搬进了车。天空开始稀里哗啦，不料这细雨范围极小，不能跨区县，到了市南三中，依旧抱阳高照。市南三中的校门威武雄伟，一派复古风格，远看仿佛去了圆顶的泰吉·玛哈尔陵，只是门口一道遥控门破坏了古典之美，感觉上仿佛是古人腰里别个呼机。进了门口即是一条宽路，两旁树木及家。一个转弯后便是胡适楼。市南三中的建筑都是以历代文人的名字命名的。胡适楼是行政大楼。总共五层，会议室最多，接下去是教师办公室和厕所。报到后通知是先领东西布置寝室，然后三点开个会，五点训话。布置寝室所需的东西林母叫她每年随带着。不想市南三中不允许用私人东西。统一要去钟书楼去领。钟书楼乃是图书楼，市南三中的介绍上说有藏书十几万册，但为十万册书去门造个大楼以显学校气魄未免制足适履了点。钟书楼也是一派古味，庞大无比，十万册书分许多馆藏着，往往上册在第二借书室。下册跑到了第九借书室，不能重连。钟书楼是新建的，所以许多书刚在过道上无家可归。像二战时困在法国敦克尔克的士兵，回撤之日遥不可待。

　　体育生的临时领取生活物品处设在钟书楼第四层的阅览室里。钟书楼最高不过四层，最令雨翔不懂的是学校同意去让人把东西先搬上四层楼，多过两天再把东西搬下来。看守这些东西的是一个老太，口里也在抱怨学校的负责人笨，把东西搬在四楼。雨翔寻思这正许是聪明人过分聪明反而更笨的缘故。▮▮▮▮▮▮▮▮▮▮▮▮▮▮▮▮▮

96-5　16开500格书写稿纸震纸出品　　　　　上海文化用品批发市场经销

　　差天发齐了东西，北着给下一个抱怨。这种设集处也替入着想的抱怨引发了别人的不满。郑一齐挑学校。体育生已陆陆续续赶到，放永进来的人看来不少，一个短裤穿在身上空空荡荡的瘦弱少男口称是铅球特招，雨翔量他扔铅球那得再这也超不了他的身高，心里的罪恶感不禁越谄越卜。

　　市南三中校园面积是郑县高中最大的，钟书楼出来后须怀抱席子褥子步行一大段~~路~~到寝室。林父林母一开始随大流走，走半天领头的体育生家长并不是赶去寝室，而是走到开来的"~~集面~~"车旁，东西往后一塞，调头直顶寝室。一路人都骂人上当，跟着车跑。寝室在校园的角落里，三年前盖起来的，所以还是八成新。男女寝室隔了一扇锁门以示男女有别。

　　雨翔被暂时分在二号楼的三楼。每层楼面四间，每人间里分二小间。各享四个厕所。和雨翔暂住一间的是跳高组~~里~~的，个个手细脚长如蚊子，郑北着收床铺。一屋子父母~~替孩子~~北到最后发现寝室里没插座，带来的电风扇没了动力提供，叫苦不已。雨翔住在上铺，他爬上去适应一下，觉得视野开阔，一览众山小，只是翻身不便，上面一动下面就地动山摇，真安睡时只好像个死人。

学校规定父母三点前离校，大限将到，林父塞给雨翔三百块钱作十五天的生活费。父母走光后，一寝室体育生顿时无话可谈，各自沿事找事。

雨翔走出寝室楼，去就是校园。校内有一道横贯东西的大道，两旁也是绿树成荫，距寝室最近的是试验楼，掩在一片绿色里，试验楼旁一个小潭和一个大花园，景物与其他花园并无二致，但只因露在一个高中校园里而显不寻常，这花园占了许多面积，权当为早恋者提供活动场所，而据个招上说，这花园还将向外扩张，可以见得早恋之多。"人不能先靠爱活下去。"不错，爱乃是抽象的东西，实活说实吃，又有吃又有爱日子才会精彩。花园旁是一个食堂，三个大字依稀可辨——"雨果堂"，下面三个字该是这个书法家的签名，可惜这三个字互相溷况如蛔虫打洁，雨翔实在无法去认。雨翔想这个名字起得好，把准吃多，雨果别解为一种食品，极有创意，照这个思路想下去，在雨果堂里采巴金卡斯米，再实一份雪莱菲尔丁和契斯丁，外加一只白朗热罗姆斯基和烤高尔基，吃了，还要烤一只司空曙，一条罗埃曼，已经十分丰富了，消化不了，吃几粒珍妮艾丹。想着想着，自己被自己逗乐，对着写大雨果造型的雨果堂开怀大笑。

　　突然雨翔身后有脚步声，雨翔忍俊住笑。一只手搭在他肩上，雨翔侧头见那只手血管青必可数，猜到是宅友的，顺势转身拔开那只手道："你们去哪里？"

　　"开会。"

　　雨翔想记起三是要开会，谓起三人提醒后问："你们叫什么名字。"

　　"胡军。"

　　"宋世平。"

　　"余雄。"

　　雨翔一听这三个阳刚之名，吓得自己的名字不敢报。会议室门口已满是体育生，粗粗一算，至少有四十个，雨翔叹市南三中真是财源广进。这些体育生一半是假——瘦如铅丝的是扔铅球的，矮如板凳的是跳高的，肥如南瓜的是长跑的，还有脸比豆腐白的说练了三年室外体育，人小得像粒感冒通的说是篮球队中锋，眼镜片厚得逾南极冰层的说是跳远的——但他到时连沙坑也找不到。雨翔挤在当中更像个体育生。

　　此时一人赶到会议室，他本想说话，但思之不妥，因为自己不便介绍：我是你们的副校长。只好去找一个值班老师来阐明他的身份。

　　这人是学校政教处主任与副校长，自己早日吩咐时说在第一会议室体育生动员大会，结果到时自己忘掉第几会议室，不好意思问人，胡适楼里八间会议室都跑一遍，而且偏偏用了降序，找到时已汗大汗淋漓，直从额边淌下来。近四十度的天气他穿一件长袖衬衫，打了领带，还比一奔波，衣服全湿湿地贴在身上，成了身体的一部分。他不住地捻着衣服，以求降温。第一会议室有两只柜式的三匹空调，但所放出的冷气与四五十个人身上的热气一比，简直相形见绌。冷空气比热空气重，所以副校长不可能从头凉到脚，只能从脚凉到头。

　　他擦把汗说：

　　"同学们好！辛苦了！我姓钱，啊。同学们都知道我们市南三中是一所古校名校，这二年，为了推动上海市的体育事业，为上海的体育事业输送后备力量，所以，急需一批有文化有素质的运动员。当然，在座的不一定都是有级别的运动员，但是，我们可训练，我们可以卧薪尝胆，苦练三下出成绩。何况市南三中的体育老师都很有训练经验，能帮助同学们提高。同学们也很辛苦，为了提高自己的运动成绩，都主动放弃暑假的休息时间，啊——"

　　钱校长顿了一下，由于天热，说得太快，后面一句话没采得及跟上来。这一顿下面都在窃声议论，胡军坐在两湖边上，随便嘴已向钱校长一眼睛 用自己都听不见的声音嗯。放屁，什么主动放弃，明明是被动放弃！两湖只见他动嘴不听见出声，本想问，一看他满面凶相，话也哽在喉咙里。

钱校长把领带放宽些，继续说：

"同学们放弃了休息时间，我代表学校感谢大家！

但同学们，我们进市南三中的主要任务还是学习，这里的同学们都是从大批学生中挑选出来的，既有体育成绩啊，学习成绩也不差。哈，这样，学习体育两不误，为将来考取好的大学奠定良好的基础。

可是，我们往往看有许多体育生，因为不严格要求自己，放松了，以为进了市南三中就是进了大学。市南三中只是给你们创造了机会，而真正的成功与否全掌握在你们自己手里。我们已经处分过许多体育生，同学们，自重啊！不要一失足成千古恨，要珍惜这来之不易的和全市许多好学生同长学习的机会！"

下面一片寂静。不是听课仔细，而是全部灵魂出窍在神游天地。直到第一个灵魂归窍者带头鼓掌惊醒了众人，才象征性鼓了掌让钱校长有台阶下去。

第二个讲话的是体育组教研组长刘知章，这人不善言淡，上场后呆头呆脑直冲台下笑。"

"我说些实际的话，成绩要靠训练，过会儿五点钟训练，每天早上六点也要训练，早晚一次训练，其他时间自己安排，晚上九点前要回寝室，回寝室点名，早睡，不要闹，注意身体，不要乱跑，好了，就这些话，五点钟集合。"

这几句话令人每句用心听，漏掉一句上下文就连不起来。坐在一旁的钱校长心里略有不快，稍息式站着十手指插在一起垂于腹下。不快来自于刘知章的卷首语，照他说的推理，自己说的岂不是不实际的话？刘知钱校长坚信自己的话都是实际的话，只是长了点，就仿佛布雷内斯山脉两侧的巴斯克旗人，虽然不爱说谎，却喜欢说废话，废话不是不实际的话。钱校长推理半天，很难说清外国民族圆了说法，为自己的博识强记折服，心里为自己高兴。他想学生想不了那么深远，脸上表情一时难摆，不知要笑还是不笑，弄不好还让学生以为内部矛盾，大步奔向刘知章与他寒暄。僵硬的体动作来肖略表情。

散会后，雨翔随胡军他们回寝室换衣服训练。一想要训练，雨翔不由为自己的前途担忧，宽慰自己道：雨翔别怕，十个里有九个是服，你一定能跑过他们！这番自我暗示作用极大，雨翔刹那感到自己天下无敌。

胡军是跳远的，先走了一步。余雄和宋世平约两翔一起走，两翔问两人到底是不是跳远队的。余雄大笑，一拍两翔的肩，拍得两翔一抖。宋世平见余雄在笑，无暇说话，替余雄说："我们两个是长跑队的。"

两翔惊异两个人腿与身体的比例早已超过青蛙，不去跳高真是可惜。这种腿去长跑，恒跑一圈不用迈几步，兴许余雄一步要两翔三步。这样一来，两翔又要是后两名。真是人不可腿相。

操场上已聚了一些人。刘知章笔在操场上，给体育生指明教诲。两翔的长跑队教练就是刘知章。刘知章第一天的第一堂课就是原地跳五百次。

林两翔数学不住，跳五百次体力尚能够支撑，但耐力却不济，数到四十后面全部乱套，六十后面是五十。跳过一百，小腿有点酸，再跳一会儿，小腿适应了，倒是头颈有点酸。两翔边跳边奇怪怎么酸的不是地方，跳完五百次长跑队五个人全瘫在地上。两翔这才发现本届高一长跑特招生就三个，即他本人，余雄和宋世平。另外两个是高二的学生。这两人边跳边谈笑起比赛，以表示对新体育生的蔑视。

第二个项目是测一个一百米，测完后解散。余雄百米

96-5　16开500格书写文稿纸震纸出品　　　　　　　　上海文化用品批发市场经销

跑了十一秒九，刘知章赞扬不断，宋世平十二秒八，刘知章也挑起大个头。雨翔看人挑担不吃力，他看余雄跑的速度不过如此，不想自己跑时心里尽是力气但传递不到腿上，两只腿就是加不快频率，结果跑了十三秒二，险面全部丢先。刘知章帮雨翔补上一次跑步空，道："我是个有话直说的人，出钱进来的吧？不过你的体型挺适合长跑，以后多练练，兴许会出点成绩，去吧！"

雨翔听完，觉得刚从地上拾起来的面子又丢尽了，他原本想保这个面秘三年，不料第一天就被拆穿，吓得不敢久留，追上往寝室走的余雄和宋世平，还没开口就被宋世平反将一军："怎么？跑得不够快，核吗？"

雨翔撒个谎，道："我的鞋小了，跟他说一声。"

余雄一笑，把上衣脱了，团在手里，又才雨翔说："今晚有什么打算？"

雨翔一听到"今晚"心里涌上一阵孤寂，"今晚"对雨翔而言是一个压抑在胸口的"X"，盛夏的校园固然美，但依然像个囚牢，囚牢再美也只是个囚牢，雨果堂要再过半个月才开放，连晚饭都像中世纪的秘密室藏不知在什么地方。

洗完澡，余雄要去吃肯德基，宋世平说这种偏远之地不令把山德士上校引来，还是随便找个地方解决一下。寝室走到校门口只十来分钟。夏日的傍晚是最美的，雨翔在市南三中那条大路上走着，边看夕阳边叹它的美。他本想让宋世平和家雄一起看，可两人正激在争论李名彤和叔雅昆谁漂亮，吵战下来，结果仍是没有结果。雨翔也赖得惊动动人，遥望北方那片天突发奇想，也许清华园正在云下。走出市南三中的校门是一条宽阔的马路，马路边上小吃店零星有几家。宋世平饿得像狗扑食，就近挑了一家"好吃来"餐厅。

雨翔一看"好吃来"的招牌，想好像有见到时，想起时把自己吓一跳，当初课樟君就在上海"好吃来"，莫非这里店生意兴隆都区也开了分店？不及多想，雨翔被宋世平拖了进去。他呆坐在位置上回忆往事——课樟君也真是一个暑假电话都不来一个。还有Susan不知怎样了，消息都没有。

宋世平踢几下雨翔，盯着他笑道："想你马子？"

雨翔对这个词很陌生，说："什么马子？"

宋世平哎呀笑几下，道："你真是土啊！马子就是姐夫"

雨翔更听不懂，问："什么"马子就是……"？

宋世平道："你也真是笨，女朋友粤语怎么念来着？"

96-5　16开500格书写文稿纸震纸出品　　　　　　　上海文化用品批发市场经销

"Bonne amie 啊。"

宋世平一听摆手道："你肯定搞错了，掭个。"

"那只有 Girlfriend 了。"

"对了嘛，什么'剥拿阿秘'，Girlfriend 就是了嘛！"

"那又——"

"你又不懂了，Girlfriend 由哪两个词组成？"

"Girl 和 Friend"

"对了，取每个字第一个字母呢？"

"G、F"

"念一遍，快一点，像'姐夫'了吗？"

雨翔一念，果然"姐夫"之趣被勾起，笑个不止。宋世平又道："再教你一个。知道什么叫'上世界杯'吗？"

"什么——上……"

"你又不懂了，'世界杯'用英语里怎么念？"

"World Cup 啊。"

"对了，各取一字母。"

"W……W、C！"

"对了嘛，上世界杯就是上厕所的意思呀！"

雨翔扑在桌上笑得求生不能求死不得。他不想英语被砍头去尾后还有这么多用处。

足的冷面很快送了上来，但这冷面比钢水凉不了多少，三人边吹气边吃。雨翔想起刚才的英语新解，喷了几次面。宋世平洋洋得意，小调子不停。中余雄是个少言的人，一心一意在吃面。朋友相聚最快乐就是饭前，最尴尬是在饭后结帐，个付个的未免太伤感情，但往往就这么想着第厚付账的救世主出现。雨翔把面吃到收场局时　鲁地放慢速度。宋世平也在调戏最后几根面。余雄一拍桌子道："我请了。"宋世平马上感激涕零，说大哥真有气魄，小弟自叹不如。店主借机狂斩，每碗面收了六块钱。

　　三人同行在校门口的马路上，而且不敢拐弯，怕误进路。

　　雨翔说完后又重新沉默。空荡的大街助长了隐藏在心里的孤独，三人一起走却没话说，像三具干尸。宋世平被余雄所感动，一心想打破沉默，一个劲追问余雄的身世。余雄被问得受不了，透露说他爸几年前死了，母亲再嫁个大款，就这么简单。

　　宋世平再要问个详细，问不出来索性在原有事件基础上演绎，说被后母虐待，每天追着余雄打，才把余雄的速度追得那么快。

　　余雄叫宋世平别说了，宋世平收主婚打听雨翔底细，雨翔被逼得无奈，说自己是孤儿。宋世平再讨没趣，不再说话。

这条路柳暗花明。尽头竟有一家大百货店，难怪路上行人稀少，原来都聚于斯！雨翔进门就是一阵扑面而来的凉。找到座位置后，余雄说要喝酒，吓得雨翔忙要了一杯果汁证明自己清白。宋世平~~连~~遑一个人喝酒易醉，为了表示对余兄的爱护，所以也决定舍身相助，曲线救国，跟他一起喝。

余雄本来就听啤酒，边喝边行心中大志，把雨翔衬得像个姑娘。两人虽然举杯邀不到明月，但"对影成三人"的条件是符合的，只是美中不足其中之一正在喝果汁。余雄果然不善酒，半听下肚已经眼神乱飘，拉住雨翔的手叫他喝酒。雨翔正在享受"宋世鹏逼我独醒众人皆醉我独醒"的悲伤，摇说肚子痛。余雄手一挥道："不管他，我们喝我们的。"然后一口一口往嘴里灌酒，但不敢一下子咽下去，把酒含在口里让肠道有个准备，决心下定后方才闭眼吞酒。

宋世平喝酒像喝咖啡掺牛奶，每次只用舌尖沾一些，见余雄不行了，凑上去套话："你的女朋友呢？"

余雄勾住宋世平道："我要慢慢你一些办贻。这个东西不能全心全意，要……要三分真心，七分逢场。"

　　宋世平隐隐约约的听出这乃是曾受尖锐重创男人的悲观之话，又要去套其背后的内容，不料余稚推开他，道："这个我不说，你自己想，好的，困死了，几点了？"

　　"八点十分。"

　　"差不多了，去市南三中睡觉。"说完稚佯眨一下眼说。宋世平想来日方长，再问不迟。三人一出门，一股热浪顿时从四面八方包来，又把三人逼了进去。雨翔忧心忡忡说："今晚怎么睡！"宋世平的目光比老鼠更狡猾，道："今晚的事今晚再说！现在要回去。"三人再想定办法，数三冲了出去，窗门外极闷热，雨翔觉得每根汗毛都在燃烧，问："怎么回去。"

　　宋世平想出一个饮鸩止渴的办法：快跑回市南三中，跑的过程中会凉快。雨翔笑宋世平想问题像鸵鸟到危急情况把头插在沙里的驼鸟，顾头不顾尾。讨论到最后，三个长跑特招生都懒得跑，路边叫了一辆三轮车。

　　雨翔轻声问宋世平："这么小的车坐得下吗？"这句话被车主听见，忙一拍三轮摩托车说："怎么不行，里面何大呢！别说三个——"车主未想说"那怕三十个也塞得下，一想这个牛吹漾漾，一口气打掉一个克里姆林宫一样不合算阶，改口道："就算四个，也是绰绰有余！"两栖惊呀他会说"绰绰有余"这个成语，当是一个下窗知识分子。同情心上来，劝宋世平说："将就将就！一定坐得进的！"

余雄第一个坐进去，就占掉其一半的空间。宋世平马上压进去，堵满剩下的另一半。车主见这样，牵拉下一个，忙去指挥调度。教宋世平和余雄怎样节约占地面积。两人照车主教的收腿缩胸提腰，竟无中生有有下一块空地。两栖猫腰挤了进去，三个人手脚相抓，仿佛酒精灯的灯芯。车主怕三人反悔，忙把车子发动了，表示生米已熬煮成熟饭。

车主问："要到哪里去？"宋世平不知道这话的厉害，中计道："随便，只要到市南三中就可以了。"

车主闷声不响地开车。宋世平第一个发觉方向不时偷偷去近两栖。两栖也想弄清楚，发觉宋世平条条大路通市南三中。那三轮摩托车几乎把县城里的所有街都开一遍才慢悠悠找对方向。两栖直催车主，说只剩十多分钟，车主道："保管你够时间！"嘻地一笑，边开边唱。

余雄一开始满坐在中央，宽然头往宋世平肩上一靠，宋世平当余雄死了，不住捏余雄的皮。余雄嘴动几下，证明自己活力犹存。宋世平捏几下两栖然后说："你听他唱已动了像在说什么，听听！"

于是雨翔把耳朵贴在余雄嘴边，只听余雄码喃不出声。宋世平再拍他几下，雨翔终于听出个大概，说："他在说什么"小芳"还是"小野"。"这时车子驶过一块硌头，猛跳一下。余雄睁开眼说："快到市南三中啦？"这个问题雨翔和宋世平无一能回答。余雄又推开宋世平的手说："天太热了，大家分开点。"

宋世平给余雄一个神秘的笑，问"小野是谁？"

余雄一听，嘴巴本想张大，再问宋世平怎么知道，一想还是不说好，嘴巴顿一下，反问："小野是谁？"

宋世平以为听错，摆摆手说算了。

三轮摩托停下来，车主下车道："市南三中。"雨翔跳出车�了一大惊，想明明出来时是向西走的，而这辆三轮车的停车也是车头向西。

车主伸出两个指头晃一晃，说："二十块。"

宋世平怒目道："这么短路程……"

车主想现在先生未必防不仅养成了熟派，而且已养成了鞋，敲此小子不成问题，理直气壮道："你看我跑了这么多路，油钱就花掉多少？"

林雨翔接话道："这是你自愿跑的路。"

手指捏着在车主眼前晃一圈，扔在他他的手里，又扑雨翔和宋世平说："走。"雨翔脑海里竟有长发男生和王相柳的影像掠过。呆滞几秒后跟余雄进了市南三中的大门。宋世平参"如此个余雄，你没醉啊，我真是羡慕死你了。你手不痛"

余雄接接他的左手，说："废话，当然痛。"

宋世平说："你刚才那几句话就剥了那老老头的威风，你不像是喝酒吃的。"

余雄微微一笑，把自己扮得像神仙中人，说："嗯，我当年……"

宋世平想听当年怎样，不料下面没有内容了。雨翔告诉宋世平："别问了，当年他肯定是老大。"

市南三中的夜十分恐怖，风吹过后不仅草动，树木都跟着摇曳，地上千奇百怪的树影森然欲噬人。但恐怖无法驱散内心的热气，雨翔不禁抱怨："今天热成这样，怎么睡呢！"

宋世平要回答，突然身体一抖，手指向前方说："看人影！"

余雄和雨翔顺指望去，果然五个黑影在向体育室潜伏，手里都搊着一个长条。余雄一惊，飞奔过去，五个夜行军人察觉到了，停下脚步看半天，笑着说："你扮鬼啊，高一新生怎么都跑在外面吓人。喂，朋友，热成这个样子你也去寝室，脑子烧坏啦？跟阿程体育室里挤一挤，那里有空调。"

余雄搓搓手，退后说："�ろ了，我们再说吧。"

宋世平要睡体育室里，余雄道："你热昏了，三中的校规多严你知道吗？你想处分了，忍一忍，走。"

宋世平依恋不舍向体育室门口瞧几眼，一个影子正在爬门。两人又住心中惊念，跟余雄一起走向寝室。

到了寝室门口，十六个人正带着席走出来说里面太热，听着有心，宋世平更叨念要去睡体育室。余雄冷冷道："你忍不住你去睡。"

两朋左右为难要睡那里，最后人本性里的懦弱战胜了贪一时之乐的欲望，决定跟余雄去受罪。两个人像大灾难时的救世英雄，逆着大流向前走。宋世平半折回来说此点有唯同当，来遮掩自己的胆怯。

寝室大楼人已敝去一大半，只剩几个人坚守岗位，时不时发出几声怪啸，回声在大楼里飘荡。三人回了寝室，洗刷完后躺在席上，强迫自己睡着。三人连话都不敢说，此时最小的动作都会引发最大的酷热。宋世平忍不住又去擦了一个身，回来后问："你们床谁睡着了？"

　　"屁话，眼看都被你吵醒了！"

　　"余雄，你呢？"

　　"你说呢？"

　　"你们两个都没睡着？"

　　"废话。"

　　"那我们一起去体育室睡吧，那里有空调，想想，空调啊！"

　　"你要去你去。"

　　"现在去也晚了。"

　　"不如你们两个到阳台上来聊聊天吧。"

　　雨翔第一个起床，冲个凉后上了阳台。余雄也禁雄不过温度关，爬起来搬个椅子坐在阳台门口。雨翔望着星空说："其实我不想来这里，我也没想到会来这里。"

　　宋女平一脸不解，说："这么好的人人要进来的学校，你还不想进？"

　　雨翔苦笑道："不过也没有办法，既来之则安之，没爸妈管着，一群同学住一起也挺开心的。"

　　余雄在暗处笑几声。雨翔惊异于他在这么公然的天真抱发出这么冷的笑，刨根问底要把这个笑解析释，问："笑什么！"

余雄问他："你以前没住过宿舍吧？"

雨翔答没有。余雄再发一个冷笑，道："是啊，你刚来，觉得什么都新鲜。你看着，刚住进去一个礼拜保你在个人礼让三分宽宏大量。过久了你看着，骂你碰他床的，阻他路的，闹池水的，吵闹，这才是对了。"

雨翔不信，说："我看学生小说里的……"

余雄打断说："你连这个也相信？那些浅的文章是浅的人写出来的，叫'美化'，懂吧。"

雨翔死守观点，说："大家让一下就没事了。"

余雄道："让？谁让？人的本性是自私的。"

宋世平一个人置身话外，心有不甘，要体现自己的存在，激余雄说："听你的话，好像你住过宿似的。"只等余雄顺真道："其实我也是想家，被你看出来了！"不想余雄说："是啊，我住过，小学以后我在体校念书，住三年了。"宋世平事与愿违，本想这话像断龙石，不料被余雄当成磁脚石，一下子热情被扑灭，眼里写满失望。

由宋世平帮忙承上启下后，滔滔不绝道："我刚去体校那会儿，大家过得挺顺。后来就开始大家计较了，围攻别人—这挤来就会拿来脚住的，人是这样的。"

雨翔还对集体生活充满憧憬，道：那时候是你们人。

小，不懂事吧，进了高中也许就不一样了。"

余雄摇摇头，道：

"也许会，但懂事只是指一种克制，不让自己的本性露出来。本性说究是那经，过久了就会自己露出来。"

雨翔为余雄的这一席，想着雄这个人不简单，看问题已经很有深度，不像美国记者心的宋世平。雨翔对余雄起了兴趣，问："你怎么会去上体校的？"

余雄道："我小的时候喜欢读书，想当个作家，但同时体育也不错，被少体校一个老师看中，那时是亚运会这会儿，我爸妈说搞体育的有出息，以后——可以赚大钱，就把我送去少体校，就这样了。"

雨翔拍马屁道："那难怪你的话都不简单，现在还要当作家？"

不等余雄回答，宋世平在一旁拍马的余屁："真的很不简单！"

余雄思索一会儿道："现在难说了，大概不想了吧，不想了。"

宋世平又是一脸失望，他本想马屁新拍，无奈余雄说了这么一句丧气话，弄得他屁力无处拍，只好平掌扇风说："好热啊！"

　　这话提醒了本来忘掉了热的余雄和雨翔，顿时觉得一股奇热袭来。热不可能而下，雨翔大声道："你是看破红尘了吧！"

　　余雄说："怎么叫'看破红尘'，我看不起那种悲观的人，所谓看破红尘就是把原本美好的红尘看成了破烂！"

　　雨翔笑着拍手，说："好，好！"拍几掌觉得这句话似曾相识，但肯定不是名人名言，因为名人是说不出这种一语破天机的话的。仿佛以前谁说的就在脑子里的一个显眼处，但偏偏又找不到。雨翔用尽吃奶的力气想，但"想"这个东西是加二十分毫力也不济于事的。不想时自己会自动跳出来，要想时却杳无音讯，但正因为曾经自己自动跳出来"过，所以雨翔不愿放弃努力。这种体验是很痛苦的，要想的东西往往已经到了舌尖却说不出口。仿佛自来水龙头口那一滴摇摇欲坠却又忽长忽短降不下来的水滴，上也不是下也不是，只好任它悬在那里。

　　正在雨翔思潮前不着村后不挨店时，突然"想通了"，这种爽快如塞了半天的抽水马桶突然疏通，闻之也令人心旷神怡。雨翔想起一开始说那句话的人是梁梓君，是梁梓君一次开玩笑当是成语曲解告诉雨翔的。

　　雨翔心虚速自愈，但一想到梁梓君，脸上就笑不起来

247

余雄无呼一口气，那口气为夜送收了一个尾。三人扒花阳台上不知何时睡着了。

第二天雨翔第一个被唤醒。阳台外尚有些风，这风十分难得，吹散了他心里的一些忧郁。雨翔突然想起要训海把其余两人叫醒。再看时间，佩服自己醒得恰到好处——还差二十分钟。第一次在异地醒来，雨翔有点陌生的感觉，觉得许多事情无所适从。洗脸的池子太低，弯腰时在家里习惯了，往往要撞龙头；洗脸和洗脚的也时常放错地方；走路常和家里的摆设过不去，如入无人之境，擦得桌椅藤翻而已不下二次，一切都乱了。

三人出寝室大门时外雨已经细雨绵绵。宋世平说："太棒了，不用训练了！"余雄白他一眼说："想得美，下雨照练。"慢跑到操场，刘知章已站在跑道上，手持着秒道"昨天热，辛苦了，我向学校反映，他们终于肯开放体育室。今天记者来采访，大家照常，采访到你，别说空话大话，有什么说什么。好，慢跑两圈！"慢跑到一圈，操场旁杀出一个扛摄像机的人，镜头直对雨翔，雨翔浑身不自在，欲笑又不能，只求镜头那开。摄像师捕住了一会儿后又将镜头对着市南三中的建筑，亏得胡适裱不会脸红，让摄像镜从各个角度拍遍。随后同摄像师一起出现一个记者，那记者像刚出炉的馒头，但细皮嫩肉很快被不住初开太阳的摧残，还没做实际工作就钻回到新车里避暑。她在车里见长跑队的圈跑完在休息，伺住时机走过去采访。

　　宋世平故意坐在最外，记者跑来第一个问他："你们对暑假的训练有什么看法？"宋世平不加思索，张嘴要说话，记者一看趋势不对，轻声对宋世平说："等等，摄像师说开始就开始。"然后对摄像师打个手势，自己说："开始！"宋世平刚才想说的话现在一句也找不到，竟支吾道："这个——一定能提高……我的……体育成绩，使我进步。"女记者表示满意，谢过后走到刘知章面前，问："老师您好，您也十分辛苦，要冒着酷暑来搞训练，还有什么话要对我们的观众朋友说吗？"刘知章用东生的普通话说："这个嘛，训练在于长久，而不在于一时的定夺。今年的体育生质量比往年好，他们也太辛苦啊！"

　　女记者放下话筒，恩忖这些话好像不对味，咀嚼几遍后找出问题之根源，对刘知章说："您可不可以再说一遍，把最后一句'他们……也太辛苦'的'太'字，那个，最好不说'太'。可以开始了，谢谢。"

　　刘知章摇摇头，把"太"去掉说一遍。女记者再想一遍，凑上去说："这个——还最好再加一点，比如结合学生的素质教育和跨世纪的人才培养地计划这种。"

刘和章表情更难，推开话筒道："我说不来，你们找别人吧。"

记者也一怔，演以一个笑还下说："那谢谢您。"收回话筒的线，走出三十米，确定安全后对摄影师说："他吉他是推，采访他给他面子，他自己不要脸。要前面那段算了。"

摄影师道："那素质教育和跨……"

记者道："跨什么呀，他不说有人说，台里面自会写一段让主持人读，叫'观后小议'，还会说得比那老头清楚。"说完热得受不了，加快步伐向采访车跑。

刘和章让体育生起来，说："别去管他们"，然后令每个人跑十圈，林雨翔装作平静地系鞋带，腿却平静不了，抖个不停。跑了一圈，觉得不过如此，加快了速度，相第二圈时就眼睛鼻孔一齐放大，体力却渐少渐小。刘和章在一边问情况，带头跑的两个高二男生为显示其耐久力，抢着答："可以，没问题。"据说抗战时美国A.B.C的著名评论员伊拉克·塞帷累了（Eric Sevareid）采访重庆行政院孔祥熙博士，孔说那时中国通货膨胀情况好比一个人从三十楼掉到十三楼，他在空中喊"So far, so good!"（迄今为止，还好），如果孔祥熙有命活到今天，定会收起那个比喻送给这两个高二男生。

　　果然那两个男生说话太多，气接不上来，开始落后。雨翔咬住前面一个，但不敢超，生怕引发了他的潜能。跟了半圈后，觉得速度越来越慢，好胜心上来，像试探水温一样在他身边掠一下再退后，见那男生并无多大反应，只是脸上痛恨恨，无继续消作劲，便放心大胆起了过去。跑过五圈，挣眼了好几次，眼看被余雄拉开了大半圈，斗志全无，幸亏后面还有一个倒霉蛋无嚼追雨翔的虚心，让雨翔有个精神支柱，不料那根柱子没支撑多久，就倒倒地休息，把倒数第一名的位置让给雨翔。雨翔仅有的可以用作发泄的工具也没有了，觉得天昏地暗，跑一步要喘两三口气，手脚都没了知觉，胸口奇痒，喉咙如火烧，灌进去的气好像没进肺里，只在口腔里洗一圈就出来了，最后的毅力也消失，但不甘心去落像第一个那样光明正大，用手捂住肚子，用这个动作告诉人们他林雨翔是肚子痛而不是体力不支，把跑的责任推卸给胃，再轰轰烈烈地。且跑一阵后，从地上半坐起，看其他人的劳累，以减轻心里的负担。史也平原来也抱怨好捂住肚子装病身休息，万没想到被林雨翔先围弹，只好拼了死命跑，证明自己体力无限。他面对雨翔时一副悠闲如云中漫步的神态，一旦被叫，压抑的表情全部释放出来，嘴巴张得像恐吓猎物的蛇，眼睛闭起来不忍心看见自己的痛苦。十圈下来，宋世平瘫在地上一动不动，心诈死来博人同情，余雄脸上漠然无表情，俯身拍几下宋世平，再走到雨翔面前说："你怎么会这里痛？一定是跑前水喝得太多了！"

雨翔道："是啊，口太渴了！"

余雄脱下衣服，挤出一地的汗，说："洗澡去吧。"

雨翔笑道："光你挤出的汗也够我洗个淋浴！你受得了？"

余雄淡淡一笑，说："在少体校那是二十圈，一万二千米一跑的。"

雨翔吓一跳，不敢去想，腔掉上衣，噔地站了起来，走几步，两脚似悬空点水。三人洗好澡打算去三塔园消暑，到门口见大批大批学生涌进来，吃了一惊，以为刚才跑得太狠，看见了未来的开学情景，证实了爱因斯坦的"相对论"，一看门口的通知才知道是分班的考试。校门口车子停了几百米，见头不见尾。宋世平不平道："我们怎么没分班考试？"余雄说："我们一你也不想想我们是什么人，像摊剩的肉，随便搭到哪个班就哪个班。"

三人相对笑笑，继续往三塔园去。三塔园据说是古时把塔李天王下凡界镇妖，把三塔把妖压在底下而成。三人进了三塔园，浑身一凉。园里除了树还是树，树多阴凉。但美中不足的是园里扑面的虫子。那些虫进去不用交门票，都聚在园里发威。园里游人稀少，最大的参观团就是两翔他三人。

　　两翔道："没想到人这么少，而且虫那么多——"他做个赶虫动作，"哪像我们看景色，像是虫子看我们。"

　　三人行至一刻土塑像处，虫子略少，坐下来休息。两翔清看到土塑像下一块牌子说："严禁攀登"，语气表示迷惑，想现代人室外攀岩运动已经发展到了这地步。宋也平说："这牌子有屁用，呆会儿保管有人腿上蹭蹭照！"三人聊一会，兴趣索然，没有雅致去赏玩李靖邦的三座塔，赶回学校去睡觉。此时分班考试第一门已经结束，人往外散开来。余婚望见胡军正跟高二体育生勾肩谈天，对两翔说："以后你少跟他在一起。"身旁一个家长在给孩子开易拉罐，见后对其说："喂，听着，以后不可以和体育生在一道，看他们流里流气的，进了市南三中也不容易。今后他们跟你说话你就不要去理……"

　　宋也平听了气不过，要去捍卫自己所属团体的名誉以捍卫自己，被余雄摁住，说："何必呢。"

日子就在早上一次训练傍晚一次训练里飞逝。暑假集训期已过大半，学校里的草草木木都熟悉了，不再有新鲜感，日子也就一天比一天难捱。晚上一个体育室里挤了二十九个体育生，连桌上都睡满了人，睡不了那么高的人只好在地上打个铺，用粉笔划个圈表示是自己的领土，闲人不得进入，仿佛狗撒尿圈领地。半夜上厕所像是跨着尸体走路。不打呼噜的人最怕睡时有人打呼噜，因为那很有机遇的呼噜声会吸引人的注意力去数而忘却了睡。二十九个体育生白天训练累，晚上靠打呼噜排遣心里的不满，呼噜声像十九世纪中期的欧洲资产阶级起义一样此起彼伏，往往一方水土安静了，另一个角落里再揭竿；先东北角再西南方这种环绕立体声似的呼噜更搅得雨翔一个梦要像章回小说般一段接一段做。

梦里有许多初中时的人，还有只牵的一段爱恋要出现，使身处异地的雨翔苦恼难耐。

第二天下午雨翔鼓足勇气给Susan打个电话，一直没人接。一想该是去军训了，心里惆怅难言。

再过三天就是新生报到军训。今年的热后劲十足，不见有半支消退之势。该在上海下的雨都跑到武汉那里凑热闹去了。空留一个太阳当头，偶然里不成气候下几滴雨。体育生部像阿拉伯人，天天求雨，天天无雨。冒着烈日训练的后果是全身黑得发亮，晚上皮肤竟可反射月光，省去学校不少照明用的电费。

新生报名那天把分班考试的盛况再演一遍，林父林母也赶来给雨翔撒寝室。中国言情小说里重逢三日的话是过于一方抱着另一方道再谦情凝望，道："XX，你瘦了"，可林母一碰雨翔半天，泪水涟涟道："雨翔，你黑了。"继而说要去街上买增白粉。寝室只是下降一楼，从三楼到二楼。室友不久就纷纷赶到，几个家长倒是一见如故，互相装哑账，跟在家长后的学生腼腆万分，眼睛看在地上。寝室的分类正常显歧视，凡上海市市区户口的分在一号带阳台的那间，城镇和农村户口的被分在二号寝室。雨翔的床位在二号寝室靠门那铺。这间寝室一共四个人，除雨翔外全是考进来的；隔壁靠势较为强大一些，五个人，全是自费生。高中里最被人看不起的乃是体育生和自费生，但自费生可以掩饰，而体育生像是历代鬼怪小说里妖怪变的人，总有原形的迹象可寻，不能靠减默来掩人耳目，每天去训练就是一个铁的现实。

父母散去后一屋子人一声不吭整理自己整齐的不需要

理的东西。雨翔爱不理，去隔壁的203寝室找余雄，余雄不在，雨翔又感到落寞无助，回到自己寝室里跟一群陌生的室友建立友谊，泛问四个人："你们是哪里的？"原意想造成争先恐后回答的盛况，不想四个人都不作声，雨翔务施问着，进退两难，只好硬起头皮再问："你原来是哪里的？"

这问话招了反馈，雨翔左铺放下书说："灵析镇中学。"雨翔"噢"一声，左铺又道："他们两个都是的。"雨翔上铺忙对左铺打招呼道："老谭，什么时候去班级？"雨翔突然悟出原来其余三个早都认识，怪冷落了他才故不说话，心里涌上一阵温暖。学校怕学生第一天上学就因为挑床铺的争执，在每只床的架子上都贴了姓名。雨翔知道他的上铺叫沈颂，左铺谭传棒，赖还有一个离他距离最近的谢景渊。四人先谈中考，以及好学，隔壁寝室里嘻笑声不断传来，搅浑雨翔心绪。谢景渊问："那个叫——林雨翔，你中考几分？"

雨翔心里惨叫一声，暗骂这小子哪壶不开提哪壶，说我这次考砸了，才484分差了三分，但因为我体育课过硬，所以我作为体育特招生进来。"

雨翔把分数提高一大截，心里中忐忑不安，小心观察室友神态。

　　谢景渊一笑，笑得雨翔全身紧张，暗想定是谢景渊看过分数故意再问，窘得叽一颤。想到这里，冷汗不止，马上补牢道："让我想想看，好像不是这个分数，我考了几分呢？"雨翔正在假痴不癫，谢景渊道："你有个特长就是好，什么事都好办，我们没有，只好考试。"他顺和谈格抹郁之未续问。

　　雨翔吃惊一场，道："其实我这个484是起常发挥的，以前我考起来只有440分左右，高中考前我下定决心，恶补了二三个礼拜，才考到484呢。"

　　三人一听，又惊叹不止。雨翔边理衣服边荣耀自己的聪明——用自己曾活的思味来造就今天的辉煌。

　　四人去教室集中，一号寝室五个人也正打闹着出来，一路从寝室闹到两果堂，没一步路是走正常的，狂笑撒了一地。

　　排位置时雨翔的同桌就是谢景渊。两一排同学互相客气地问对方姓名爱好。雨翔心里则想班主任该是什么样子，该不是老到从讲台走到班级门口那么耗掉一个下课十分钟——古稀的老师理论上绝是这样的。待几分钟后，老师进来——那女老师三十几岁，一头春发，嘴巴微张。雨翔前些天听来也平说一个老师没事嘴巴不闭乃是常骂人的趋势。

骂人的话要随时破口而出，一张一合要花去不少时间，所以就微张着，就仿佛一扇常有人进出的门总是虚掩着。再把联系起来看，果然看出一脸凶像。雨翔把这个发现告诉谢景渊，满以为会激起恐慌，谁知谢景渊道：

"老师凶点也是为我们好，严师才可以出高徒嘛，老师凶也是一件好事。"

雨翔的心白了他一眼，脸上笑道："你说得对！"

那女老师自我介绍道："我姓梅，以后就是大家的班主任。"梅老师说着顿了一顿，故意给学生留个鼓掌的时间，学生当是梅老师初上讲台，紧张得说话不出，都不敢出声。梅老师见台下没有反应，想这帮子学生又是害羞居多，连手都不敢拍，恨不得自己带头鼓掌。

她继续说："我的姓中的'梅'是——"她想借一下梅里子涵的名字，转念想帕学生没听过梅子涵，不敢冒，又想借"梅花"，嫌太俗，"梅毒"则更不可能，竟一时语塞。台下学生见老师又卡住，当这个老师口头表达不行，都替老师紧张，口水都不敢咽一口。

梅老师的气全囤在梅长这个"是"上，气尽之时，决定还是用梅子涵，便把梅子涵的名字肢解掉，道："梅'是梅子涵的梅'，当然不叫子涵，老师怎么能和作家同名呢？"

这句废话算是她讲话里最成文的一句，还挟杂了一小小的幽默，学生都硬笑着。梅老师不曾料到这句话会引起轰动，跟着学生一齐笑。因是硬笑，只要发个音就可以，所以笑声虽大，却没有愉快部分。

梅老师的双手向下压几下，以表示这笑是被她压下去的，再道：

"我呢叫'萱'，杨萱。我呢，是教大家语文的。我介绍好了，轮到大家自我介绍了。来，一个一来。"

雨翔侧身对谢景渊道："这老师一定废话很多，瞧她说的'来，一个一来'，倒还要一个一来或一个二来不成。"

谢景渊道："老师说话为了大家能懂嘛，不能怪她的。"

学生的自我介绍精简得像是拍电报，瞬间轮到雨翔，雨翔站起来说："我叫林雨翔，林是林雨翔的林，雨是林雨翔的雨，翔是林雨翔的翔。"说到这里等梅萱一顿，静候想象里排山倒海的笑，不想这自以为强烈幽默中心的幽默没有效果，只有稀稀拉拉两三声笑，而且都像是嘲笑。雨翔心里早已作好失败的准备，但想引一些女生发笑总可以，怎料现代文高中生守笑如守贞操，一脸漠然。雨翔刺激不小，伤痕久久不能愈合，声音像被去了骨："我爱好文学，也获过一些奖，发表了一些文章，希望能和大家成为学习和生活上的朋友。"雨翔的下半段话给人留下了美好的印象，女生郁瑶朱无邪地盯他看，目光软得似块水豆腐。英语里的"豆腐眼睛"（Dove－eyed）就是这释的。雨翔极不好意思，低头翻书。谢景渊站起来奋被道："我叫——我叫谢景渊，谢谢的谢，景色的色——啊不，景色的景，深渊的渊。我相信将来我就能有所作为。"台下哗然大笑，最后一句没人听到。谢景渊一脸绯红，埋头书里。一排人介绍完后，学校开了个广播会，是"新学期新计划"，雨翔听出声音仍是钱副校长的，所讲的内容几乎有例可循，只是把上次体育生动员会里的话再加以分尸组装，就成了今天的内容。时间仿佛陷在了钱校长的话里，钱校长更是有把时间转为弱能的功力，教室里学生无不提书散温。亏得时间有害，竟能从钱校的话里自拔出来。钱校长作半天文章，道："我要说的就这么几条。"学生都舒一张，万没想到钱校长道："但是，我还要强调几点……"学生无不惊奇，愤慨交织在脸上。钱校长像是在跟要强调的几点调情，来回把那几点翻了十个身，终于结束："我要讲的就上面那些，留下的由学生自己去实践。"学生长舒一口气，拍手称庆。梅老师道："通学生可以走，寄宿生留下开个会。明天大家别忘了上学！"

　　寄宿生一共十九个。梅萱向他们介绍了学校的重要生活设施在什么地方，比如热水龙头等。听梅萱的介绍，市南三中的这套设备隐匿得像是通缉犯，整天躲在暗不见天日的地方。雨翔和谢景渊散会后去灌开水，终于找到了一排热水龙头，雨翔把热水瓶凑过去，拧到最大，出来的水极为吝啬，筇一滴一滴滴下，一滴打了半天，热水瓶的那小半都没到，雨翔怒道："我口水都吐得比它快。"

　　谢景渊只认得化成文字的夸张，对雨翔道："你说话太夸张，口水是不可能吐得比灌快的，它虽慢，但总比你吐口水快。"

　　雨翔暗骂谢景渊说话吐，不再与他搭讪，自顾自灌水。好不容易灌满了一瓶，对谢景渊道："我先走了。"到了寝室，见人都不在，悟到今天是两果堂开饭第一天，匆匆拿起饭盒去吃饭。一到两果堂吓一跳，想怪不得校园里空无一人，都汇集在两果堂里。雨翔挑了一列相比较短的队伍，等了几分钟仍在原地，想市南三中该不会有说打饭吃的规定。再耐心等几分钟，队伍一动，雨翔想终于可以跨前一步了，怎知那队伍像是青春期少年的骨骼，会慢慢变长，雨翔被逼得退了三步，大惑不解，想自己排队排了十六年，竟会遇到越排人越往后的队，便探出头看究竟，只见从其他地方奔过来几个人，与排在队伍里的人攀谈几句后便挤进队伍里一闪，消失无踪，而且各路人士也都看好这支队伍，纷纷来插，这队伍倒也像刘邦，能够广纳贤良。再过几分钟，雨翔已经退了不止三舍。恒这样下去饿死，便换了一列队伍。第一列队伍里一个声音道："林雨翔，这里！"雨翔见是余雄，比跑过去，余雄说："排我前面。"

雨翔在后面呆懵了，恒自己一插身后的人全不满，不敢排进去。

余雄对雨翔循循善诱道："现在谁有胆与谁吃饭，管那公愿没人会表扬你的。"说完一拖，雨翔被逼就范，站在队伍前头。排在前面的感觉果然不同，想自己身后多少人跟着，快意阵阵。抬头看到黑板上的菜单，饿意写化脸上，想两荤菜里厨师手艺必然不错。前面只剩两个男生，雨翔正构思大好蓝图，忽闻人群一阵骚动，有人道："自理会的来了！"

雨翔没听过"自理会"，当是一个专门插队的团伙，扭头一看才知道是负责检查的，站在队伍最后头那人显然是准备告促，徽章戴反了，嘴角边闪闪发光，乃是吃完饭来不及擦嘴所致。后面的人催："喂，采呀，采掉啦！"雨翔慌比回过神和头，见食堂那个窗口正对着，一个戴面罩的人

96-5　16开500格书写文稿纸藕纸出品　　　　　　　　　　上海文化用品批发市场经销

怒目以待，吓得脖子里蓝图都谈了，支吾到："我……我要一只炒三鲜和糖醋小排，还有一碗饭。"雨翔见黑板上的饭被划得一块一块，均匀有致，一时找不到量词，随口瞎说。说完见面罩没有反应，当他没听清，再说一遍，面罩愠道："你碗还没给我呢！"

雨翔低头见碗还是默默被捏在手里，不好意思地递上去，面罩一把夺过碗，道："糖醋小排没有！"

雨翔小心道："你们黑板上不是写着——'糖……'"

显然是问这个问题的人很多，面罩未卜先知，说："这是上个学期最后一天的菜单，呆呆看里面！"雨翔伸头见里面两类早已卖完，里面正值春天，满园春色关不住，都是油油一片，又叫不出名字，只好指着春色叫"这，那！"后面嫌慢，骂声不断。

雨翔这顿饭吃得没有兴趣，军训时在外面盒饭吃多了，团队站起来就走，走出两米堂才发现碗还放在桌上，折回去却已被碗去菜空，自认倒霉回到寝室，一号寝室里五个人正亲热在一起听球赛，自己床位里谢景渊正给沈溪讲问题。雨翔问："你吃过饭了？"谢景渊不计打水时雨翔丢他而去的仇，笑容可掬说："哪吃得上啊！我吃饼干。"说毕要证实自己这话的可信度，把饼干带出来和雨翔见面。

雨翔一瞧那袋散装饼干，随口说："你每个月生活费多少？"话一出口就懊悔，这摆明是对谢景渊和饼干的看不起。

谢景渊不计较，说："二百。"

"连吃饭？"

"连啊。"

雨翔一脸惊愕，嘴里搁不住冒出一问："我每个月五百。"一脸的惊愕到了谢景渊脸上，道："这么多！"

雨翔又说："隔壁那帮人说不定更多呢！"

沈溪儿和覃佳辉都放下书瞪眼睛，谢景渊自语："那他们可以买不少参考书了。"

雨翔手一扬，道："哪里啊，他们这些人每天零食都要吃掉二三十块！"谢景渊像他们吃的是他的钱，心痛道："这么多！就是吃啊，作孽啊！"

雨翔听了暗笑，道："他们光身上的衣服都要二三百块钱一件呢。"

沈溪儿问："短袖的？"雨翔点点头。谢景渊道："那他们的家不是要被他们闹穷？"

雨翔道："哪里呀！他们这帮人，每个家里五十万打底，穷不，这么低的分数怎么进来？"

谢景渊不解，道："学校里的校长为什么不来管呢？"

雨翔故意放从大笑，道："学校，校长，哈！他们一管钱从哪里来！"

谢景渊说："那教育局怎么不管呢？"

雨翔本想说"教育局管这个，他们是一路的，这样一管岂不是敲竹杠嫖客？"反思一下，觉得面对谢景渊这样单纯到只受政治书毒烟的人不能这么说，便把这句话斩头去尾，说："他们是一路的。"

谢景渊眼神软了下来，道："学校怎么可以这样呢，学校是培养社会主义建设人才的地方，是……"沈溪和谭佳栋也围过来议论，雨翔不语，隔岸观火。

隔壁寝室里传来一阵喧闹声。

林雨翔十分不习惯漫漫三个小时的晚自习，话不能说一句，坐着又没事干，只有不住地看表然后怀疑手表坏了。实在闲极无聊，轻轻唱歌，唱到一半，背后让人戳一下，那一戳仿佛是警界的扫黄突击行动，效力只有一小会儿，过了一阵雨翔又忍不住唱几句。

好不容易熬过晚自修，晚上觉也不能睡安稳。熄灯前学校播寄宿生须知，广播里又是钱程的声音，雨翔想这次完展，今疲将无眠了，但钱校长自己要赶着睡觉，只把住宿规定念一遍，像是耶和华授犹太教十诫："

"……市南三中三寝室条例……不准两人睡一铺……不准大声喧哗……不准乱拿别人的东西……不许听音乐，不许……"

雨翔略略一算，除了"不许杀人"外，其他的都说到了。最后，钱校长道："同学们，今晚大家好好睡，明天还有一个任务等着呢！"这话像是公路上一滩血，既能让人恐惧又可引人好奇。钱校长仿佛在广播里可以见到听者的神情，待到学生被好奇心折磨得不像样时，缓缓道："那任务是军训——"

宿舍楼里骂声不绝，但伤不到广播室里的钱校长，倒是管理寝室的闻骂出动，以骂制骂道："你们造反！回去睡觉！"不料学生不把管寝室的放在眼里，水哗哗从楼上泼下来，管寝室的往左一跳，骂："你们这群臭小子再倒！再倒就记过！"倒水的学生只听到前半句，遵命再倾其余水，边倒边叫："去你的！"管寝室的本想不动来威慑学生，结果脚不听脑子控制，慌乱跳动着避灾。雨翔见这好玩，正愁洗脚水没处倒，顺大势倒了下去。

这时黑暗里一个声音："干什么呢？!"

96-5　16开500格书写文稿纸覆纸出品　　　　上海文化用品批发市场经销

三楼一个声音朝着叫道："是钱——校长！"

楼上都是收脚盆的声音。雨翔急着把脚盆收进去，不小心碰到了阳台，手一滑，只听"啪"一声脚盆掉下楼。钱校长人一抖，~~当是干么东西~~，飘到一片漆黑里那东西还在地上滚。上前去捡住，见是一只脚盆，气愤那帮学生不仅无礼到泼水，而且彻底到连作案工具都扔下来伤人。雨翔天叫不好，听下面没有反应，当钱校长给自己失手砸死了。钱校长捡起脚盆吼："你们今天惧点睡，这事我一定要追究到底！"

雨翔待校长走后遛下去找脚盆，一楼的告诉他被校长拿走了。雨翔只是惋惜，想必后没有脚盆的日子里要苦了自己的脸。与脚只~~好分门合作~~ _级一江水_ 。回到寝室，离熄灯了还有小会儿，跑到隔壁和余雄聊天，回来退时钥匙没带，寝室门又被关上，不好意思地敲门。一号室里一人出来开门。雨翔感激地望着他，见他果然是市区男生，白得像刚被粉刷过一遍。问："你叫——"

"哦，我叫钱荣。"雨翔谢过他后开始怀疑寄宿生的人情冷暖。

二号寝室里三个人都趴在床上温书。雨翔也懒得跟他们说话，爬上床睡觉。虽说尼三中已经住了十几天，但真

268

了睡这种^床一次都没有。这床宽不过一米，长正好一个人，想是市南三中响应国家的"节约"口号，每个床都是量身定做的，毫厘不差，只差没做成人形。再想到批太教的十减，惊异竟非市南三中是宗教学校——佛教十式里第入条就是"不坐高广大床"。

　　雨翔躺在床上，漫想高中三年该怎么去度过。熄灯后雨翔不敢动，怕翻一个身就下去了，这样僵着又睡不着，初秋的天像在跟夏夜的天比热，雨翔只好爬起来在窗边坐睡了一夜。

　　第二天早上雨翔穿上了交五十块钱学校发的校服。军训期间宁可让皮肤冻死也不愿让皮肤晒死——市南三中的校服是长裤长袖的，穿了没走几步就满身是汗；鞋子也是学校统一发的，据说技术更好，平宗得穿进去相像一脚踏进烂泥里，布质竟比雨翔炸的牛皮更厚。雨翔胸闷得难受，道："他妈的——我操——也不是这么防攀比的！"市南三中历年严防攀比，前几年硬规定每天要穿校服，学生抗议声太大，说限制了人的个性。通常这么说的都是不甘心只穿校服而有许多漂亮名牌衣服的人，后台十分硬。比请彼长，这里一硬，学校的规定就软了，只规定要求，穿不穿随君。这样一来，当然不穿。雨翔早听说市南三中的校服配不上

257

季节。夏天的衣服可以用来提水，冬天的衣服湖大得连做渔网的资格都没有。西翔以为是胡言，今日亲身一体验，半条观点已被证实，又忍不住嘀咕一句："何苦要穿！"

一头汗的谢景渊听见道："这样体现了学生的精神面貌。"西翔抬头想说~~~~否也，看谢景渊一脸正经，强忍着说给自己听，想这年头精神面貌越来越有"面貌"的样子，好的精神面貌似妓女的脸，说不准抹了几层胭脂；学生的精神面貌更仿佛是古代犯人的供词，要靠逼才能出来。

论1号宅里的人都嚷着跳了出来，他们都一身校服，在互相嘲笑。细看了显示出众不同，几个人都戴了阿迪达斯的头盔。谢景渊不懂，问西翔："他们头上的布是干什么的呢？"西翔也不好打开天窗说人性里的龌龊，道："这是擦汗的。"

教室里十分热闹，初识不久，就算朋友讲一个不好笑的幽默故事，碍于情面，只好笑，所以尽是笑声，只有成为了最好的挚友才会不给对方面子。梅萱进门第一句话："谁是林西翔？"西翔忙站起来说："我是。"梅萱认清他的容貌，说：去一趟校长室，顾校长找你。"学生都佩服林西翔厉害，开学军训第一天就被校长接见。西翔记起昨夜大意失脚盆，难道这脚盆能开口说话？忐忑不安进了校长室，钱校长正端坐看，脚盆在椅子下面。雨翔见了罪证，如芒在背，慢慢往钱校长靠过去。钱校长温气（开心）像盼了好久，放下笔说："你终于来啦，好，坐。"雨翔不为客气话迷惑，想这些话只是黑暗前的黎明，准备抵赖。钱校长拿出脚盆问："这是你的吗？"雨翔为乱真，上前去看看，再赖不迟，一看右吓得赖的念头都没有了——脚盆边上有个号码，无疑是自己的，不作反抗道："这——是我的。"

"那怎么会在我这儿呢？"

"昨天晚上不小心掉下来的。"

"是不小心？"

"嗯，昨晚我晒衣服，不，晾衣服，放在阳台上的，手一碰下去了。"

钱校长一时找不出这个谎言的弱点。雨翔见想出来的谎很有成效，一谎未平一谎又起，眼里放光道："怪不得昨天晚上我找了半天找不到，原来是被你捡去了！"

钱校长被连环谎套住不算，还揹了一个乱拿的罪名，心里叫苦，换个角度问："那你昨天晚上有没有看见谁在泼水？"雨翔道："三楼四楼那帮人。"

"那你为什么不阻止？"

　　　"这个——我怎么去——"

　　　"这个你做错了。作为一个中学生，尤其是市南三中的高一新生，在身上总该充分体现出一种善思规，在方嫉恶如仇，你没有参与，很好，可你也不能袖手旁观，你要去阻止。"

　　　雨翔的流撒得太真，自己也信了，心里愤然想怎么不骂干坏事的而要骂他看见干坏事的，说："可是我只有一个人，我阻止不了。"

　　　钱校长在雨翔错的话里揪不到对的，只好在对的话里揪错的："这个你又做错了。硬扯没有效果，但市南三中学生的风貌你总该体现出来，你总该挺身而出，试过才会知道行不行。你认识到自己的错误了吗？"

　　　雨翔怕再不妥协，钱校长又要发宏论，只好点头。

　　　钱校长把胸窝还给林雨翔，抽出派笔，道："你写封检讨——不能说是检讨，应该是经过这件事的认识。"雨翔汉识不出来，借笔写道：

　　　　　　　　　检讨书

　　　我于昨天的一个晚上，我听到了我所住的那一幢宿舍大楼的第三第四层有一阵一阵的水直往外面泼，水掉下来，

96-5　16开500格书写大模纸磁纸出品　　　　　　　　上海文化用品批发市场经销

我偷了我所住的那幢宿舍大楼的管理学生就寝纪律的老师的衣服。我当时正在我所住的那幢宿舍大楼的二楼晾几件刚刚洗好的脏衣服，见到了上面同学的不文明行为，我却没有劝阻我上面那些同学。我现在认识到我的行为是很恶劣的，不符合《中学生条例》里的规定，不具备作为一个跨世纪的中学生的应有基本素质。我决定要加强我的集体观念，认真做好作为一个中学生的应做的事，不再犯上面那种错误，更严格要求自己，使自己成为祖国社会主义建设的人才。

检讨人　林雨翔

军训的一个礼拜浑浑沌沌，到日当头，滴雨未下，市南三中是军训的试点学校，众目所瞩，所以其它学校的严格全汇集在市南三中，十个班级的学生像是夸父，专门追着太阳跑。练三个钟头休息十五分钟，又都麻木得没有了知觉。女学生源源不断倒下去，被搀在路边休息。雨翔一次痒得忍不住，伸手挠了一下，被教官骂一顿，仅有的十五分钟都被去掉了。军训最后一天是全校的总检阅。梅营常在班里发牢骚说这次要丢脸了，事实证明高一(5)班的学生果然丢脸，正步走时队伍像海岸线，主席台上的领导直摇头。结果这个耻辱没能保持多久，被后面的几个班级连演刷新，主席台上的头摇累了，索性坐看云起，懒得再摇。

最后由于其他班的无私帮助，三班居然拿到三等奖。欢送走了教官迎接来了各科老师。时间虽然是不能够退回的，但却能够补回，第一个双休日各科练习卷共有十来份，要你补军训浪费掉的时间。回家时雨翔又乘错了车，到了家天都暗了，林父林母正四处打电话找人，林母俩天到哪都没去打，等候着儿子回家，一回来见到了儿子后悬念破除，解不了手绕解眼泪，跑出去看人搓麻将。雨翔正在填那些试卷，林父进门问读书情况，雨翔烦，两个人大吵一架，互不睬理。雨翔冷静后醒悟过来，这样一吵断了财路，便去重修旧好，但林父余怒未息，两个人差点又吵起来。吃饭时看见放在碗柜角落里的剩菜，心肠一下软了，她给父亲挟了一块肉，两人终于言欢归好。第二天早上就要出发，林父一路送雨翔到车站，在外面等到车子起动，雨翔见满脸沧桑的父亲推着一辆破车，心里一下子难受起来。林父的愿望是雨翔考取重点大学，雨翔这一刻心变得特别坚定，一定要考取清华。这坚定的心仍过不过一路的颠簸，到了市南三中之后所剩无几。

寝室里谢景渊一人，仍在看书，雨翔问："你这么早来?"

"我没有回去。"

"干嘛不回去?"

"为了省钱。"

雨翔不能再问下去，换个话题："那，你的作业做好了吗?"

"好了!"谢景渊边答边把卷子抽出来："我要问你一个

数学题目。"

　　雨翔为撑心虚，放大声音道："尽管来问。"谢景渊把卷子递过去，雨翔佯装看这个题目，眼里根本没这题目的影子，只在计划怎么敷衍过去。计划好了惊讶道："咦，这么怪的题目，要涉及到许多知识，它说……"雨翔把条件念一遍，只等谢景渊开窍说懂了，然后自己再补上一句"我也是这么想的。"但谢景渊的窍仿佛保检柜的门，一时半载急开不了，逼得雨翔没话说。

　　沉默后，谢景渊说："是不是里面涉及到了——到了我们没有教过的内容？"

　　雨翔准备用来撤退的话被谢景渊抢先一步说掉了，只好对这个问题进行人身攻击："不会的。对了，肯定是出错了，漏掉一个条件！"

　　谢景渊点头道："那，我想大根也是了。"雨翔庆幸跳过一劫，不敢再靠近谢景渊，谢景渊不顾雨翔人在哪里，问："我还有一个问题"雨翔听着这话一字一字出来，只恨自己不能塞回谢景渊的嘴，好比看见十米外一只酒杯掉下来，跌碎。这时门"轰"一下开了，钱荣工抢着走进来。雨翔找到个替死鬼，忙说："谢景渊，你问钱荣。"钱荣摇头说："我怎么行呢？对了，雨翔，你卷子做完了吧。"

雨翔说:"还有几个空着……""没关系,让我抄抄!"雨翔把自己的卷子递给钱荣,问:"你是原来——哪个中学的。"

钱荣摆开折的架势道:"一个私立的中学,哈,这样子的试卷也要我来做。"

雨翔小心地谨问:"这试卷怎么?"

钱荣不屑道:"我至少读过一万本书,我去做这种试卷太浪费我的才气。"

雨翔心里一别,想这种自负是自己初中时曾有的,后来无意间也磨平了。自负这种性格就仿佛一根长了一截的筷子,虽然看上去很有高人一等与众不同感,但苦于和其他筷子配不起来,最终只能被磨得和其他筷子一样高,否则就会被通摒弃。钱荣这根筷子是金的,要磨磨不掉,扔掉嫌可惜,保留至今。

钱荣抄着历史试卷道:"你看这卷子,说得肤浅,一点也不新鲜,听说过美国的'一无所知党'①吗?没听说过吧?听说过'顽固党'吗?历史书上介绍怎么懒卿不说'顽固党',编的水平还没我高呢。"

雨翔被他的话触动了什么,开了柜子翻半天翻出一本书,扔给他,问:"你看过这本书吗?《俏皮话》,是研人的。"

钱荣作出嗜书如命状,扑过去道:"嘿!是研人的书,我见到过！我爸好像和他有来往。"

两翔脸色大变，问："你爸是干什么的？"

钱荣就在等这话，道："我爸是东荣咨询公司的经理，和很多作家有来往！"

两翔问："东——荣是什么？"

钱荣顿时气焰短掉大半，道："是一个咨询公司啊，你没听说过？什么见识。书拿来看看！"说完自己动手拿过书，一看封面"吴研人"上面有个"清"字，脸大吃一惊，忙去补救那句话："怎么又有一个吴研人，我爸也认识一个，上海的作家，好像是作协里的，他可是写小说的。"

两翔成全了他的话，拿回书展开说："你不是说'旗团党'吗？这里有一则笑话，你听着：

一猴，一狗，一猪，一马四畜生，商量取一别号，又苦肟无点墨，无从着想，遂相约进城，遇所见之匾额即为别号。约既定，狗遂狂驰以去，入城，至某庙前，见有'化及冥顽'匾额，狗曰：'北即我别号也！'马继至，昂首无所睹，辗视，见某碑下，有'狼烟蔽国'四字，马曰：'我即以为名也。'俄而，猴跳跃亦至，举首指'无偏无党'匾额，曰：我即名「无偏无党」可也。'俟半日，猪始蹒跚而来，遍觅无所见，三畜咸笑之。猪曰：'若等俱已择定耶？'曰：'择定矣。'猫曰：'择定速告我！'众具告之。猫笑曰：'从来别号不过两字或三字，乌有取四字者？'众为之骇然。猫曰：'无伤也，若等壶各摘一字以与我，我得三字之别号，而若等亦各得三字矣。'

三畜大喜，互商曰：'彼既乞我等之余，只能摘末一字以与之。'于是狗摘'须'字，马摘'围'字，猴摘'党'字。猫之别号，乃曰'须围党'。"

念完哈哈大笑。钱荣道："这个笑话我曾听过，我不记得是哪里了，让我想想看——唉，不记得了。但确听过！"

雨翔笑余接些话："我听、听你一说，正好想起！真是巧，这本书我带了。我还带了几本，你看。"于是一本一本把书拿出来。钱荣镇定地看着，有《中国第一个会迫派》、《传统的构神》、《山河的梦想》、《西学与晚清思想的裂变》、《鲁迅快意恩仇录》。雨翔带这些书的目的是装样子，自己也不曾看过，那本《俏皮话》也只是雨翔军训时在厕所里看的，上面记到的一则《畜生别号》是这本书的第一则故事，雨翔也只看了这一则，不料恰好用到，唉叹看得多不如看得巧。钱荣的狂气消减了一大半，以为林雨翔真是泡浸过人，嘴上又不愿承认，挣扎说："这几本书我在家里都翻过，我家连书房都有两间。从小开始藏书了，上次赵丽蓉到我家来，看见我家的两个大书房，晾红死，说他的四步窗目炮不如。"雨翔料定他撒谎，又不能把赵丽宏找来对质，没有推翻的证据，摆出一个吃惊的神态。钱荣问："你呢？"

雨翔为了能势均力敌，没有的说成有，有的再加一倍，道："我家虽然只有一个书房，但里面书不少，都是呀——这几本一样的书。难唷啊！"

钱荣说："先读书不能释巻儒。我曾见过许多作家，听他们说话是一种美美的享受，fruition of ars，懂吗？"

雨翔已经误灭了他的开门之恩。眼光里有一种看不起钱荣调侃他与作家们的对话，仿佛全世界所有的作家都与钱老子行谈过，像是研究过种作古的躲不过。一个冷声，说："你英语学得不错。"

"专述。英语最主要的是词汇量，你们这些人往往满足于课本，真是Narcissism①。我读外国名著都是读不翻译的。"

雨翔听不懂"自恋"心里明白这肯定不会是个好词。对话里最痛苦的事莫过于明知被人骂了却不知被骂成什么，仿佛一片漆黑里遭人一拳。雨翔搜尽毕生所知的英语词汇恨找不到一个体贴艰涩的词来返骂。叫苦不迷。

钱荣又说："我生性是方外之人，学校里老师都叫我奇

①：自恋，自我陶醉

才！"

　　雨翔又听不懂"方外之人"的意思，只好翻着书不说话。那一句英语一个成语仿佛后半射来营去的两箭，令雨翔防不胜防。两人一场恶斗，胜负难分，只好把矛头时准在读英语的谢景渊道："你呢？"

　　谢景渊抬来问："我怎么了？"

　　钱宋问："你家有多少藏书？"

　　谢景渊问："藏书？连语文数学书吗？"

　　雨翔："不，就是这种——这种——"他拿着那本《西学与晚清思想的裂变》，展示给谢景渊。

　　谢景渊推推眼镜，摇头道："我家没有这种书。我爸常说，读闲书的人是没有出息的人。"

　　这话同时震怒了雨翔和钱宋，齐联合起来冷谢景渊质无洗难："你怎么这么说呢。"

　　谢景渊连连引用名人名言："我老师也说过，课内的那几本书都读不完，课外的书除了辅导书外就更不要去碰，看了这种书心会野，就学不到真正的知识。"

　　钱宋看看雨翔，见雨翔没有要口讨的意思，想一个人和这种书呆子争太损颜面，包一句："许多人是这样，自以为是，人性如此。"这话仿佛一封没有地让人名的信，不知针对着准。雨翔和谢景渊都不作声。

钱荣突然道："呀！我倒差忘来了！雨翔，我们说到哪里了？"雨翔厌恶钱荣不知从哪本书角落里找来这么多不曾见过的成语，来此故意卖弄，冷言说："我也不知道。"

钱荣不肯放过，道："也行——对，是说到我学英语的方式对吗？"

雨翔不敢再说下去，怕钱荣又夹在外文里骂他，和谢景渊说话："你在看什么书？"

"英语。"

钱荣听见，说："你这样是学不好英语的！我有一本《Gone with the Wind》①，借给你。你可不准弄褶了弄脏了。你看通了这本书，英语就会有我一半水平，Understand？"

谢景渊不屑道："我不看了。你自己看吧。"

钱荣一笑说："Shit！That's nonsense！我自己去看了，原来这个时代还有人像块 stone！"

雨翔苦株待兔半天，终于碰上一个自己懂的单词，不肯放过显示的机会，说："什么像块石头，你不能把你的观点强加于人！"　　　　注：①《飘》

　　谢景淞听见雨翔在捍卫他感谢景淞的荣誉，十分感动，又怕两个人男子动手，道："算了！算了！"

　　雨翔不理会两个人，跑到隔壁去找余雄。余雄正伏案写东西，见雨翔来了，忙收起来。雨翔劈头就说："我们寝室里有两个神经病，一个每天看书，就是书呆子，令令，另一个以为自己是李敖，成天吹牛卖弄，自己懂又不懂，世界上怎么会有这种人！"

　　余雄微笑说："你受不了了？好戏还在后头。"

　　雨翔余怒未平，说："他以为自己是谁。"该说的说完了，雨翔心里的恶气也全都出了，正面半不过踩身时踹人家一脚也是快乐的。不同的是，背面踹人一脚，人家会觉得痛，但雨翔这么说仿佛隔了一层墙壁打人，抑或说，好比人家生前打不过，待人死后让人家遗体不安，总之，这是一种鞭尸的快乐。

　　雨翔精神上的鞭尸完，心里涌上一种无人抵抗大众全胜后的，不甘就此放手，继续而去踢他祖宗八代的尸："他就仗着他爸那公司，真是狗仗人势。"彻底鞭完后，心里一阵茫然和空荡荡。

　　晚自修时雨翔不敢唱歌，军训一个礼拜真是名索巨变，

283

生翔背后的姚书琴不知如何竟骗来一个纪律委员，专职记录纪律。人一旦当上了官，腰杆子都能直许多。没当官的人好比一群野狗，一旦野狗群里有人当官，那野狗就俨然变成一只家狗，有了狂吠几声赶其它野狗的资本和身份。姚书琴表面纵容，暗地里不停记雨翔的名字，罪名是大声喧哗。倘若赤手打独斗，野狗与家狗应该实力相当，但野狗往往打不赢家狗是因为家狗有主人。雨翔连斗的勇气也没有，只有在背地里骂的本事。

那官职宛如一根链条

真正在市南三中才不过一个多星期，雨翔就觉得这种日子难熬，连个说话的人都没有。别的寝室熄灯后比熄灯前更热闹，查寝室的威严仿佛先皇的帝位。偶尔家在哪间寝室里太不像话，就进去干涉一下。学校闻之大怒，每日晚上都由政教处的人督察，一旦抓住就写检讨，现在学生大多作文水平很高，九十年的学生作文尤以废话废话见长，皆不畏写检讨。政教处便把每日抓住的不按时按规就寝的学生名字公布出来，这一招果然有效，此后纪律安稳不少。只是政教处老师走后，寝室里依旧闹声四起，校方不知，还在每周总结里夸学生纪律意识有所改进。挺全校最安静的寝室就这205室的2号寝室。雨翔每夜都想了一肚子话，只等在梦里说给别人听。而且雨翔的失眠愈来愈

272

厉害，大年时到十一点钟睡着，有一天几乎彻夜无眠，到第二天上课时，屯积的睡意像猛虎下山。但人往往气愤之后容易睡着，这一夜雨翔睡得特别早，第二天凌晨就起床了。本想报晚让众人都起床，但雨翔却忽然有一种报复心理，恨不得他们全体迟到。

起早后雨翔没事干，出了寝室后扑面一阵凉爽，决定去花园走走。市南三中的清晨十分秀美，大片的树林也似从睡梦里醒来，清泉可人。花园掩在其中，更能给人享受。雨翔见顾朝一片鸟叫处走踱去。花园边的石凳上有一个女孩子正读英语，雨翔的脚步也放轻了，怕踏碎了她的宁静。雨翔相信清晨的花园是最沉净的，因为只有此时，没有校园恋人徜徉在里面。"爱情的魔力再大也大不过床的诱惑"，这句滤语也可以这么理解——一个满是困意的人也懒得去谈情说爱。毕竟，有时候赖床比上~~床~~更有吸引力。

结果还是有人坏了这~~两~~大好的意境。花园的深处，雨翔看见一个年纪顶多不过初一的男孩在等人。雨翔原先也没有多想，结果不到五分钟，这处跑来一个年纪似乎更小的女孩。男孩抬腕看表，冲她笑笑，说："你迟到了。"女孩两手一摊伸出舌头说："对不起，我被一些事耽搁了！"雨翔离两人一树之遥，听到这对白好像特别早熟，是在言情小说里闲逛掉的。心想莫非这两个也——不会不会，这么小的年纪怎会懂情是何物。爱在他们眼里应该是件不知道的东西。

结果这两个男孩女孩像物理学家，喜欢向未知领域挑战。女孩含羞道："这里真是。你约我到这里来干嘛？"说完往旁一扰头发，低头等待。

男孩子欲言又止，老态成熟，说："我最近心里好烦，我相信我在作出一个我一生最大的选择。"

雨翔脸上的吃惊倒是几倍于那女孩子。他不相信这种话出自一个小男生之口，听着别扭，忍不住要笑，干咳两声暗示那一对还有一个人存在，请他要说得太露。那两人扭头发现了雨翔，并没有惊秘的意思，在那两人的眼里，雨翔的存在仿佛物体自由落体时的空气阻力，可以忽略不计。

女孩子恨久良久，猛抬头说："你看着我的眼睛回答，你是为了我吗？"

男孩仿佛藏了几千年快修炼成仙的心事被看穿，说："我无法骗自己，我是为了你。"

雨翔用劲控制自己的笑，又干咳两声。

女孩子爱不了雨咳破坏浪漫，说："我们换个地方吧。"

男孩不肯，说："走自己的路，不管别人说什么。我有话要对你说。"

女孩脸上迅速一片红色，摆弄衣角道："现在吗？"

男的道："现在，对，我已经无法再等待下去了！"这话仿佛一张病危通知书，让女孩有了个心理准备。

男的说："你知道吗？从我第一眼看见你，我就被你深深地迷住了。这是上苍赐我的幸福，我不愿放手，我一直想对你说这句话——"

女孩明知故问："哪句话？"

"我——喜欢你。"

女孩瞪大准备已久的眼睛："可，这太仓促了吧？"

男的道："不，一点也不，我愿为你放弃一切。"

女孩子禁不住，眼里有些醉意，问："真的吗？"

男孩说："真的，是真的，不是在梦里，我愿为你放弃一切，包括我的学业。"

女孩一副惊慌失措："这一切都像是书里写的。我该怎么办。我无助，我迷惘……"

两翔一点要哭的念头也没有了，想症滥的剧情也想起笔人何等三遍。离开了花园思心肺复苏那双罪口。教室里已有几个人，暑假的海笔作又刚发下来。两翔的作业教作观深，大段大段都是《鸟雏鸪》里复制的结果一章评语，差点气死。本子上大段大段被红线划出来，批语曰"引证较为丰富，但是牵强，要含蓄。"雨翔没顾发表评论，择笔就骂脏话，骂得浑身爽气。过几天，本子呈上去，雨翔只等梅堂写些评语表示赞同。本子发下来，雨翔心跳控制不住猛跳。他现在甚至有些怀念马德保。第一次出门读书，自然希望得到班主任的赏识。脑子里都是想象，想梅老师一定会夸他目光深远犀利，笔峰犀利老到。翻开本子却只见孤零零一个句，而且这句也极小极不豪放；再翻一页，也是一个发育未全的句。两个句拼起来才有个句样，这种做法好比现在餐饮业里的生财之道，把一份的料作两份用。句子附近一个字的评语也没有，雨翔看了十分窝火；仿佛两个人吵架，一方突然沉默不说话，另一方骂着身心也不会愉快。梅堂抱着清政府对敌的态度，雨翔却没有大英帝国的魄力，自认晦气。扫一眼谢景渊的作业本，见一个特美量足的句，那句好似领导的年度成绩总结，洋洋洒洒漫无边际，撑足了一页纸，舒展得仿佛一个人在床上伸懒腰，旁人看了也羡慕。这大句把雨翔的句衬得无比瘦小，雨翔不服，拿起谢景渊的本子看，写的是要好好学习建设祖国的决心，雨翔鼻子里出气，一甩本子说："这种套话我见得多了。"

288"

谢景渊悻悻说:"这哪是套话,这是关心的体现。"

雨翔厌恶道:"写与不写一个样。"

钱荣正在吹牛,身旁围了十几个女生前俯后仰地笑,钱荣越吹越有兴致:"我十二岁那年,跟我爸去北京,第一个去拜访有复兮——""哇——"一个知道有复兮的带头叫起来。钱荣又道:"我爸带了我的作文,有复兮一看见就断言我能在文学上极有成就。"

"哇——,那你发表过文章吗?"

"发表文章,嘿!那些报派哪有发表我文章的资格!"钱荣一言,把全世界的报纸贬为草派。雨翔暗地替报纸鸣不平,在旁边竖起耳朵听。钱荣骂人骂绝,草纸也不放过:"凭我爸和那里的人的关系,要发表文章轻而易举如反掌!而且我的性格注定我是逸世之人,玩世不恭,却也淡泊了名利……"

雨翔泼冷水道:"恐怕是水平不够吧。"不料冷水还没泼到钱荣身上就被女生挡了回来:"你有什么资格这么说!"

雨翔道:"我至少还发表过文章!"雨翔那篇文章好比一碗冷饭,可以随时再炒一遍惹别人眼馋。众女生里有人记起来,说:"不是那个——介绍的时候说自己发表过文章的。""对对,我记起来了,林雨翔。"

钱荣急忙地说："你发表过多少字的文章？"

雨翔大窘，不能拍拍胸脯自豪地说六百个字，糊里糊涂说："我也记不清多少。"钱荣说："怕只有一篇吧。"这句随口贬低的话歪打正着，雨翔转过身一笑说："我全编？下个礼拜我把文章带过来。"这话说了自己也后悔。

钱荣道："你的随笔本给我拜读一下。"他故意把"拜读"两字念得像没睡醒时的眼神般飘忽无力。

雨翔这次说了真话："我这个写得不好。"

钱荣乘他不备，抢过本子念："……惊凄的文章是一种垃圾，是一种误导。是……我真不懂，那么多重复的'两双眼四行泪'和三味的拖沓的无意义的对话……什么样的书写给什么样的人看。读这种书的人水平一定不会很高……。"

这些话犯了众怒，女生的骂声得不记，一句一句叠着。"你凭什么说惊凄，你就一个人高高在上！""你清高什么，惊凄的书那么好，你写得出来你去写！""写不好就说人家！"……

雨翔仿佛抢救一个全身大出血的病人，这里堵住了那里又喷出来，徒劳一阵，解释不济，只好宣布病人死亡。"好好好，算我没错了。"这话里还常有明显的反抗，被女生一眼看破："什么"算了"，明明是你不服气！"

雨翔两翔挥挥手说："好了，我说不过，我瞎写的，可怜吧。"

钱荣最后补一枪，道："早就该承认了。"

雨翔无言以对，怀念被马德保宠的那时日子，想在初中里真是春风得意，大小比赛参加无数，虽然最后只是捧别人，但却磨炼得一身的比赛经验。到了市南三中，栽得不轻浅，这倒无畏，钱荣这小子又有乾隆的余勇，胆敢和他过不去，一口气咽不下去，要重树威信。威信这东西不比旗杆，倒下去了扶几把又可以起来，要树立威信的最好办法便是屁巅巅去参加学生会的组织，得一身的职位，说起来嘴巴也沾光。市南三中恰在搞一个素质教育园，提倡把课余时间还给学生，还的方式就是成立兴趣小组，这个兴趣小组不是培养学生兴趣，而是培养教师之趣，并不能想去哪个去哪个，都是老师定拨，有着古时候结婚的痛苦——明明不喜欢对方，却要跟对方厮守。今年市南三中大进一步，允许自由报名，雨翔瞄准三个组织——文学社，记者团，电视广播台，而且立刻把一夫三妻的设想付诸行动。周六上午各组织招生，选来刮脸，没要用《三十六计》外的一招美男计。到了那连接门口见都是报名的学生，鼓足信心向文学社报名点走去，一看负责人大失所望，一位牛末的老教师负责筛选，那老师不食人间烟火，林雨翔苦于没有图计的对象，只好去靠自己的实力。中国的文学仿佛任子君的心事，有惟人老的本领，旁边两个陪考的年纪加起来可以去看虎门销烟。挑选形式十分新鲜，一桌十人聚一起，讨论对中国作家名著的观后感。雨翔排到第二桌，所以静看第一桌人厮杀，主考的眼睛眯着，像是在挑蟋蟀，看谁斗得最猛就选谁，最后一个下口千言离题万里的人胜出，女生叫不公平，主考上前手指点几下桌面说："机会就摆在你们眼前！要争取。"再提起手晃几下，仿佛他的手就是"机会"，说："未来是市场经济，要从小有竞争意识。"那只获胜的蟋蟀在后面洋洋得意傻笑。

　　第二桌的议题是读《红楼梦》的认识感想。雨翔没读过《红楼梦》原著，只读过缩写本，而且缩得彻底，只有七八万字，范围一片空白，一点印象也没有。只见旁边一个女的一遍一遍站起来说："这是中国第一本把女人当做人写的小说！光凭这点，它应该在中国文学史中占一席之地！"言下之意《红楼门》在中国文学史里还没有位置。对面一个男生又站起来开河："这位同学说错了！我们在这里议家一定主要讨论这部书的艺术价值而不是艺术地位。"雨翔觉得四面八方都是声音，不说不什，站起来把仅有的知识抛出去："《红楼梦》这书前面是曹雪芹写的，而后面是高鹗所写……"九个人听着，要看这小子半天没吭一声有什么高见，林雨翔没有高见，仿佛一个要跳崖的人，前后都没有了路，只好跳了身说："我认为这本书都是曹雪芹写的，跟本没有什么高鹗。"结果这一跳极为成功，不但死得好看，而且还成了仙。对面那男生站起来说："我认为这位同学说得极对！"女生不服，站起来不算，还请林喜晓大砸桌子，给自己的话伴奏："但事实证明前八十回和后四十回笔法不相同。一个曹雪芹怎么会写出两种文笔！"破坏完公物坐下去，对着雨翔笑，雨翔把那笑作化学分析，发现一半是好笑一半是嘲笑，心里一冷。主考说："好了，同学们讨论得十分热烈！"然后把那一男一女留下，雨翔作为两人的启蒙人，却没有人送，暗骂一句，去考记者团。幸好记者团里不用嘴，只要写一篇描写市南三中风景的文章。那帮老记者团的都有小题大作的本能，写了半个钟头还没收笔。雨翔把市南三中概况写一遍，第一个交了卷子就走，这次定取了，因为写新闻要简明切题。

报广播电视台的人最多，前面排队的人笑着说："这种地方，电视台像在选美，谁漂亮谁上；广播台像在选鬼，怎么丑的人都有。"排在队伍里报电视台的人一阵哄笑，报广播的妻且害骂，真把自己当鬼，心里骂电视台的人侵犯了鬼权，伤到了自尊。"几个长得漂亮的鬼作为形象代言人，说："你们这种靠脸蛋吃饭的，像一种什么职业来着……"喻体没说，表示有什么侮辱也是你们自己想的。报电视的都不敢说话，不是不想，而是报广播的数量多，鬼山鬼海，犯不起。

南翔说的人又做鬼，无论哪方胜利都不会吃亏，所以心安理得看着。前面的报名点忽然发现一个两栖性质的人，敢话说："大家听着，一个人不可以报两个项目，如果要报电视台的编辑，大家要先去报记者团，我们自会在里面选。"两栖一时难以定夺要报哪个，照理说鬼多力量大，但竞争太激烈，怕选不上，想去电视台做学生新闻主持，突然间看到了钱克也报电视台，为表示道路不同，敢然留在广播站。

老场在一间密室里，先问姓名，候对方回答，听到声音不甜美者当场谢绝。林两翔命大，第一关竟可闯过去。第二个问题，"你口才好吗？"

林两翔自以为谦虚道："一般"，这个谦虚像商场里打折，无论折扣多低，自己还是赚的。

问："具体点呢？"

林雨翔撒个谎道："晚上熄灯后一寝室的人都听我说历史故事。"这个谎有三层深里的含义，一是他林雨翔口才极好，全寝室的人都听他说话；二是他林雨翔历史知识丰富，第三层最好——倒假使后面的口试没发挥好，理由可以是现在不是晚上熄灯后，这点看来，林雨翔的口才仿佛隆冬时的脚，白天被严严实实地裹起来，不能轻易示人，到了晚上方可显露。

问者点儿下头："那么你报名广播台的动机是什么呢？"

"证明自己。"

"那好，请谈谈你对人生的感悟。"

雨翔一时塞住，感悟不出。

问："为什么不说话了呢？"

雨翔突然聪明了，说："沉默是金。"这个好半偶得的感悟使雨翔对自己肃然起敬，恨不得大叫一声"说得好。"

问者也时雨翔肃然起敬，让雨翔念一段束良平的《一碗阳春面》，开始念得颇顺，后来我就栽在叹词里。日本人毫不吝啬的除了扔炸弹外还有文章里的叹词，一个接一个，频繁得像中东的战事，如"唔——阳春面""好——咧""真好吃啊！""妈妈你也吃呀！""啊，真的！""哦，原来是这样。"

　　林雨翔没有日本人那种善于狡辩的舌头，读起咒词来不能达到千回句转的效果。自己也觉得不堪入耳，读得后来自己为自己恼火。问者道："可以了。谢谢你，如果你被录取，我们会通知的。"

　　林雨翔出门见钱荣也边谢边出来，笑挂在脸上舍不得揪。看见林雨翔就问："你如何啊？"雨翔的当务之急就是在擦钱荣脸上的笑，说："嗳，你说那个啊，我会不取吗？"心里一个声音"也许会"，钱荣听不到林雨翔的心声，想这小子信心十足，肯定十拿九稳。

　　雨翔问："你呢，你又如何呢？"钱荣说："我一般会取。"雨翔气势上压倒对方，终于获得胜利，开心了一个上午。林雨翔懒得来去回去，决定留在学校。中午一过，一晃过了一夜的寄宿生纷纷回去，偌大一个市南三中里没几个人。雨翔来来地理着只剩一个壳的校园，怅然若失。宿舍大楼右侧是一幢年久失修的红砖楼，说"失修"是冤枉的，学校年年都修，无奈中国学生厉害，看到了对物有极强的摧毁欲望，前面在修后面跟着一帮子在破坏。这幢红楼叫"贝多芬楼"，学生专拿它好欺负，近几年里大肆破坏，开门不用手，都用脚和身子，平日着刻字用。校领导只好变成瞎子，说要再造一幢。以前几届毕业出去的学生对这幢破坏得有了感情，都写信说要保持古典风格，拆不得。现届的学生认为这幢楼还有其破坏价值，打出外中山"物尽其用"的口号，中国学生做事喜欢直奔两个极端而去，好事要做到底，坏事也不能半途而废。这幢楼留着要给后几届的学生破坏，也当是大哥哥们留下的一份厚礼。贝多芬楼就留了下来，成为学生学业负担下的发泄物。

　　贝多芬楼里有一个练琴室，那些钢琴托了贝多芬楼的福，也被践踏得容容大毁，一架钢琴上刻了一句至理名言，"弹琴（谈恋情）要和浪漫连在一起"，学校四处追缉这位思想家，最后得到消息，这句话十年前就□在上面了，教育了整整一代人。去贝多芬楼练琴的每天都有，而且都是镇上小有名气的艺术家，艺术家都和这幢楼差不多脏，一见如故，像看到了自己的□□再生；这幢楼也难得看见同党，每逢艺术家在里面做画弹琴都敞门欢迎。艺术是高尚的，但艺术家不一定全都高尚，有的和学生沦为一类，也在门上课上刻字。今年学校实行封闭式管理，所谓的"封闭式"管理就是关门打狗式，不允许外人进入学校。既然是关门打狗，学生当然要有个狗样，学期伊始交了两张两寸照片，一个月后领胸□□。学校可□□"闭关"却做不到"自守"，几个熟络的琴师依旧来练琴，幸亏这些人有点水平，每天弹《秋日的私语》，不再去弹自己谱的曲。整个校园仿佛服了中药，气络通畅不少。今天是周末，依然有人弹琴，静心聆听，雨翔竟听出了意境，仿佛看见往事再现，和课桌君在上海大闹好几束"——应该是看他闹；战无不败的作文诗歌比赛；擦肩而过的Susan；不知是敌是友的罗天诚、沈志良、王相柳……突然想要写封信，然而写信也要一定的文学功底，尤其卫斯理那种口产量字的功夫，往往写前脑子里的话多译安溢出来，写时那些话就仿佛西方总统候选了人当选前的承诺，没一句能落实下来。两眼定定地看着"最近还好吗"这一句话，方才的千言万语已被它概括进去，写他半天也挤不满四五行，心里为朋友没面子，最主要的是要浪费一张邮票，只为让对方满心欣喜地看一些空话后再满心失望，朋友何尝之有，邮票何尝之有！林雨翔想给Susan写封信问候一下，不知是时间太少懒得写了或作业太多写得懒了，或者都不是，只有一个信念，错过都错过了，三年后再说。

钱荣还躺在床上等他爸派车来接，见林雨翔在发呆，说："你在想谁？"说完意味深长地一笑。

林雨翔淡淡说："没想谁。"

钱荣突然跑到雨翔面前说："告诉你一个消息，我要去追姚书琴！"

雨翔大惊，说："你老虎屁股也敢摸？"

钱荣摆摆手说："哪，我因为被记到的名字太多常被摘营骂，我决定和她改善关系，用我的博识去感化她。"

雨翔咄嘴说："你就为这个？"

钱荣又把主题向下挖掘一层："哪，我一个人在学校里闲得无聊，况且她也不错，又白又嫩的，也可以改嘛，她这人，肯定没人追过，说不定还是初恋，有个lassie可以打发掉许多寂寞。"

下面车喇叭响了起来。

在爱情方面，人类有一个大趋势。男人眼里的理想伴侣要像牛奶，越嫩越白越纯越好；女人眼里的理想伴侣要像奶牛，越壮越好，并且能让自己用最少的力挤出最多的奶。牛奶只有和奶牛在一起才会新鲜，然而姚书琴这杯牛奶久久没有奶牛问津，逐渐演变成一杯酸奶。

钱荣果然有事没事去找姚书琴，姚书琴起先不太经意，后来听女生泌泌，一下没了主意，女生都羡慕得要死，嫉妒课给他出主意说钱荣这个人又独特又有才又体贴，而优点之首便是有钱，姚书琴口头上说不行，心里早已允许，于是两个人在公众场合像是美英两国的飞机，总是相伴出现。

一个男人在男人面前越是小气，在女人面前就大方得不可思议。钱荣平时在寝室里一毛不拔，在姚书琴面前恨不得要拔光全身的毛，姚书琴要吃什么买什么。姚书琴和这头奶牛呆久了，身上渐渐有了牛的特征，仿佛牛有四个胃，吃下去那么多东西却不嫌饱。既然诚心要和钱荣恋爱，就不能再记钱荣的名字，记录本上只剩林雨翔一个人傲视群雄。林雨翔天下无敌后找余雄诉苦，余雄告诉他凡事要忍，林雨翔听不进，和钱荣的矛盾日益加深，小则都用自己错误白出的序论斗智，大则讥刺挖苦齐上。钱荣考场情场都得意，运气宠如九八年的长江水位，飚升不止，想停都停不住。姚书琴被他训练得像只猫，乖顺无比。林雨翔正走背运，破坏纪律的事迹被传到政教处，钱校长从古到今阐述做人的道理，还就地作比较说钱荣这个名字以前也常出现，后来他改过自新，名字就没出现过。雨翔听了气愤不过，背地里骂学校领导根本不知道现在学生是什么样子，他们还以为现在的学生见了异性就脸红，就不知现在这时代，学生一般到了高二就名花有主，到了高三就别说名花了，连草都有了主；大学里要找一个没恋过爱的学生仿佛是高秃脑袋上找头发。又去找余雄诉苦，余雄又说要忍，雨翔考场忍不住骂余雄一顿。

　　近一个月，钱荣和姚书琴的感情像块烧红的铁，其他人看了也觉得热，任何闲言碎语就像水珠子踯在上面，"嗤"一声蒸发无踪。每隔一节课就像隔了一年，下课只顾两人无边无际的话，钱荣都把话说得中美合作，称自己是"被动的信"（lettered）①。上课时两人相隔太远，只好借低系传

① = 精通文学的

把思念。林雨翔坐得位置不好，只得屈身浴雨水做邮差。
传的内容是过于姚书琴问"你会什么乐器啊？"钱荣传小纸条①②
道：那些edsy，我通——可能只是精通 Sex，Voiolin 也会
一点，人家叫我 Fiddler③。

非常可恶的
我恨他

　　姚书琴对这珍看不懂的英语敬叹不已，遂对钱荣敬叹
不已，增加了钱荣的洋气，下课说话都是"Oh, dear! 这
小子是 God-awful④, ha, no……no……, Not 这样的，上
次我们在 Pub 里他请我 drink，真是 shit，Fuck him!⑤"
这些字逸斜出的英语让全班自卑万分。姚书琴装作听得懂，
侧头注视着钱荣点头，看钱荣脸上的表情行事，钱荣小笑，
她就大笑；钱荣小怒，她就大怒。似乎很难找出一样东西
象景上会比中国的食官多，但恋爱里女孩的表情就是一个
大倒扑，姚书琴的喜怒哀承在钱荣面前替换无常变化无端，
也不晓得用了什么神奇的化妆品，脸越来越嫩，快要和
空气合为一体。有句话说"爱情是女人最好的化妆品"，这
话其实不对，爱情没这感力，爱情只是促使女人回去采最
好的化妆品，仅此而已。

　　林雨翔还是霉运不断，他自己又不是一件衣服，否则
可以喷一些防霉剂。一个日前参加的组织报名至今没有消
息，学社的工作一向细致得像是沙子里翘芝麻——在这院

①：应为 sax，萨克斯管。Sex，性交。②：小提琴③：小提琴手，编2。

是芝麻里掺沙子。今天上午学校千呑吞吐吐透露记点录取成绩也许大概可能说不定会广播出来。这话仿佛便秘的人拉屎，极不爽快，但至少给了雨翔信心，想自己拨脱恶运的时刻快于到来，凭自己那句万众倾倒的"现歌是金"，进广播站应该不成问题，跟着团也是理所当然可以进去，想象广播里一个一个林雨翔的名字，心花怒放。

学校终于兑现了承诺。班会课时有人调试广播。校领导致力于保护学校的古典■■■之美，连广播都全不得换。虽然广播的造型是古典主义的，可里面的声音却是超现实主义的，一个人说好话把录下来的声音再听一遍，连自己也害臊不沉得了，仿佛韩愈当官后看自己科举考试时的文章。广播里粗的声音可以变成细的，最神奇之处是它还随可送■反应，细的声音竟也能变成粗的，为科学所不能解释，但万变不离其宗，林雨翔一耳就听出来广播里的女声肯定是钱校长的，里面念道。

"为促进素质教育的发展，提高学生的日后竞争生存能力，丰富学生的课余生活，进一步增加学生对学习的兴趣，进一步便学生从课堂为走向课堂外，以及提高学校的教学成绩，便于让老师掌握了解的课外兴趣和自身特长，也让学生了解自我的潜力，更好的发现。学校特响应了市

96—5　16开500格书写文稿纸藏纸出品　　　　　　　　　上海文化用品批发市场经销

府市教委应试教育向素质教育转轨的号召，放开手脚，大胆创新，为学生在课外开辟了一片广阔的属于自己的天空，让学生自由自在地翱翔，煅炼自己的翅膀，磨练自己的心智，丰富自己的生活，从而发展自己的特长，让学生在日后走出校园踏上社会后有与人一拼的竞争实力，更好地建设祖国，学校组织了一些兴趣小组。"

　　雷翔惊叹不已，想钱校长洋洋一席话，能够让人听了仿佛没听一样，真是不简单。那难形式主义之学得大精基人陈机潘岳们如果可以看见钱校长斯人，肯定会庆祝后继有人，不怕失传，甚至会觉得自己的不正宗，叹"形式主义"的标号废之有愧。其余学生也振奋不止，都参听君一席话，胜读十年辞体文。

　　幸亏钱校长心地善良，给陈机留了面子，开始报名单，但就此报了也大损自己风格，仿佛害羞女人接受心上人的求爱，总要巴掌一番。

　　"经过学校老师根据学生的各方面素质，综合学生的各方面成绩，最后，我们决定了以下的名单。

　　教学兴趣小组------电视台------钱荣------"

　　哗沸里哗然一阵，男的都看看钱荣，女的都盯住姚书琴，钱荣笑吟吟地点头，吗大升天的姚书琴也尖尖地笑林雨翔美竞脱口说你们一省着点笑，还有我呢。然后静待自己的名字，隔了许久，钱校长才报到班级团，林雨翔一下做好准备，身体也调到最好的姿势，只等接受祝贺。报到第二个班级没有听到一个耳熟的名字，是余烨，想这下要成为同事了。钱校长又报了三个，还是没有。林雨翔的心蓦地狂跳，肯定是剩下几个里了。再报两个仍旧没有，林雨翔便更里信剩下的两个也定有自己的半半天，像快要死的人总是不相信自己会死。钱校长又慢慢报一个，把林雨翔的另外半半天也拆了。只剩下一个。林雨翔的身体和心脏一起在跳，不自主张开了嘴，校长开口一刹，林雨翔牙齿突然一抖，身体仿佛和苦的思想，已经脱离了俗尘。

　　"最后一位是，董卓。"

　　四周一阵掌声，林雨翔也机械鼓掌。脸上的失落像雪云里穿行的月亮，时隐时现。为了不让人发觉，何谢景渊笑道："市高三中里什么样的人都有，连《三国演义》的都来报记着恐怕下一个是张郃吧。"说完痛心地再笑。谢景渊脸上的严肃像党的总路线，可以几十年不变，冷傲地对雨翔说："现在是上课，请不要说话。"

　　又是漫长的事情。这堂课对雨翔而言几乎没有悬念，由于他课信他的"沉默是金"是金，只是恳闲地坐着。转头看看钱荣，钱荣对他笑笑，扭回头再等待。

　　等待终于有了结果。钱荣开始抄广播台的录取人员，西翔轻快地等，时间也轻快地过，直到不听到钱程长再抄，才意识到自己部没录选。西翔在几分钟前已经煅炼了意志，这次没有大喜大悲，出自己意料地叹一口气，什么也没想。

　　钱荣顿时成为名人，因为还没上电视，所以现在只是个预备名人。没事就看看壁上挂的那只实际是二十五寸被校长把间情且扩大成二十九寸的彩电荧。学校的电视台是今年新成立的，倍受瞩目，钱荣是第一个男主持，倍倍受瞩目。记者团倒是会人而部团结，先采访钱荣，钱荣大谈文学与媒体[①]的联系，什么"电视Medium[①]与人的Thinking[②]是密不可分的，尤以与Culture[③]为甚等等，听到记者很说随身带字典，自叹学识卑微，不能和眼前的泰斗相比。记者团采访过了自然要在"Medium"上隆出，记者团的报纸要一日一份，不及文学社一个礼拜一份那么迅速，只好请把采访的在文学社的"初露"报上，名为"他的理想他的心——记市南三中第一届电视台男主持人钱荣"，文学社起先不同意，说已排好版，无奈电视台受校领导宠爱，文学社没能保住贞操，硬在二版上把《他的理想他的〈？〉塞了进去

96-5 16开500格书写文稿纸震纸出品　　①：媒体　②：思想　③：文化　　上海文化用品批发市场经销

294

原来的五号字全都改用六号字，电脑房大开夜车，准备将其隆重推出，在全校范围内引起轰动，不幸忙中出错，原来空出一块地方准备插一幅图，事后遗忘，校对那些人也瞪长两只眼睛，被派印出来才发现有此纰漏，大惊小呼，补救已晚，那空白处被一堆密密麻麻的六号字映着，仿佛一个人被着长发来盖却秀了一块，明显如难看，晴急重找主编，主编也是刚被推选的；此次犯下滔天大罪，故意学功成名就的文人，过起隐居生活，久觅未果，社员再找校领导，被领导一旦遇上工事，管理则多各摆的态度就上来，说既然放手让学生管理，我们就信任学生，这种事情应该自己处理，以辩炼�595变能力。

智者总是在生死似足时出现的，这时文学社一个人突然聪明了，说把钱来找来，在印好服派里的空格上都签上名字。众社员心里叫绝妙，嘴上不肯承认，说："事到如今，只有这个办法了。"铖臊不知道内幕，欣然应允，签了一个中午，一回散室里说了不下三遍，还常想围围手说他签得累死了，"Be a figure①，真是辛苦"。再翻已不懂他手抽筋。

下午"初露"就发了下来，学生都惊呼"草纸来了"，一看草纸，上面尽有未干的墨水印，都恨这堆墨渍坏不事，

①：做个名人

使《初露》连做草纸的唯一资格都丧失了。终于有人细看那唯墨渍，那人眼力惊人，横竖认了半天念"钱荣"，众生大哗，都去看那篇《他的理想他的心》，报道里钱荣的话都来中来英，甚至连国名都不放过，都是China什么了Chinese怎么了，仿佛中文里没有"中文"这个词语。中国人一向比较谦虚，凡自己看得懂的不一定认为好，但碰上自己看不懂一定不会认为坏，学生都望着《他的理想他的心》出神，望着望着，终于望而生畏，都夸钱荣是个语言天才。加上钱荣的签名，使钱荣这人更显神秘，仿佛是现代名家正在写的一本书，还没露面外边已经吵嚷不断。真一许多女生路过三班门口都驻足往里面指点，"哪个是钱荣""这个这个，正沉默——看，现在在记东西，就那个。""就是他，哇，很棒的，帅呆了！"钱荣故意不去看，姚书琴暗暗吃醋，心里说：切，就你们这几个人也有资格看钱荣。更深还却隐藏了一种危机感——本来女孩子都希望自己的靠山能够出人头地名声显赫，使她脸上有光，一旦靠山真的有了名气，她就会发现其实她脸上还是原来那么无光，更不幸的是要来靠这座山的人也越来越多，此时她又恨不得他又是一个无名小卒。钱荣没有察觉到，每次在姚书琴面前炫耀全校多少女生追我，意在暗示姚书琴尽管如此，我还是托大慧选择了你，你是多么有福气。

钱荣有所不知的是女孩子一旦堕入爱河，这类话要尽量少说，放在肚子里自娱一番也就罢了，没有必要拿出来叉娱。女人的智慧与爱情是相对的，爱情多了智慧就少了，这就是结婚精神活中智慧之神雅典娜不谈恋爱的缘故，智慧少了就想不到钱荣那么深察的心。

以于姚书琴吃醋吃得饱和了，与钱荣大吵一架。古时钱荣仍在鼓吹，姚书琴拍案而起："你是我什么人，对我说这些干什么！"

钱荣在大庭广众之下不好道明自己是姚书琴什么人，一口英文派不上用场，眼睁睁看她。姚书琴骂得不爽，自己已经站着了，不能坐下再拍案而起一次，能做的只有拍案"叫绝"："你是不是想逼死我！"这一说完，仿佛自己真的已经死了，颓然坐下甩手涕。"你一天到晚跟我闹，你不嫌烦，你不嫌烦我嫌烦！你成天把他们挂在嘴上，你这么在乎你去跟她们好啊！"然后拼命酝酿眼泪。

钱荣莫洲头绪，顾及到自己是当红人物，影响不好，只想尽早结束，换一脸你心说："好啦，对不起，我不好，怎你难过了。好了。"

林雨翔在旁边看，忍住张口钦出的喝采，想这时狗男女友于要决裂了，而且看样子姚书琴还要闹下去，闹！就这样闹！闹得全栋都知道，闹到政教处！于是换一个看戏的坐姿，眼福耳福一起饱，不料姚书琴只是伏在桌上不和哭笑。钱荣宽慰几声也出去了，两翻倒比两个当事人还伤心，油然而升十一月十八日观🔲流星雨🔲🔲后广大天文学家的心情。但还是有一些快乐的，经过这次，两人的感情就算没有破裂至少也有拆伤。

进而两翻彻底失望了，钱荣神通广大，不过一天，两人就和好如初——和好胜初。那天晚自修钱荣给姚书琴洗了一只红得出奇的苹果，还不知从哪位农民伯伯这里要来几颗红豆，并偷王维诗一首，写在一张背面是海的天蓝信纸上：

红豆生南国

春来发几枝

愿君多采撷

此物最相思

送你一苹果

愿郎心未锁

唯有一事求

请你原谅我

姚书琴念了一遍，笑出了声，问："这是你写的？"

"是我写的。"钱荣这话别有用心，万一被人拆穿，说起来后四句是他写的；如果没人说破，那当然最好。

雨翔听见姚书琴念，几乎要叫出来"抄的"，后来看到两人有说有笑，竟动了恻隐之心，硬把话压下去，那话仿佛绑架时被套在麻袋里的人，挣扎着要出来，雨翔也不清楚为什么，就是不让它说出来，善良得自己也难以置信。

钱荣对王维糟蹋上了瘾，又吟："行到水穷处，坐看云起时。"然后看雨翔神情有异，说："林雨翔，下个礼拜学校电视台开映，我播新闻，你一定要看，若有Inadvisable，就是不妥，你可要指正喔。"

林雨翔恨不得要说："老子学富五车，你够资格要我指正吗！"无奈自己也觉得这句大话实在太大，卡在喉咙里出不来，心里也没有底，究竟学富的"五车"是哪种车，弄不好也不过学富五辆脚踏车，没有傲世的底子，只笑着说："一定，一定会的。"

不论是不是凭体育成绩进来的，既然成为了体育生，每天的训练是逃不掉的。林雨翔起初受不了每天跑那么多

311

图，常借口感冒发烧脚抽筋手拉伤不去训练，到钟章前几次都批准了。后来想想蹊跷，不相信林雨翔这人如此多灾多难，每逢林雨翔找借口都带他去医务室，被拆穿一次后，林雨翔不敢再骗，乖乖训练。这学校良心未泯，到钱之余也会拨出一小点钱作体育生的训练费，雨翔拿到了十七块钱，想中国贴体倒挂的现象终于解决了，苦涛一个多月，洒下的汗水也不止这些钱，但无论如何，毕竟是自己劳动所得，便把这十七元放在镜框里当作纪念。

　　天气渐凉，体育生的麻烦就来了。原本体育生训练好后用冷水冲水方便的，但现在天气不允，理论上洗热水澡也可以在寝室里洗，可洗热水澡耗热水量大，通常用本人的一瓶只能洗一个小胸部，洗澡需用尽全寝室所有的热水瓶，寝室里的人都不同意，仿佛这热水瓶每用一次要减寿一点。假使寝室里都同意了，地方也不允许，淋变在卫生间洗，卫生间其实最不卫生，满地垢物，踏上去脚都恶心，况且卫生间是公用的，即便克服了脚的恶心，往往洗到一半，某君冲进来哗哩哗啦一阵，便又升华到了耳的恶心，这样，不仅澡洗不舒服，那人也不见得会拉舒服。所以，衣这而生一条规则，卫生间里不得洗澡。

　　这个规定是钱荣定的，且你直指雨翔。林雨翔不敢争

96-5　16开500格书写文稿纸震纸出品　　　　　上海文化用品批发市场经销

300

藓，懒得去洗，不仅仿不是商汤时连铭"苟日新，日日新，又日新"，而且有时三四天也难得一新，使人闻了都有望梅止渴喻口水直流的效果。实在有个女生受不了，小声问林雨翔几天洗一次澡，雨翔大大地窘迫，没想到自己已经酸到这个地步，汗臭这东西就像刚吃完饭的人脸上的饭粒，自己并不能察觉，要旁观的人指出才知道。而往往一经指出，那人必会十分窘迫，自尊自信像换季商品的价格般一跌万丈。雨翔被伤的自尊久久不能恢复，与人说话都要保持距离，转而把仇恨移到了学校管理工作上，写周记反映情况，那本周记的运气显然比林雨翔的运气好，被校领导见到，评语道："你的问题提得很好，是我们工作的百密一漏，兹决定近日开放浴室。"校领导的钢笔格置号，不必肖圆珠笔芯，大笔一挥，一个大勾，与以前的相比明显已经长大成人，而且还很深刻，划破了三张纸，大如古代史里的波斯帝国，可以跨路三洲。雨翔进市南三中以来从未见过这么这么大的勾，想以前写周记竭力讨好也不过一个小勾，这番痛斥学校倒可以引起重视，欣喜得像偶一钓饵的钓小鱼的人赐得一条大鱼，兴奋了几节课。

　　学校的浴室终于开了。那浴室似乎犯下了比热水无头更深重的罪，隐藏在实验楼后面，雨翔好不容易找到。进澡堂前要先交二块钱求澡票，如此高价估想里面设施一定优良，进去一看，大失所望，只不过稀稀拉拉几个龙头。而且尤其里的水也不正常，冷热两种水仿佛美国两个主要党派，轮着上台执政，而且永远不能团结在一起。调了良久，两种水不是你死就是我亡，始终不成一体。换一个水龙头，更加离谱，热水已经被完全清灭，只有冷水哗哗洒在地上，溅起来弹在脚上一股冰凉，雨翔吓得忙关掉。再换一个，终于恍然大悟第三个龙头里的热水跑到哪里去了，两脚冻得直跳，不敢去关，任它开着。

第四个终于争气，有了暖水可冲。雨翔心里倍畏的快乐与自豪，越冲越得意，从没觉得自己会如此重要，一篇周记就可以开放一个浴室，对学校以前的不满也全部抛掉——比如一只狗，你对它好准有深仇大恨，只要那人扔一根骨头来，那狗崽完后会感激得仇恨全忘。雨翔决心后的周记就用批判现实主义的手法。

钱荣第一次上电视主持十分成功。雨翔在底下暗自发力，心里一遍一遍叫："念错！念错！"还是没能如愿。学校第一次的映，拍摄没有经验，但在新闻内容上却十分有经验，一共十条新闻一大半全是学校开的会。如"市南三中十一月份工作成绩总结大会"、"市南三中十二月份工作展望大会""关于如何培养学生学习兴趣座谈会"……，领导争相露脸，摄像师分身三术，不敢漏了哪个会，各得要命。

镜头边上还有一个长发动人的女孩子，初次上镜，比较紧张，念错了两个字，女孩子的动作慢不了，每次念错都伸出舌头笑，以示抱歉。雨翔恨屋及乌，也对那女孩看不顺眼，恨不得她的舌头断掉。

播了二十分钟里重复播着开会，不禁叹天长地久有时尽，此会绵绵无绝期。又开两个会后学校里没开长会可开，内容转为学生的校园采访。被采访的人莫不呆若木鸡，半天挤不出一句话比比皆是。表述能力强者挤出了几句话也是首不对尾，唤你那暗暗笑，记者比被采访的人更紧张，执话筒的手抖不停，雨翔想，那些校园采访都是摆错过的，都成这个样子，原片就更别去说了。

〈十一〉

往往人是为宽容而宽容，为兼听而兼听。市南三中也是这样。那次给林雨翔一个大勾平平放了海童只为显示学校的办事果断，关心学生。而翔初揭露一次，学校觉得新鲜，高瓜处理，以示气度。不幸的是雨翔误入歧途，在一条路的路口看见一棵树就以为里面一定是树林，不料越走越荒凉，但又不肯承认自己错了，慢信树林在不远方。于是依然写揭露性的周记，满心期盼学校能再重视。学校一共那么点老底，被林雨翔揭得差不多了，愤恨啐骂，又盼他林雨翔找来。

这次钱校长不在，负责训话的是钱校长的同事胡妹。胡妹教导进市南三中不过几年，教高三语文兼西方文学讲座，教导有方，所以当了教导。据学生讲住况，胡教导这人研究以情动人，泪腺发达，讲着讲着念得泪涌眼眶，住何冥顽不化的学生也招架不住，一齐感动，然后被感化。所以背后学生都叫她胡妹，后来又取了一个僻音，叫恶妹。被恶妹教导是许多学生梦寐以求的事，被雨翔撞上，众生都说雨翔要走正运了。林雨翔心里十分诧惶，不知犯了何故，临去前，拍拍胸说："我去见沈一下她！"众生唱采。钱荣打趣道："你去吧，你哭了我带电视台给你的一个Report"在他的口气里，市南三中电视台像是一只挎包，随他带束带去。

　　雨翔硬下心，鼓励自己说："我林雨翔堂堂男儿，不为儿女情长所动，更况一个胡妖！庆幸自己没看过言情小说，还未炼成一颗比张衡地动仪更敏感的心。

　　胡教导的位置在钱校长时面，雨翔走过钱校长的空位时紧张不已，仿佛钱校长精神不死。胡教导一团和气，微笑看招呼说："来，坐这里。"

　　雨翔偷看胡教导几眼，发现胡教导的五官分开看都不是很美，单眼皮，厚嘴唇，但集体的力量大，这些器官凑在一起竟还过得去，而且由于之间隔了较大距离，各自都有客观能动性，活动范围一大，能组合出来的表情自然就多了。

　　胡教导先是一个欢迎的表情："你知道我为什么叫你来吗？"

　　雨翔还不知道是因祸惹的福，摇摇头。胡教导果然教西方文学赤身，张口说："你很喜欢读书吗？"

雨翔忙称是。胡教导问下去，"批判现实主义的书读很多吗？"只等雨翔点头。雨翔忙说不是。胡教导沉思一会儿说，"那是自然主义的——比如佐拉的书呢？莫泊桑老师的书喜欢吗？"

雨翔怕再不知道胡妹当他无知，说，"还可以吧，读过一些。"

胡教导看见了病灶，眼睛一亮，声音也高亢许多，"怪不得，爱福楼拜的影响？不过我看你也做不到'发现问题而不发表意见'嘛。现代派文学看吗？"

雨翔听得晕一窝不通，能做的只有一路点头，以为胡教导后面又是许多自己没听说的名字，耳朵都快要出汗。不想胡教导已经打通中西文化，在外国逛一圈后又回到了中国，"我发现你有诗人的性格，对朝廷的不满，啊——然后就——是壮志未酬吧，演变成性格上的桀骜不驯。"

雨翔听了这么长时间，还是不知所云，谈话的中心依然在那遥远的地方，自己不便问，只好等胡教导●●的解释。

胡教导没干扰晚历史的枷锁，说出了一个没有作古成为历史的人，"你们的钱校长去南京办更公事，临走前告诉我说要我你谈一次话。钱校长很关心你啊。知道这次为什么叫你来吗？"

　　雨翔二度糊在这个问题上磕头。

　　胡教导依然不肯把因记说出来，说："你也许自己并不能察觉什么，但在我们旁人眼里，你身上已泛起了一种变化，这种变化对你的年纪而言，太早，我不知是什么促使你有了这种由量而到顶的变化。所以，今天我们两人来谈一谈。"

　　雨翔听得毛骨悚然，浑然不知什么"变化"，在胡教导的话里，仿佛雨翔是条虫，过早结了一个蛹。雨翔问："什么——变化？"

　　这句话正好撑在胡教导的陷阱里，胡教导说："我说吧，你们作为当事人是不能察觉这种微妙的变化的。"

　　林雨翔急得要跳起来："胡老师，我真的不知道什么变化。"

　　胡教导扬眉说："所以说，你是竟不能发现自己身上的变化的。"

　　雨翔半点都没领教胡妹以情感人的本事，只知道自己快要急得哭出来。

　　胡教导终于号降一条路，问："你是不是觉得心里有一种要发泄的欲望？或者对世界充满了憎恨？"

96-5　16开500格书写文稿纸震纸出品　　　　　　　　　　　　上海文化用品批发市场经销

雨翔吓得就算有也不敢说了，轻轻道："没有啊。"

胡教导沉默一面，说："那么，是不是觉得你壮志未酬，或者说，你有什么抱负，什么愿望，在市南三中里不能实现呢？"

这句话正中痛处。林雨翔考虑一下，说："其实也没有。"然后不知道吃了几个豹子胆道，"只是——我觉得市南三中里的比如文学社这种选拔不合理。"说完看看胡教导，见胡教导没有被气死，又说："这种只是比谁吟得出，不能看出人的水平。我以前还拿过全国的一等奖，却进不了文学社。"说着自己也害臊，两颊火热。

胡教导听到"全国的一等奖"，一振，仿佛面前的林雨翔换了一个人，陌生地要再横竖打量几遍，说："看不出来，那你干吗不说呢。文学社的选拔是一种新的形式，难免有不妥，你可以去找负责的——的——座老师，说明一下情况。我们学校可是很惜人才的，会让每个人得到自由的发挥，也可以叫褚老师说一下，路有很多条。"

雨翔眼前燃起一盏灯。胡教导发现说远了，回来道："可是，无论一个人曾经有过多么辉煌的成绩，但，他不能自傲，不能随心所欲的说话。你活在社会里，你必须接受这个社会。"

林雨翔明瞭了不久，又陷在雾里。

胡教导自己也不愿做神仙，把神秘感撕下来，拿出两翔的周记本，说："你里面的内容我看过了。"

林雨翔不知道后面的话是好是坏，一时不好摆表情。胡教导好不容易翻到一篇，说："我随便翻一篇，你看——你说学校的管理工作不严，晚上熄灯后其它寝室吵闹。这些本不该学校一个人来管，学校在寝室管理上下了大功夫——"说着两手一展，表示功夫足有那么大，"但是，现在的学生自我意思太强，我行我素，学校的制度再完善，也无法让他们自我约束，学校也很为难。这是双方的事，更重要是学生的自觉配合。"

雨翔不响说话。

胡教导轻叹口气，看向墙壁，把自己浸在记忆的长河里，确定已经浸透后，缓缓说："我又想起了我的大学时代，咦，那段日子多是好啊。我们那也是一群姑娘——我记得当时在寝室里，我们都特别友爱，你缺什么，别人就会送给你。大学里管得不严，当时住在我上铺有一个四川的同学，她身体很弱，校医说我们要保证他的安静。她一直会头痛，咦，我们哪里想得到她那时已经得了脑癌啊！我们几个同学都很互相照顾，想想心里就暖。到大三，那个四川的姑娘已经不来读书了，她可聪明呐！只可惜啊，当时我们哭了一个晚上——"雨翔注意胡教导的眼睛，果然一汪泪水被下眼睑托着，波光潋滟，胡教导也有自知之明，借面好了一张手帕，擦一下，说："你们这早会懂的，友情的可贵啊，你们现在吵吵闹闹，以后也会懂的，回想起来，会笑当年的不懂事的。"

雨翔暗叹胡教导厉害，那眼泪仿佛是仆人，可以召之即来。谈话谈到泪水出现这份上，自然不好再说什么。胡教导等仆人全退回去，说："学校的管理是存在一些不尽如人意的地方，这些学校会处理规划的，当然也欢迎学生写周记指出，但学生的精力不应该过多集中在这上面。周记主要是要记录下学生的学习规划。比如定一个计划的一个总结啦，知道了吗？"再礼尚往来几句就放了林雨翔。林雨翔把这次谈话的意思领会错了，当是学校支持他写，但又怕影响学习，自然对学校的良心十分感激。回来后对同学讲自己的英雄事迹，我却没想到"哭妹"真哭了，恨漏掉了一条好新闻，惋惜道："Shit, Miss a ~~nice~~ wonderful newsbeat！"怪自己没有被~~提~~召去的幸运。

雨翔进文学社的愿望自然实现了，左老师就是那个挑拨婶的主考官，笔名庄周，研究历史的人一辈子习惯了把的自左到右演法，都戏谑叫"周庄"，市南三中一个很深历

①：他妈的，错过一次难得的独家采访！

史老师与"周庄"是挚友，看到这个名字触动了历史神经，觉得叫周庄"还不爽，再深入一层，叫沈万山。为显示亲昵，抛了"沈"字，直呼"万山"。老师之间如此称呼，学生当然不会客气，碰面都叫万老师。

万老师的年纪还没有表面上物袋的那么大，书写出了三四本。自古文人多光头，万山也难以幸逃，四十岁开始徽秃，起先还好，米上巨多，这里剃，顶多那里梳过去一点，一方有难，八方支援。后来愈秃愈猛，支援部队力不从心，顾此失彼，照顾不周，终于秃到今天这个成绩。万山尝过假发，教师运动会上掉了一次，成为千古笑料，不敢再戴，索性就这那个脑袋。

文学社每周活动一次，与其说活动，不如说是死静，是听万老师授中国文学史。万老师为人极为认真仔细，是一块研究她数学的料，却被文学浴糟践了。其人说惯了老家话，舌头僵掉，话说不清楚，李渔和李煜都要搞半天，一再重申，此鲤鱼非彼鲤鱼也。最近讲到杜甫和杜牧更是发挥搅拌机的威力，挺着舌头解释此杜甫非彼杜甫也。偏偏中国诗人多，有了鲤鱼的教训，他吓得不敢讲李益和李颀。前四章课是中国文学的简介，两耳没有听到，自以为落下许多，去图书馆找书自己看，决心要在文学社重建

96-5　16开500格书写文稿纸震纸出品　　　　　　　上海文化用品批发市场经销

初中的荣耀。书借来了却没了兴趣，只看了一个序，而且还没有看全。高中的生活一下比初中宽了许多，愿听就听，一切随便。甚至上课睡觉也可以，只要不打呼噜。时值秋天，西翔仿佛已经做好了冬眠的准备，上课都在睡觉，一睡就忘了苏醒，谢景渊起先闲时撞他几下，实在无能为力，只好任他去睡。想林西翔这个人有学习潜力，一博就行，林西翔有能耐撒谎却没能耐圆谎。数学连连不及格，数学老师乱放卫星，说在市南三中数学不及格是很平常的，还能激励学生拼命读书。西翔听进去半句，把这些不及格当成是寻常之事，没放在心上，对自己说我林西翔聪明无比，突击一下就可以了。渐渐对自己的谎相信得一塌糊涂，成绩也一退千里。

　　到高中两个月来，林西翔除了学习，兴趣仿佛是西方文人眼里苏州佳丽的脸，变化无端，今天喜欢下棋明天甚爱电脑，但这些本来美好的兴趣在西翔手里，就像执掌中国足球队的外国知名教练，来一个败一个。西翔样样含其皮毛，自渊是个玩家，其实是不过是个砸家；放在读书上的心思都没了。在市南三中除了心里有点压抑外，手脚好似在酷暑里睡觉，放得极开，撒谎的功夫倒渐入佳境，逼真连木头都会点头相信。

这种日子过久了，心里也觉得空虚。雨翱把进入文学社作为结束两个月散漫日子的补过。

寄宿制高中每周五下午放得很早，各类活动都在那段时间里展开。雨翱先去到知章处请假，再去文学社报道到心里有些紧张。万山把他招呼到身边介绍："他是林雨翱，文章写得很好。"

学生十分诚恳，因为在武侠小说里，每逢武林大会，高手总是半路从天而降插进来的。如今情况类似，都对林雨翱有所提防。雨翱殷切期盼万山把他的亲从事家介绍一下，以在学生里建立威信，不料万山一如一切老文人，已经淡泊了名利，并不在意这些。

万山简介完了中国文学史，理应详介。他本准备在这节课里介绍《心经南子》，勿勿想到一件要事，交代说："由于一开始我们是——刚刚成立，所以呢临时选了一个社长，现在大家相处已经有一个多月，应该十分了解，我想过几个社群推选。应该是民主选举一下，好吧？就这样定了。"

上次排版失误时找不到人的隐居社长故意翻书不看人，其它社员都互相看着，用心交流。雨翱端坐着微笑，造成一种假象，让人以为林雨翱此时出现只为当社长。心想这次来的真巧，正赶上选举。万一可以被选上社长，便有了和钱来抗衡的资本。

雨翔第一堂课就去笼络人心。先借别人的练笔，一看有赞不绝口。无论人多么铁石心肠，碰上马屁都是照单全收，雨翔这招收效很大，四周的人都被拍得晕头转向。

由于万山比较偏爱散文，所以社员大多都写散文。散文里句子很容易囤职，社员都费尽心机倾尽学问。雨翔感受最深的是一个自称通修辞的社员，简单的一句"我看见聚在一起的荷花，凉风吹过，都舒展着叶子"竟会在他的文里变来成"余观见聚集之莲荷，风飕飕，莫不摇叶"。佩服得说不出话。还有一派前卫的文笔，如"这人真是坏得太可以了，弄得我很受伤"，雨翔很看不懂，那人说："这是现代派里的最新的——另类主义。"然后拿出一张知名报纸，指着一个栏目"另类文学"，叫得这种另类碰上了同类，激动地道："现在都市里流行的文笔。"

雨翔接过报纸看，如逢友人——这里面的文章都是钱荣的风格——"阳光 shine 着，Pat my skin，这是我吗？是以前的我吗？是吗？No！Not me！我是怎么了？……"雨翔看了半天还不知道作者是怎么了，摇头说："另类！另类！"

①：照耀   ②：爱很看戏的肌肤

　　台上万老师正在讲《淮南子》里的神话，然而万老师讲课太死，任何引人入胜的神话一到他嘴里就成鬼话，无一幸免。社员很少听他讲课，只是抄抄笔记，以求学分。万老师讲完课，抬腕看表，见还有几分钟时间给他践踏，说："我们的《初露》又要开始组稿了，大家多写一点好的稿子，给现在的社长删选，也可以直接交给我。中国文学十分精深，大家切忌急于求成；不要浮，要一步一步，先从小的感悟写起，再写小的散文，等有了驾驭文字的实力，再写一点大的感悟，大的散文。《初露》也出了许多期了，各方面评论不一，但是，我们文学社有我们的自主性，我们搞的是属于我们的文学……"

〈十二〉

文学这东西好比一个美女，往往人第一眼看见就顿生崇敬向往，搞文学工作的好比是这个美女的老公，既已到手，不必再苦苦追求，甚至可以摧残。两期没进文学社时常听人说文学多么高尚，进步文学社渐渐明白，"搞文学"里的"搞"作瞎搞乱弄解释。更恰当一点可以说是"搞文学"或是"搞文学"。市南三中有名的"学校文学家"们徒有虚名，他们并不把文学当"家"一样爱护，只把文学当成宿舍。"校园诗人"们暗自着急，不甘心做"人"，恨不能跻身校园诗家。

两期在文学社呆久了——其实不久，才两期，就感觉到文学社里分歧很大，散文看不起小说，小说藐视诗歌。这些文学形式上嘛其实也不是分歧的中心，最主要是人人以为自己才压群雄，都想当社长，表面上却都谦让说不行不行。写诗的最嚣张，受尽了白眼，化悲愤为力量，个个叫嚷着要专门出一本诗刊，只差没有组党了。

现任社长是软弱之人，而且散文小说诗歌都写，一时

96-5 16开500 楷书写文稿震纸纸出品   上海文化用品批发市场经销

也说不清楚自己究竟站在哪一边。没有古人张俭功架的本领，恨不得把这句话引用出来："天下文人是一家，你抄我来我抄他"，以昭告社员要团结。

文学社每周三例会。最近一次例会像是内讧大会。照规矩，周三的会是集体讨论然后定稿，再把稿子排一下，《初露》样刊出炉。结果写诗的见了不服，说分给他们的版面太少；写小说的后来居上；闹得比诗人凶，说每次《初露》只能载一篇小说，不能满足读者需求——所谓的读者也只剩他们几个人。这些人没修成小说家的阅历，却已继承了小说家的废话，小说写得像长说，害得《初露》每次要到大块的地来登这些文字。写散文的人最多，人心却像他们的文章一样散，闹也闹不出气势。这种散文家写文章像收拾东西，好端端的材料非要把它拆掉换下次序再捧起来，以便有散文的味道。

我独孤寡一人，与世无争，静坐看看内江。写诗的最先把斗争范围扩大到历代诗人。徐志摩最不幸，罩子大了目标明显，被人一把拎出来做武器："《再别康桥》读过吧，喜欢的人多吧，这是诗的意境！诗在文学里是最重要的体裁——"那人本想加个"之一"，以留退路，但讲到义愤填膺处连"之一"也吃掉了。

"言过其实了吧。"小说家站起来，慢悠悠的一句话，诗人的锐气磨掉大半。那人打好腹稿，觉得有必要把剩下的锐气磨掉，眼向天，说："井底之蛙。"

他犯了一个大错。其实磨人锐气之法在于对方骂得死去活来时，你顶一句与主题无足痛痒却能令对方又痛又痒的话。那句"井底之蛙"反激起了诗人的斗志，一一罗列大诗人，而且都是古代的。小说是宋朝才发展的，年代上晚了一点。而且还历明清一代时，被染了一层黄色，理亏不少，不敢拿出来比较，只好就诗论诗道："你们这种诗明明是形容词堆彻起来的。"这句该是骂诗人的，不慎写豁了的做贼心虚，回敬道："小说小说，通俗之物，凡通俗的东西不会高雅！"

小说家恨一时找不到一种既通俗又高雅的东西反驳，无话可说。

不知哪个角落里冒出一句："《肉蒲团》。"四座大笑，明明该笑的那笑完了还要故肆的假笑，意在去攻写小说的心理防线。孰不知，小说家的皮厚得像防御工事，巨巨之声笑仿佛铅弹打在坦克上。一个发表小说最多的人拍案站起来引《肉蒲团》为乐道："这本书怎么了，是人精神荒漠里的绿洲！是时传统的突破！"坐下来洋洋得意，他所谓的"对传统的突破"要这么理解——当时的传统就是写黄书，"肉蒲团"一书色得盖过了其它黄书，便是"对传统的突破"。

三方在明清禁书上纠结起来，迟迟不肯离开这个话题，女生也不甘落后，都涉足这个未知地域。

社长急了，似乎想到自己有制止的权利，轻声说："好了，你们不要闹了。"社长有如此大胆是很罕见的，社员也都停下来听社长的高见。社长的强项在于书面表达，嘴巴的功能似乎只退化到了进食，所以不多说话，四个字出口："照以前的。"社员很惊讶，想方才自己一场无畏的辩论竟换来无谓的结果，都在替自己说的话惋惜。

最后《初露》报上的搁排是这样的，三篇散文一篇小说一首诗。主笔写散文的一位是提倡另类文学的，这番他说要用自己独到的眼光来观察人世间的精神空虚，以一个偷窥狂为主线，取名"A Snoope Man"；社长的大作《风里》由于本人欣赏得不得了，也被选上；那位通修辞的复古散文家十分背运，佳作未能入选，倒不是写得不好，是打印员嫌那些字难打，大散文家高傲地不肯改，认为改动一字便是对艺术和这种风格的不尊重，宁愿作品先死也不愿它屈身嫁人。

　　小说向来是兵家必争的，那位为尊团拥护者去败群雄，他的一篇描写乘车让位置的小说由于在同类里比较，还算比较新颖，竟幸被选上。小说栏上有一句话：这里怀念就我们的欧·亨利。两瑞为欧·亨利可惜。~~老是主手~~ ~~~~，这本"美国的幽默百科全书"一定微了什么笨死了也不安宁，要到市南三中来嗦累。

　　诗人出诗集未果，就恶作剧。现代诗比蚯蚓历害，一句话断成了几截都无甚大碍，诗人便故意把诗折断。据称把东西折掉是"西方文明最高技巧之一"（把原勤为普里戈金《从混沌到有序》书序言），诗人熟练运用这种最高技巧"，诗都写成这个样子：

　　　　　　　夜

　　　　　　　飘散在

　　　　　　　我

　　　　　　　的

　　　　　　　睡眠里

　　　　　　　风

　　　　　　　何处的

　　　　　　　风

　　　　　　　携走我的

梦
告诉
我
是我的心
飘
在
夜空
还
是
夜空
散
入
我
的心

探了
夜
课了
静了
心

96-5　16开500格书写文稿纸震纸出品　　　　　　　　　　上海文化用品批发市场经销

静了

谁的

发

香

久

久

久

久

蛰踞

在

我的

梦

里

散落

在

我

的

心里。

社长看了惊讶，问诗人可否组装一下，诗人摇头道一且句子连起来就有板有眼跳跳的韵律，还说这算不算什么，语气里恨不得把字一划一划拆开来。社长一数，不过几十字尔尔，但排版起来至少要一大页，没了主意。

诗人道："现在的诗都是这样的，还是出本集子发下去家惠。"

社长犹此说："这不行！"因为文学社办的《初露》，费用还是强制性从班费里扣的，再编一本诗集，学生拿到手，交了钱，发现是一沓草稿纸，弄不好还要砸了文学社。雨翔随手拿起诗一看，笑一声，扔掉纸，冷言道："这也是诗？"

诗人怒道："看不起怎么看？"

雨翔很心疼地叹一口气，说："多好的纸，给浪费了。"

诗人大怒，苦于还掮了一个诗人的身份，不便打人，一把抢过自己的宝贝，说："你会写吗？"

社长当两人要�PK斗，急着说："好了，用你的诗了。"诗人一听，顿时把与雨翔的恕恨忘记，拉住社长的手："好极了。"诗人的灵魂是脆弱的，但诗人的肉体是结实的，握手里都带着仇，社长内秀，身体纤弱，经不起强烈的肉体对话，苦笑说："好了，好了。"

于是排版成了问题。林雨翔为了在文学社里站稳脚跟对社长说:"我会排版。"这话同时便社长和雨翔各吃一惊。社长单纯简单的像原始单细胞生物,毫不担心自己的位置,说:"好!没想到!你太行了。你比我行!"恨不得马上让位给雨翔。

雨翔也是真心,说实话他不会排版。只是零零星星听父亲说过,支支滴滴记了一些。现在经过时间的洗礼,那些点点滴滴也像伦敦大雾里的建筑,迷糊不清。社长慢才问:"那么这首诗怎么办?"

雨翔四顾以后,确定诗人不在,唯恐有第五只耳朵,轻声说:"删掉。"

"删掉哪一段?"

"全删掉!"

社长握手沉泡时不答。

雨翔闲手瞥拍拍那张稿纸,当面斗不过背后说,又用出糖阳怀乐法:"这首诗一去,不能叫诗,陈辞滥调,我看得多了。档次太低。"

社长平妥协说:"可不可以用?把它——"说着手在空中一摆。雨翔打断社长的话,手又在稿纸上一拍,心里一阵舒服,严肃说:"这更不行了,这样排效果不好,会导致整张报纸的版面失重!"暗自�\庆自己强记,二年前听到的东再，到紧要关头还能收回自如。

社长帮诗人，再探问："可不可以修改，修改一些？"

雨翔绕过稿纸，不再拍他，摇摇头，仿佛这诗已经患了绝症，气数将尽，无法医治。

社长急道："这怎么办，报纸就要出了。"

雨翔把自己的智慧结晶给社长，说："我想最好的办法就是换一篇，或不用诗歌，用——"

社长接话说："散文诗，散文优美，诗含蓄，用散文诗吧！"

雨翔眼里露出鄙夷，散文诗是他最看不惯的，认为凡写散文诗的必然散文上失败写诗上失败，散文诗就可以把他的两方短处结合起来，拼成一个长处，自然散文诗的质量可见于斯。竭力反对道："不行，还是出一个新的栏目，专写上批评——文学批评？"

社长思考许久，终于开通，说："也好，我只怕那些人……"

"没有关系的，他们也是讲道理的。"说着显露一个鲍威尔式的微笑，问："谁来写呢？"社长沉思着看天花板，仿佛能写的人都已经上天了。凡间只剩林雨翔一个。

社长谦虚道："我写不好。而且我们明天就要送去印刷了，恒时间不够了，你写写行吗？"

雨翔心里一个声音要冲出来"我就等你这问话了！"脸上装一个惊喜，再是无尽的忧郁，说："我大概……"

社长忙去把后文堵住，说："试过才知道，这是一个很新的栏目，你马上要去写，最好今天下午就交给我。说定了！"说着得意非凡，当自己把雨翔的路堵死，雨翔只好顺从。

林雨翔一脸为难，说："我……试试吧。"然后告辞。路上走得特别轻松，对自己充满敬意，想不到到市南三中一个多月，一个月多的群体生活竟把自己磨炼得如此狡诈。再想钱荣这阵能威风的时候也不长了，仿佛看见自己的名气正在步步升高，咧嘴笑着。

教室里钱荣正和姚书琴说笑。钱荣手里正拿一本《形式逻辑学》，指给姚书琴看，雨翔心存疑惑，这么严肃的书也能逗人笑？凑过去看，见两人正在阅读里面"逻辑病例"里融"机械类比"里的病句，佩服他们厉害，有苦中作乐的精神。两个人的头挤在一起，恨不得嵌进对方。爱之火热，已达到了《搜神记》里韩凭夫妇和《长恨歌》里连理枝的境界。

人逢喜事，想的也就特别多。雨翔见钱姚两个爱得窒不透风，又想起了比姚书琴清纯百倍的Susan，一想到她心里满是愁绪，慌情绪直想哭。委屈就委屈在这点上——自己刚刚和Susan有了点苗头，就涌尽分飞。仿佛点一支烟，刚刚燃着吸了一口就灭了，嘴里只有那口烟的余味。两翔这想这也不恰当，因为他还没有"吸一口"，只是口才揭起Susan神秘的面纱，流解眼泪，没到解嘴馋的份上，就好比要吃一只粽子，好不容易千辛万苦剥掉了上面的粽叶，闻到了香味，急着要尝第一口时，那粽子却掉在地上。吸了一口气，把钱姚置于自己视线之外，免得触景伤情，心里只有一个念头，要在市南三中里如日中天。当然，一下子如日中天困难较大，太阳也是一寸一寸从天边挪到了中的，两翔也要一步一步来。计划着先在文学社站稳，最好能当上社长——只怪现在中国废掉了世袭制，社长现在对他林某人看得像手足兄弟，否则，定会把社长的位置献给两翔。再然后要带着文学社挺过记者团。计划暂时作到这里，眼前的任务是写一篇评论文章，书评写不出，文评也可以。

　　下午两节都是教学课。市南三中的课堂很怪，同科的喜欢拆一起上，仿佛一副没摸乱的旧扑克牌，望去都是对子。两节教学课可算是教学老师慈悲为怀，隔壁二班，抽经不幸，碰上一个数学班主任，那班主任自己对数学爱得不得了，为了让学生跟他一起爱，他在一个上午连上了五节数学课，企图让学生和数学在一起的时候多一些，日久生情。二班学生只憎生不了情，生出了气，匿名信告到校领导。那领导妙手回春，辩解道"动机是正确无误的，只是在行动上有些小偏差"。雨翔庆幸自己没有这种班主任，碰上了栖置，闲得极宽，所以决定在两节数学课上作文学批评。

批评一定要有一个对象，否则一顿训话漫无目标，再大的杀伤力也没用。雨翔大家不敢批，对机火道的小家可以批着玩的——比如汽车开不动了，乘客可以下来推；火车开不动了，就没这回事。不过近来中国文坛里推火车的人层出不穷，雨翔不愿去白做功，宁可量力而行，从小做起。

确定了范围，就要锁定一个受害者。出了两本书的许佳是个很佳的对象，但那两本书像恐怖小说里半夜的鬼叫，只能听到声音却见不到真面目。外面宣传得嚣嚣烈烈，只是不见那两本书出现，雨翔手头没有资料，萌发了一种治学的严谨态度，想等书出来了再批倒这两部言情小说也不迟。

96-5　16开500格书写文稿纸震纸出品　　　　　　　　上海文化用品批发市场经销

目光凝聚集在育铁身上。育铁的文章仿佛是科学家预言的一千年后的地球人，头身比例倒过来了。而且常常主次不分，写文章像拾荒；最主要的一点就是育铁像铁一样生硬的比喻。什么"现在没有见到作文就像看到胡萝卜一样连碰都不想碰的话……"雨翔在这句话下面批道"我不懂！那么见到了白萝卜呢？"用的是尤在台评无名民爱情三部曲的语气。

育铁的文章真可作反面教材，雨翔批得满心喜悦，连连拍手，像《成长的感觉》里"走回头路是不可能的，就象岁月不会回头，河水不可能逆流一样。"雨翔只听说江水不可能逆流，理论上，河水有涨退潮，不存在逆流问题，又一错处。还有介绍他怎么样会错到今天这个成绩的"我的写作心得里。"用了《劝学》①的话连引号都舍不得打一个。诸如此类，雨翔写了整整千字，觉得满意，交给了社长。

报纸两天后就下来了，雨翔拿到手先找自己的大作，终于在角落里寻宝成功，看见《我对育铁的一些批评》，心里有些不满，是因为排版的见题目太长，有点麻烦，是以第一，把跟在育铁"后面的"文章"给删掉了，全文顿时换脸，变成人身改击。再看正文，删掉了二百多个字，目的却和题目的改法大不一样，是去掉了一些冷嘲热讽。雨翔

①：翰林原文见《中文自修》98.11或《少年文艺》97.？
引三一字不差

虽退心有不满，但这是他在市南三中的第一篇发表的文章，

夜现最深处还是喜欢的。偷偷看了七八遍，暗自笑了好几

声，恨不得全世界识字的人都来读几遍。

事实证明，亏得有林雨翔这篇文章，使"初露"草派

增价不少，市南三中的学生看惯了游体文，偶见一篇写人

的，兴致大增，都记住了林雨翔这个名字。交口称赞，钱

荣也来祝贺几句："不容易啊，大作家终于发表文章了。恭

喜！"雨翔当时正溺在喜悦里，遍皆是好话，自然也把钱荣

这句话当祝贺收下了，好比在庆宴上收红包。等人去楼空，

华落尽后，一个人躲着把红包拆开来，才发现钱荣这小子

送了几张冥币——雨翔平静下来后，品味出钱荣话里有

刺，像被快刀割了一下，当时并无感觉，等发现有个伤口

时，痛会加倍厉害，不服气地想骂钱荣，无奈上课，距离

太远，纵使骂了，声音也不会有气势，仿佛在水里打人，

并不能冷对方平重伤害。寻思几遍，决定就地取材，转身

对姚书琴说："咦，对了，我怎么好久没见到你的钱大文人

的大作了？"

姚书琴的耳朵就比雨翔的好使，听出了话里的刺，三

下五下就拨完了："林大作家这么博闻强记，积累了一个

多比终于发表了一篇写人的文章，钱荣怎么抵得上了？"

96-5 16开500格书写文稿纸震纸出品   上海文化用品批发市场经销

雨翔说不出话，姚书琴追去说："林大文豪，你下一个准备要骂谁？算了，我没这个荣幸知道，你忙你的吧，我们可都等着读你的奇文啊。"说完翻开记录本，写道"林雨翔上课无故讲话，扰乱课堂纪律"，雨翔气得要自尽，心底里佩服钱荣真是别要有方。

于是一个下午都憋了气，雨翔的热水瓶仿佛也在替主人怄气，放在桌子上不知被谁碰一下，瓶胆四裂，调查出来是一号宫里的人碰的，雨翔细声地要他赔款，不料人愈是有钱愈小气，跟雨翔争了半天说是它自己掉的，钱荣也为同宫说话："你这热水瓶本来搁在这么外面，别人不小心碰到了也不能怪人家，你们在赖在住惯的人要有一点集体观念，不要我行我素，学会有修养。"

雨翔又冒上一股怒火，浑身火热，爆发之际想到课棒君的后果，又一下凉了下来，回头走进二号宫。钱荣总领一号宫大笑，骂道："Boorish Pig! Country Tyke！①"然后分析国情："中国的人为什么普遍上Fibre不高，主要是中国的Peasantry③太多，没受过什么education，粗野无礼，其实应该把城市的与农村的分开来看，才公平，Fair！"

多亏林雨翔英语不佳，没听明白几个主要词汇，否则定会去恶斗。二号宫里平静得多，滇辉似波灵荒在念《劝

96-5　16开500格书写文稿纸震纸出品　①：无知的猪，乡下的野狗。 ②素质 ③农民　上海文化用品批发市场经销

露刀，对林雨翔说："这篇作文写得不好，写作文就要写正面的，写完明面，怎么可以反面去写呢？这种作文拿不到高分的。"

林雨翔一肚子火，经谢景渊无意一挑，终于憋不住，发泄道："你懂个屁，我这篇不是文章——不是你说的文章——是一篇批评的——"说着不知怎么形容，通篇想装得发的理由乱成一团，恨坐在床上，说："你不懂欣赏，水平太低。"骂完心理也平衡了，原来在这间屋里只有一个人委屈，现在登时增加一个，没有道理不畅快。

沈顿有着农村学生少有的胖，胖出的那些肉是从身高里扣除的，一看就是一块睡觉的料，今晚长眠得正酣，被吵醒，像惊蛰后的蛇，头从被窝里探出来，问："什么事，什么事？"见雨翔和谢景渊都赌气坐着，又钻进去睡觉。谭作梯这人似乎被一号室的感化改造了，成天往一号室跑，二号室里很少见人。而且着衣也开始变化，短袖常套长袖外边。雨翔对这人早已好感全无，又跑到隔壁205室向余雄讨苦水，余雄开导："你干你的，与他们何干？你别去理就是了。"雨翔心里道："说得容易，当初你搂摩托车的一幕如何解释"恨不得突说出来把余雄骂到。

回到寝室门口，发现自己没带钥匙，敲几下门，里面毫无反应。雨翔不曾听过莎士比亚就这个问题的看法——"用温柔的怜悯敲门，再坚硬的门也会为之开"，所以越敲越粗暴，只怨恨自己太瘦而门太壮。否则就可以效仿警匪片里的"破门而入"，威风八面。不知敲了多少下，手指都麻了，那门还是铁石心肠。雨翔敲得心烦意乱，准备动脚时，那门竟一声脆响——有人开门。雨翔一身激动，竟有一种奇怪的念头，如果是钱荣开的门，一切恩怨就此勾销。

　　一张漠然的脸出现在门侧，是谢景渊，钱荣正在一号室床铺上叫"别开，Don't open——"见门被雨翔开了，雨翔半个身子已经进来，指谢景渊说："You, interfering! 多管闲事。"雨翔想对谢景渊道谢，谢景渊一转身往二号室走，把雨翔晾在那里。

　　雨翔蚞视看钱荣，生平第一次英语课外说英语："你，Wait—and—see！"

〈十二〉

雨翔叫钱荣"等着瞧"只是雨翔的一厢情愿。其实"等着瞧"这东西像恢复外交关系一样，须要双方的共同努力，彼此配合。林雨翔在文学社里决心里头干出一番成绩，要让钱荣瞧，钱荣当然不会慢慢地死地"等着"，最好的方法就是主动出去。

学校的那些社团里，最被看得起的是电视台，记者团最近也并到了电视台，使电视台一下子兵肥马壮。换个方面，在学校里，最受人尊敬的是文学，而最不受人尊敬的是文学社。发下去的报纸几乎没人要看，虽然由雨翔写一篇文学批评轰动了一阵，但毕竟已经人老气衰，回天无术。万山主誓要把文学社弄成全市闻名的文学社，名气没打造出来，学生已经批评不断，说文章死板，样式单一。文学社里面也是人报怨多，沃江连连——诗人先走了，说是因为雨翔的文章抢掉了他们的地方，自己办了一个"心潮诗社"，从此没了音讯。社长之职争得历害，也定不下来，择日再选。

文学社乱了，电视台就有了野心，要把文学社弄过来，《孙子兵法》上说"五则攻之"，现在电视台的兵力应该五倍多于文学社，但文学社久居胡适楼，沾染了胡适的思想，不愿苟合，强烈要求独立自主。电视台对文学社的入侵乱虽然正在悄悄进行中，可还是存在联合抗外敌的精神，一时啃不动。

市南三中的老师喜欢走出校园走向社会，万山前两天去了北京参加一个重要笔会，留下一个文学社不管——万山的认真负责是在学术上的，学术外的就不是他的辖区。文学社的例会上乱不可控，每位有志的爱国之士都要发言，但说不了两三个字，这话就夭折了，后面一车的反对。本采是男生火并，女生看戏，现在发展到了男女社员不分性别，只要看见有人开口就吵下去，来往的话在空气里胶着打结。常常是一个人站起来说"我认为——"下面就是雪崩似的"我不同意！"害得那些要发言的人只好把要说的话精兵简政，尽量向现代家用电器的发展趋势靠拢，以图自己的话留个全尸，只差没用文言。

社长拍手说："好了！好了！"这句话仿佛是喝采，引得社员斗志更旺。西翮没去搏斗，因为他是写文学批评的，是个文学社的唯一，和两家都沾不上亲戚关系，实在没有义务去惹麻烦。看人吵架是一件很惬意的事，雨翔微笑着，想文学社今年的选人方式真是厉害，暗算出来的恐怖个个善斗——除去极个别如社长之类的，雨翔甚至怀疑那社长是怎么被挑进来的。

社长涨脸通红，嘴唇抖着，突地重重一捶桌子，社员一惊，话也忘了说，忙忙望着社长。

社长屯积起来的勇气和愤怒都在那一捶里发挥掉了，感情发配不当，所以说话时只能凭着余勇和余怒。事实上根本没有余下的可言，只是迫不得已身不由己，好比刹车时的惯性和人死后的挺尸："请大家……不要再吵了，静一下，好不好……我们都是文学社的社员，不应该——不应该在内部争论，要合力！"

台下异常的静。大家没到真听社长说这么长的句子，都惊讶着。社长收到意想不到的效果，以自己号召力大——说穿了那不是号召力，只是别人一种不敢相信的好奇，譬如羊突然宣布不食草改吃肉了，克林顿突然声称只理政不抱妞了，总会有人震惊得哑口无言——社长在歆羡自恋他的号召力之余，不忘利用好这种况寂，说："我觉得我是一个不称职的社长——"社员差点忍不住要表示同意，这是文学社有内江以来广大社员所达成的第一个共识。

社长低声说:"我没能力当社长,我觉得大家有必要在今天推选出一个新的社长。我推荐林雨翔。"

林雨翔吓得几乎跳起来,被幸福包住,喜不自禁道:"我怎么行!"想来散文和小说两派也不会让一个外人当社长。恰恰相反,散文和小说互相提防,都怕被对方当上,又怕己方的人对方不服。如今冒出林雨翔这个尤物,都表示赞成。雨翔喜出望外,只是短短几秒,地位就大变。推却几下,盛情难却,说:"社长只好暂由我替代,受之有愧。文学社是一个很好的团体,文学发展至今,流派无数,成绩显著。现在大家遇到了一些麻烦,所以有些不和,也是没什么的——主要是我们受到电视台的威胁大一些——那是有原因的,电视台是新生事物,学生好奇大一些,说穿了,不过尔尔!过一阵子,学生热情退了,兴趣自会转向。电视台里的男主持,遏还是副台长——"雨翔说这句话时装着用力思索,你们钱荣是他前世认识的一个无足轻重之友。"叫——钱荣,是吧,他这个人就是表面上漂亮,内心却很自私,无才无能,何置挂齿!"下面"嗯"成一片,似乎经雨翔点拨,终于认清钱荣本质。雨翔越说越激愤,心里有一种久被饭噎住后终于畅通的爽快,想有个官职毕竟不同。激愤说:"这种三教九流的没什么可怕,文学自有地无与伦比的魅力。最主要的是我们内部有些小分歧的问题，大可不必，我想这学社最好能分两个小组，一个散文，一个小说，侧重各异，再各选一个组长。大家互相交流，取彼之长补己之短，最好把什么"心湖学社"也团结过来，互相学习，友好相处，天下文人是一家嘛！"

　　话落后经久不息的鼓声。雨翔也不敢相信这么短时间里他居然信口开了一条大河，心还被收承托得古人千里之外送的鸿毛，轻易要飞上天。旧社长鼓得最猛，恨不得把下辈子的掌都放在今天拍完。

　　雨翔一脸红润，奇思妙想源源不绝，说："我还准备在"初露"里平添一个帮同学解忧的谈心类栏目，这样可以增加它的亲和力。"

　　"好！"社员都举手叫，李社长才倾万人。

　　回教室后林雨翔首先想到要出恶气，问钱荣："你现在在电视台是什么位置？"

　　钱荣一脸骄傲想回答，姚书琴抢着说：男主持和副台长啊。怎么，想求人？"钱荣预备说的话都让女友说了，愈发觉得两心相通。贴在脸上的骄傲再加一倍，多得快要掉下来。

　　雨翔"咚"一声，说："才副的？"

96-5　16开500格书写文稿纸稿纸出品　　　　　上海文化用品批发市场经销

姚书琴的嘴像刚磨过，快得吓人："那你呢？伟大火学社的伟大社员？"然后等着看雨翔窘态百出。

雨翔终于等到了这句话，迎上去说："我现在已经是伟大社长了。"

钱荣一怔，马上笑道："不至于吧，你真会——"雨翔不等他"开玩笑"三个字出口，说："今天刚选举的，论位置，你低我一级噢。"

钱荣笑得更欢了，说："你们今天是不是闹得不行了？是不是——自相残杀了，人都死得差不多了，你才被评上的？"姚书琴在一边哈哈大笑，仿佛古代打仗时的战鼓，虽不能直接杀敌，也可以为这句话增加不少气势。

林雨翔没有钱荣那样战备精良，士气上输了三分，说："可能吗？是集体评选的。"

钱荣笑得直不起腰，说："就算是吧，一帮小社员选着玩嘛。你们的那位'闯庄'跑到北京去了，你们闲着无聊就玩这个？有趣。Yuck！Yuck！你准备当几天社长玩，再退掉啊？"

姚书琴打完战鼓改唱战歌，嘻嘻小笑着。

雨翔急道："是真的！"

钱荣问："没补考老师也能改选？"

　　雨翔学江青乱造毛泽东的遗嘱，说："那个——同志走时来口吩咐要选举的，你不信等他回来问啊。"

　　钱荣："那太可喜可贺了，我带电视台给你拍个记录片，到时林社长要赏脸。"说着手往边上一甩，好似林雨翔贴在他的脸�>被扔掉了。

　　雨翔手里有了权利，与钱荣抗争："要不要我的'勃露'给你们登广告？"

　　钱荣道："不必社长大人费心，我们——不，反正是都Broadcaster 的受欢迎度已经远远超过了贵社，似乎那个了吧？"

　　林雨翔甩下一句："看看好了，你们电视台办不久的。"怕听到钱荣抢答，立即跑出去找"心琳诗社"。诗人仿佛是蛰鱼，需要每时每刻移动，否则命令不保，所以找到他们极难。雨翔跑遍校园，还找不见人影，肩上被责任压着，不好放弃，只好再跑一遍，无奈诗人行动太诡秘，掉他千百度都是徒劳。

　　雨翔突然想到一本书上说诗人有一种野性，既然如此，诗人肯定是在野外。市南三中树林深处有一个地势差不多的校友亭，雨翔想如果他是诗人，也定会去那个地方。主意一定，飞奔过去。

、电视台

　　雨翔还是有诗人的嗅觉的，"心湖诗社"果然在经友事下。

　　"诗"到如今，倍受冷落。得知有新任的文学社社长来邀，发几句牢骚，乖乖归队了。

　　新一期的报派一定要有新的样子。雨翔手头生平第一次拿到这么多稿子，激动不已；充分享受枪毙稿子的乐趣。第一篇被否定的是号称文人的得意之作，那人似洞察人心态着了魔，写完了偷窥狂，又写偷盗狂（Kleptomaniac）。雨翔一看到文章里中西合璧就心生厌恶，没有文章内容就否决了，弄得号称主义文人直叫："Why! You are no-man!" 一想林雨翔只和自己唱过一次反调，用"No-man"太委屈他了，况评真的是写得不好，便闭了嘴。

　　然后雨翔又刷下了那个动不动就把你写成"汝"的，还不忘幽默一下，说："汝也不能上也！"那人问："为什么"。雨翔突然感到积了多时的怒气有了抬头之日，瞄他一眼，说："你是社长还是我是社长？"

　　那人的话憋了回去，只好把气咽在肚子里，心里一阵失望。

　　雨翔搞手的文学社的第一期《初露》终于诞生，发下去后他焦急地等反馈。实在没有主动汇报积极分子，社员只好暂时充任间谍，遵雨翔的命去搜集情报。似今时，情报整理完毕，大多数人表示没看过，少数看过的人认为比以前的稍好，只是对"文学批评"一样表示不满——林雨翔实在读书有限，批评不出；歌倒是听了许多，便硬把流行歌曲拉归入"军来当"文学"批评，而且只批不评，一棒子打烂半个歌坛，说当今的歌一钱不值，那些歌星仿佛是要唱给动物听，咬字不清词意晦涩，常人无法听懂，况且歌手素质太低，毫无为派可言。不仅如此，还男人的声音像女人，女人的声音像男人，外加形象怪异，男性中如任贤齐三类头发长得能去做洗发水广告，女性中如范晓萱三类头发短得可以让喜欢拉住女人头发~~格~~感的暴君无处下手理头只叹……〃"歪理作了一堆。雨翔对自己的评论颇为得意，以为有识之士一定会对其产生共鸣，遂对林社长的文章研究~~地爱~~不释手欣赏得~~透~~连连点头，恨不得市南三中懂得通理的人和~~他林雨翔~~的文章相爱——万万没有想到会有人表示不满"，痛恨地要抄他的家，问："是谁？"

　　社员摇头说不清楚。林雨翔悻然说："这肯定是浅薄的人，俗气。"

　　社员提议："社长，你那篇文章的涉及范围稍微大了一些，最好能具体一点。"

　　那个提议被林雨翔刻意浞之耳外，原想驳他几句，转念想自己信望卓著，不必与之计较。心胸豁达开阔，说："你说得对。我以后注意一点。"那社员不胜欣忭，笑着坐下。

　　林雨翔并没有做到"注意一点"，只是注意一点点，认为以后要多写人名，有名有据，范围自然小了。于是撰文批合演作词人许常德，正要发表上去，恶讯传来，万山从北京回来。雨翔不好亲口去说换了社长，只好把旧社长说明一下，好让万山有个思想准备。万山大惊失色，指着旧社长说："我不在你们……林雨翔这个人他太……唉！"要看由雨翔编的报纸，看过后平静了些，说："过得等去。他第一篇文章写得可以，第二篇怎么批什么'歌曲'上去了！不伦不类。"又要看最新的样刊，看后在以"我说许常德"下批"该文甚多讹错，断不可发"。旧社长十分为难，说这个最好同老师亲自改。万山叫来林雨翔，本想撤他的职，还想好了批评的话，结果临阵见到雨翔一副认真样，心软了下来，指点几句，差点剥夺他的审稿权，"学生呢，比较忙一些，不如每个礼拜你把稿子送过来，我来审发，好吗？"西柳没有说"不好"的胆量，委屈求全。

万山在首都学到了先进经验，决定在文学社里讲授大学教材，叫做"提前教育"。自己在中学里过大学教授的瘾，乐此不疲，还就此写了一篇教育论文。代数是万山学术之外的东西，所以一概不认真负责，说如今数学社总共在市级刊物上发表文章百余篇，比罗曼·罗兰访苏时的苏联人还会吹牛，引得外校参观考察团像下雨前的蚂蚁，络绎不绝排队取经。

西柳的社长位置其实名存实亡。一点都没了乐趣，因为原本当社长可以任意处置稿件，有一种枪毙别人的快乐；现在只能发发被万山枪毙的稿子，油然生出一种替人收尸的痛苦。

〈十四〉

　　期中考试刚过，林雨翔红了五门——数学化学物理的在情理之内。无可非议，化学仗着初中的残余记忆，考了个粉红，五十三分；物理没有化学那样与中考前的内容藕断丝连。高中的物理仿佛已经宣布与初中的物理脱离父子关系，雨翔始料未及，不幸考了个鲜红，四十五分；数学越来越难，而且选择题少，林雨翔悲壮地考了个暗红，三十一分。理科全部被林雨翔抹上血染的风采后，文科也有两门牺牲。其一是计算机，雨翔对此常耿耿于怀——中国的计算机教育仿佛被人蒙上了眼，看不见世界发展趋势，而且被蒙的还是个懒人，不愿在黑暗里摸索，只念待在原地图安全。当时Windows 98都快分娩出来了，市南三中，或者说是全上海的高中，都在教Foxbase这类最Basic的东西，学生都骂"今天的学习为了明天的荒废"。其实真正被荒废掉的不是学生的学习，而是电脑的功能，学校里那些好电脑有力使不出，幸亏电脑还不会自主思考，否则定会气得自杀；雨翔比痛恨Fox还要痛恨Foxbase，电脑课也学得心不在焉，所以考试成绩红得发紫——二十七分。

①：狐狸

　　最后一门红掉的是英语。雨翔被钱荣害得见了英语就心悸，考了五十八分，但令他欣慰和惊奇的是钱荣也才考了六十二分。钱荣解释："Shit！这张什么试卷，我做得一点兴趣都没有，睡了一个钟头，没想到还能及格！"

　　语文历史政治雨翔凑巧考及格，快乐无比；看一下谢景渊的风分数，雨翔吓了一跳，都是八十分上，物理离满分仅一步之遥。雨翔看得口水快要流下来，装怀屑，说："中国的教育还是培养那种高分——的人啊。"话里把"低能"一词省去了，但"低能"两字好比当今诵视的校园烈士，人死了位置还要留着，所以林雨翔在"高分"后顿了一下，便谢景渊的想象正好可以嵌进去。

　　谢景渊严肃道："林雨翔，你这样很危险，高中不比初中，一时难以补上，到时候万一留级了，那——"

　　雨翔被这个"那"吓出一个寒战，想万一真的留级真是奇耻大辱，心里负重，嘴上轻松："可能吗，不过注点内容，来日方长。"

　　"明日复明日，明日何其多，这个样子下去……"

　　"好了，算你成绩高，我这任文学社社长不如你，可以了吧。"

　　谢景渊说："那你跟我进去补课。"

96-5　16开500格书写文稿纸稿纸出品　　　　　　　上海文化用品批发市场经销

　　西翱土可忍不可杀，语气软下来："有你这个理科天才同桌，不找你找谁？"

　　谢景渊竟然被西翱拍中马屁，笑着说："我的理科其实也不好。"

　　姚书豪直被爱冲昏了头，开了两个红灯，被橘营找去谈一次话后，哭了一节课，哭得西翱心旷神怡。

　　文学社里依旧是万山授大学教材，万山这人虽然学识博雅，但博雅得对他的学识产生了博爱，每说一条，都要由此而生大量引证，以示学历高深。比如一次说到了四大名著之《西游记》，不过地说什么"妖对仙，佛对魔"，不知怎么说到牛魔王，便对"牛"产生兴趣，割舍不下他的学问，由牛魔王"到"牛虻"。这还不算，他居然一路延伸到了《包法利夫人》（Madame Bovary），说"包法利"（Bovary）隐含了"牛"（Bovine）的读音和意思，所以"包法利夫人"就是"牛夫人"，既然右绕一个大圈子竟然能够回到《西游记》——"牛夫人"在《西游记》里就是牛魔王的老婆，铁扇公主是也！

　　社员们被倾倒一大片，直叹自己才疏学浅。万山当然也有失手的时候，许多次运气不佳，引用了半天结果不慎迷路，回不了家，只要捆在外面。

　　雨翔对这种教学毫无兴趣可言，笔记涂了一大摞，真正却什么也学不到。只是留恋着社长的名称，才耐下心听课。当上社长后，雨翔演化成了一条虹，两眼长成顶上，眼界高了许多，对体育组开始不满，认为体育生成天不思进取脏话连天，"道不同，不相为谋"，寻思着要退出体育组。

　　十一月份，天骤地凉下，迟了二个月的秋意终于普降大地。市南三中树多，树叶便也多，秋风一起，满地的黄叶在空中打转，哗哗作响。晚秋的风已经有了杀伤力，直往人的衣领里灌。校广播台的主持终于有了人样，说话不再断续，但古训说"言多必失"，主持还不敢多说话，节目里拼命放歌——

　　　　已经很习惯　从风里向南方眺望

　　　　隔过山　越过海

　　　　是否有你忧伤等待的眼光

　　　　有一点点难过　突然　觉得意乱心慌

　　　　冷风吹痛的眸光

　　　　让泪水浸进了眼眶

96-5　16开500格书写文稿纸震纸出品　　　　　　上海文化用品批发市场经销

其实也想知道

这时候你在那个怀抱

说过的那些话

终究我们谁也没能够做到

还有一丝愧疚 自己

不告而别地逃

而往事如昨

我怎么都忘不了 ……

　　这歌有催人伤心的威力。林雨翔踱到教室里，见自己桌面上静躺了一封信，心惊然一跳。采着想自己身在异地，原本初中里文的朋友全然没有消息，似曾有一位诗人或哲人打比方说"距离如水"，那么朋友就是速溶的粉末，一浸到距离这难水里就无影无踪——今天竟有一块粉末没溶化完，还惦着他，怎么不令人感动！林雨翔扑过去，心满肚子乱跳。

　　雨翔希望信是Susan来的，一见到字，希望凉了一截。那些字仿佛刚被人揍过，肿得吓人，再看信封，希望彻底冷却，那信封像是马拉，患了皮肤病，长期被泡在浴缸里全身折皱，不是Susan油心体贴的风格。

　　雨翔还是急不可待拆开了信。信纸一承以上风格，一副年逾去稿的残样。信上说：

　　林友：

　　展信佳。不记得我了吧？应该不会的。我现在在区中里，这是什么破学校，还重点呢，一点都没有味道。每天上十节课，第一个礼拜就补课，中国教委真是有远见，说是说实行"双休日"，其实仍旧是单休，还要额外赚我们一天补课费。说说就气，不说了。

　　期中刚过，考得极差，被爸妈骂了一顿。

　　说些你感兴趣的事吧——说了你会跳楼，但与其让你蒙在鼓里，还不如我让你知道——你的Susan（是你的"吗？现在可能不是了）似乎已经变了，她现在和理科极优的男孩好得——我都无法形容！简直——。她有无给你写信？如果没有你就太可惜了。这种朝三暮四的人，你不去想也罢。不值得啊，你我也是殊途同归。市南三中好吧！一定状况好死了，呆在里面不想出来了，所以什么人都见不到。

　　匆匆搁笔，告之�
别你，吊意顺便。

　　勿念。

　　　　　　　　　　　　　　Tansem Lou

　　　　　　　　　　　　　于区中润寒楼

96-5　16开500格书写文稿纸震纸出品　　　　　　上海文化用品批发市场经销

雨翔看完信，脑子里什么都想不了，觉得四周静得吓人，而他正往一个深渊里陷。隔了半时，终于有了反应，怕看错了，再把信读一遍，到Susan那一段时，故意想跳过却抵抗不了，看着揪心的痛，憋闷得直想大叫，眼前都是Susan的笑脸，心碎成一堆散沙。听到广播里唱最后一句"不如一切这样吧／你和我就散了吧／谁都害怕寂寞／一个人简单点／不是吗"，雨翔猛回到现实，右手紧握拳，往桌子上拼命一捶，空无一人的教室里全是这一捶的余音。李清照的悲伤是"物是人非"的，林雨翔更凄惨，物非人非，泪水又不肯出来，空留一颗心——泡不是完整的一颗——麻木得掉不出一丝平规，欲说不能，像从高处掉下来，嘴巴着地，只"嗯"了一声后便留下无边无际无言无语的痛。人到失恋时，往往脑海里贮存的往事会自动跳出来让他过目一遍，加深悲伤。心静之时，回想一遍也没什么，只觉人世若梦往事如烟；心痛之时，往事如酒，直逼着你一口一口喝毒水。每逢失恋像丧亲，不是思活着的亲人，而是思死去的亲人，所以便有轻生之举。雨翔悲怆得想自杀，满腔的怒火可以再去烧一遍赤壁。自杀之念只是匆忙地划过而已，一如科学的美好设想，设想而已，泡无成品出现的可能。

　　雨翔突然想到Susan的两封信——两张派司他都带来了，开了箱子找出来看，一看到Susan的字又勾起了叫骂，既舍不得又恶狠狠地把纸撕烂，边撕边说："什么——三重门——去你的——我——"这时脑子突然聪明，想起万山滇过"三重"在古文里乃是三件重要的事之意①，古人"王天下有三重焉"，林雨翔"忘天下有三重焉"，决定把苦册忘记。

　　突然，林雨翔的聪明更上了一个台阶——他猛想到起刚才只顾悲伤了，忘了看信是谁写的，巨巨一个生人的话，他是恶信！希望又燃起来，望着一地的纸片后悔不已。

　　那个"Tansem Lou"家在生琉，英文里各无意义，拿汉语硬译是"天山骡"，雨翔渐渐怀疑这信的可信度。再念几遍，似乎有了头绪：骡、罗、天——罗天诚！写这小子变骡子来吓人——罗天诚的意思显而易见，要先利用雨翔通讯不便的劣势撒个谎让他退出，再自己独占Susan。雨翔长吐一口气，想多亏自己胆大心细推理缜密，刚才的悲哀全部消失，构思写封回信。

　　一般来说，看信时快乐，回信时就痛苦，凡看信时痛苦，回信时就快乐。雨翔没有王示德和宾登骨那么怕回信，展纸就写。

96-5，16开500格书写文稿纸震纸出品　　　　　　　　　上海文化用品批发市场经销

① 此礼记·中庸"第二十九章"王天下有三重焉"。三重指议礼、制度、考文。王（wàng）

Dear Luo:

展信更佳。

身在异地，身心飘泊，偶见昔日友人（是友人还是敌人？）之信，感动万分。

信里提及Susan，挚友大可放心，Susan与我情有多深我自明晓，我俩通信不断，彼此交心，了解极深。至于信里提醒的情况，我的确不知，但我信任她，朋友之间讨论题目有何不可？

不知罗兄在区中生活如何？望来信告之，我一切都好，您大可不必挂心。我现任本市最佳之文学社之社长，罗兄可将此喜讯转告Susan。

祝　学安

写完信后雨翔扬眉吐气，但觉得不解恨，再加几句：

P.S. 罗兄，十分抱歉，复信简短，主要因为我手头有一堆Susan的信，要赶着还信债，匆匆止笔，见谅。

雨翔马上采了几张邮票把信寄了出去，觉得早一天让罗天诚收到此信，他林雨翔就多一点快乐。

　　然而出气归出气，疑惑仍然存在。比如人家扇你一巴掌，你回敬他两巴掌，心理是平衡了。但你的脸却依旧灼痛。

　　为打消疑惑，雨翙又给沈溪儿写一封信。

　　溪儿：

　　为避免你忘记，我先报上名字——林雨翙。如雷贯耳吧？闲着无聊给你写一封信。

　　雨翙恨不得马上接下去问"快如实招来，Susan怎么样了！"但遽然单刀直入难免有失礼节，让人感觉是在利用，便只好信笔胡写"近来淫雨绵绵，思念远连连"；"中美关系好转，闻之甚爽"，凑了三四百个字，觉得掩饰用的篇幅够了，真正要写的话才哆哆嗦嗦出来：

　　突然记起，所以顺便问一下，Susan她最近情况怎样？我挺牵挂的。"

　　写完想结束了，但觉得还是太明显，只好后面再覆盖一些废话，好比海龟下蛋，既然已偷挖他九寸，把屁股下压里面，目的达到后当然不能就此离开，务必在上面掩上一些土，让蛋不易察觉。

　　雨翔海心期待他把蛋寄出去。

　　果然种豆得豆，三天后雨翔同时接到两人来信。雨翔急着要看罗天诚的反应，拆开后却掉出自己的信。上面一句话用红笔划了出来，即"我现在本市最佳之文学社之社长，罗兄可将消息转告Susan"，旁边批示道：既然你与Susan"通信不断"，何必要我转告？雨翔幡然醒悟，脸上燥红一片，想智者千虑，必有一失。批示旁边是对这条批示的批示：我说的都是真话，你不信也罢信也罢。

　　雨翔心有些抽紧，拆开沈溪儿的信。沈溪儿学来雨翔的风格，废话连篇，雨翔找半天才发现Susan的消息：

　　你很牵挂她吗？我想似乎没有这个必要了。我听许多人说她一进区中就被选上校花，追求者不要太多噢，有谣言说他和一位理科尖子关系挺好的，她也写信过来证实了，要我告诉你不要再多想了，市南三中是好学校，机会不可错过，好好读书，三年后请伴见。你要想开一点……

　　西瑚再也念不下去了，人像一下子被抽空了，从头到底毫无知觉。三天前已被重创一次，今天不仅重创，而且还被重（chóng）创，伤口汩汩流血。

　　西瑚又把信撕得粉碎，愤然骂："什么狗屁学校，什么狗屁市重点，去你妈的！去你——"哽咽得说不出话，只觉心里的酸楚，跪倒在空荡荡的教室里，咬住嘴唇呜咽着。事情已经这样了，问什么竟无济于事。万般悲戚里，决定写信过去划个句号。

　　Susan,

　　我真的很后悔来市南三中。这里太压抑了。我连个说话的人都没有。但我曾一直以为我有你，那就够了。我至今没有——是因为我觉得我配不上你。我也不知道你追求的是什么。我没有给你写过信，因为我想保留这份记忆，这种感觉。我有心事只对我自己说，我以为你会听见。现在似乎我已经多余了。还是最后写一封信，说清楚了也好。我已经不遗憾了，因为有过。我祝你，或者说是你们快乐。好聚好散吧，最后对你说——"

　　西瑚手颤得已经写不下去了，眼前模糊一片，静坐着发呆，然后提起笔，把最后一句划掉，擦干眼泪复看一遍——毕竟这么平静悲观的信里有错别字是一件很令人惭愧的事。雨翔看看又刺痛了伤心——失恋的人的伤心大多不是因为恋人的离开，而是因为自己对自己处境的同情和怜悯——雨翔只感到自己可怜。

　　信寄出后，雨翔觉得世界荒秃一片，心麻得停止了跳动。

　　那天周五，校园里人回去了一大半，老天仿佛没看见他的伤心，竟然没有施雨为两人真正的分手增几分诗意，以后回首起来又少掉一个佳句"分手总是在雨天"。晴天分手也是一大遗憾。傍晚，东风四起，像是接下雨前的热身——忌诀是冷身，可只见风起云涌，不见接陈点豪顶性的东西。

　　雨翔意无饿意，呆坐在教室里看秋色。突然想到一句话，"这世上，别人永远不会真正疼爱你，自己疼爱自己才是真的"，想想有道理，不能亏待了自己，纵然别人亏待你。雨翔支撑着桌子站起来，人像老了十岁，雨翔的泪痕明显可见，风干了显得人脸上难受。雨翔擦净后，拖着身子去两课堂，一路上没有表情，真希望全校学生都看见他的悲伤。

雨果堂里没几个人，食堂的服务员也觉得功德圆满，正欲收工，见雨翔鬼似的慢走过来，看得牙肉发痒，催道："喂，你吃饭吗？快点！牵死不活的。"

雨果堂里已经没几样好菜了。人类发展至今越来越像远古食肉动物。雨翔天性懦弱，不及市南三中里这么多食肉动物的凶猛，这么<u>长时间</u>了没吃到过几块肉，久而久之，机能退化，对肉失去了兴趣，做了一个爱吃青菜的好孩子。好孩子随便要了一些菜，呆滞地去吃饭。

失恋的人特别喜欢往人烟罕至的角落里钻。雨翔躲在一个角落里吃饭，却不得已看见了钱荣和姚书琴正在一起用餐，眼红得想一口饭把自己噎死算了——但今天情况似乎不对，以往他俩吃饭总是互视着，仿佛对方是菜，然后再就一口饭；而今天却都闷声不响扒着饭。管他呢，兴许是小两口闹矛盾。

雨翔的心痛又翻涌上来。

高中住宿生的周五很难熬，晚上几个小时无边的空白，除了看书外便是在昏暗的灯光下洗衣服。林雨翔对这些事毫无兴趣，倦得直想睡觉。

96-5 16开500格书写文稿纸覆纸出品   上海文化用品批发市场经销

余雄来找他，问："你不舒服？"

雨翔的失意终于有一个人解读出来了，心里宽慰一些。说："没什么。"

余雄一眼把林雨翔的心看透，说："结束了？"

雨翔没心理准备，吓了一跳，默默点头。

余雄拍拍他的肩膀："想开一点，过两天就没事了。红颜祸水。我以前在体校时——她叫小妍，后来还不是……"

雨翔有了个将痛比痛的机会，正要诉苦，余雄却说："你一个人看看书吧，我先走了。"

林雨翔的记忆直追那个夏夜，余雄在三轮摩托里含糊不清叫的原来是这个名字，真是——不过一想到自己，觉得更凄惨，又是一阵揪心的悲辛。

钱荣中垂水丧气进来，见了林雨翔也不计过怨了，道："我和那个姓姚的吹了！！"

雨翔一惊，想今天是不是丑比特发疯了，或者说是丑比特终于变正常了。雨翔有些可怜钱荣，但想心自己的痛苦比较深一些，潜意识里有些蔑视钱荣的痛苦，说："很正常嘛，怎么吹的。"本想后面加一句"你为什么不带你的记者团去采访一下她"，临说时善心大发，怕把钱荣刺激自杀，便忍了。

　　"我差这被姓姚的给骗了！"钱荣一脸怒气，姚书琴的名字都懒得提他不想说，一句话骂遍姚姓人。

　　"为什么？"

　　"那姓姚的——"说着从口袋里掏出一张皱巴巴的纸给西翔看。西翔苦笑说："你写的干吗让我看。"

　　钱荣两眼怒视那纸，说："当然不是我写的。我在她钱袋里找到的。"

　　西翔接过纸一看，就惊叹市南三中里人才倍出。给姚书琴写信的那人是个当今少有的全才。他通心理学，像什么"我深信不疑的爱在这个年代又真燃了起多默契般的'杯水主义'"；他通莎士比亚戏剧，像什么"我们爱的命运像比亚笔下的丹麦王子哈姆雷特的命运"，莎翁最可怜，被称呼像他的情人；他通西方史学，像什么"在生活中，你是我的老师，也许位置倒了，但，亚伯拉德与爱绿绮思三爱会降临的"；他通东坡的词，像什么"相顾无言，唯有泪千行"；他还通英文，用英语作绕口令一首，什么"Miss Kiss. Every Changes since these two words"，又感叹说"All Good Things come to an end"；他甚至还厉害到把道德哲学、社会学、美学、史学、英语、日文糅合在一起，像秦始皇吞并大国，吐纳出来达么一句："最美的爱是什么？I tell

Myself，是科罗连柯的火光，是冬天的温暖，更是战时社会主义时 A piece of パン。"①

雨翻"哇"了一声，说这人写的情书和大学教授写的散文一样。

钱荣夺过纸来气成一团邦了，说"这小子不懂装懂，故意卖弄。"

"那——这只是别人写给姚书琴的，高中里这类卖弄的人很多——"雨翻故意把"卖弄"两字加重音，仿佛在几十里外的仇人被这两字捆到一记，心里积郁舒散大半。

钱荣："这样一来，也没多大意思，What's done cannot be undone，事情都摆定了。木已成舟，不如分手，Truth！"他真当自己的话是真理，幸亏他爸的职权法力还略缺一点，否则说不定这话会变成法律。

雨翻问："她提出的？"

钱荣急忙说："当然是我甩掉她的。"今日之爱情与从前的爱情最大的不同就是命短，然而麻雀虽小五脏俱全，今日之爱情命虽短，但所需三步骤无一欠缺；其次一个不同便是分手，从前人怕当负心人，纵然爱情高飞掉了也不愿开口，而现代人都争当负心人，以便在分时当主动甩人的英雄，免得说起来是不幸被动被甩。

再翔暗自羡慕钱荣，而他自己则是被迫的，心余力绌的，多少有被欺哄的困窘。

钱荣问："去清理一下，泡吧吧，怎么样？"

再翔深知钱荣这人到结账时定会说没带钱，让别人先垫着，而且钱荣这人比美国政府还会赖债。推辞说："现在市里管得很严。"

"哪里，做做样子罢了，谁去管？"

再翔想也是，现在为官的除吃饱喝足外，还要广泛社交，万忙中哪有一空来自断财路，这类闲眼小事要他们管也太苦他们了。又不滥撒得有失水准。

"不了，我肚子有些不舒服。"

"算了，我去吧。"

钱荣走后整间暖室又重归寂静，静得受不了。再翔决意出校园走走。天已渐暗下，外面的风开始挟带凉意，刺得再翔遍心的疼。市南三中那条大路漫漫永无止境，一路上再翔像是踏在回忆上，每走一步就思潮如潮。

风渐渐更狂了，夜也更暗了。校园里凄清得令人不想发出声音。钟书楼里的书尚无暇整理完毕，至今不能开放，据说市南三中要开校园网，书名要全输在电脑里，工作人员输五笔极慢，打一个字电脑都更新好几代，输完开可也放时，但是电脑都发展得可以飞了。学校唯一可以提供学生周末栖身的地方都关着，阴曹地府似的，当然不会有人留下——那些恋人们除外，阴曹地府的环境最适合他们，因为一对一对的校园恋人仿佛鬼怪小说里的中世纪吸血鬼，喜欢往黑暗里跑。雨翔正逢失恋日，没心思去当他的吸血鬼计数员（the Count Dracula 吸血鬼伯爵），更没之趣去当钟楼，只是默默地垂头走着。

走出校门口周身一亮，置于灯火之中。里面的高中似乎和外边的世界隔了一个年代。这条街上店不多，但灯多车多，显得有些热闹。雨翔坐在路灯下面，听车子呼啸而过，怅然若失。

三三两两的学生开始往电脑房跑。可怜那些电脑，为避风声，竟要昼伏夜出。市南三中尊光明正大胆的电脑房就有五家，外加上"学习中心""网络天地"，不计其数。明察的人一看就知道是当年中国死板教育的牺牲品，只去封那些挂了"电脑游戏厅"的地方。仿佛看见毛泽东，知道他是主席，看到毛润之就不认识了，更何况看到毛石山了。雨翔看那些身边掠过的学生，对他们的快乐羡慕死了。

夜开始由浅及深。深秋的夜性子最急，像是要去录取

96-5 16开500格书写文稿纸震纸出品   上海文化用品批发市场经销

A球索，总是要提早个把钟头守候着。海关上那只大钟＂当＂不停，声音散在夜空里，更加空幻。桔黄的灯光映着街景，雨翔心里浮起一种异乡的冷清。

一个挎着大包学生模样的人在雨翔面前停住，问：＂同学，耳机、随身听、钱出要找。＂

雨翔本想起人，拉猪看见那人疲惫的脸色，缓兵道：＂怎么样的，我看看。＂

那人受宠若惊，拿出一只随身听，两眼逼视它，说：＂这是正宗的索尼，马来西亚产的，很好啊！＂

＂我试试。＂

那人见雨翔有买的欲望，忙吻嗦着装好电，搞半天挑出一副五官端正的耳机，对准孔插了二次，都歪在外面，手法比中国男队的脚法还臭。第三次好不容易插进了，放进一盘带子，为避防达机器出现点前景张症，自己先听一下，确定有声音后才把耳塞给雨翔戴上。

雨翔听见里面的歌词，又勾起伤心。那声音家在太破，加上机器一破，双破烂门，许多词都听不明白，只有断断续续听懂逢什么＂我看见，……的灯火，在这方，一刹那清失在天空，……通往你的桥都没有……＂，雨打醒的脸看不到歌惹的画面……陌生的……陌生的人陌生的画

孔————陌生的城市陌生的天空————找不到一个熟悉的角

落让我的心停泊————远方的你灿烂的灯⑴火————何时能

燃烧在我的天空……
                    ⑴"

　　那人心急如电，说："怎样，清楚吧？"

　　"可以。"

　　那人便又按随声听，问："要吗？"

　　"多少钱？"

　　"一百六十元。"

　　雨翔惊定地复述一遍。那人误解，当是嫌太贵，然后

好像害怕被路灯所见，俯下身轻轻说："这是走私货，这个

价已经很便宜了，你如果要我就再做便宜一些。"

　　雨翔本来经意没有要买的意思，听那人一说，心里鑫鑫

欲动，随口说："一百五。"

　　那人佯装思忖好久，最后痛苦得像割掉一块肉，说："

一百五——就一百五。"

　　雨翔已经没有了退路，掏钱买下，花去一个半礼拜生

活费。那人谢了多句，转身消失在夜色里。

　　这时雨翔才开始细细端详那只机器，它像是从波里逃

来的，身上都是划痕擦伤——外表难看也就算了，中国人

最注重看的是内在美，可惜那机器的内在并不美，敲一敲

　⑴：滚石唱片公司 张洪量 "情定暗桥"

就是音。上次跟赵志良王相柳一去杭州时那个调还令人
俯首称臣的女歌手肯定是采过这种机器，才摹仿出来那种
声音。再拍几下。那机器仿佛通了人性，自己也觉得声音
太好听，害羞得不肯出声。

　　雨翩叹了一口气，想一百五十块就这么去了。失恋
的心痛变为破财的心疼，过一会儿，两者同时病发，雨翩
踉跄地愁绪纠结心烦意乱。

　　这么靠在路灯边。街上人开始稀少了，雨翩也开始觉
得天地有些空旷。

《十五》

这也上年不是每个人都耐冷得像杨万里《清晓洪泽放闸》里的放闸老兵，可以"一丝不挂下冰滩"；林雨翔离这种境界只差一点点了，竟可以挂了几丝在街上睡一个晚上。雨翔是在凌晨两三点被冻醒的，腰酸背痛，醒来就想这是哪里，想到时吓一跳，此看手表，又吓一跳。两跳以后，酸痛全消，只是重复一句话"完了，完了！"他当学校要把他作逃夜处理，头脑发涨，身上的冷气全被逼散。

学校是肯定回不去了。林雨翔漫无目的地瞎走。整个城市都在酣眠里。他觉得昨天就像一个梦，或者真是一个梦，回想起来，那一天似乎特别特别长，也许是因为那一天在雨翔心上刻下了几道抹不去的伤痕。当初拼死拼活要进市南三中，进去却惨遭人抛弃，人在他乡，心却不在，雨翔觉得自己像棋子，纵有再大抱负，进退都由不得自己。

雨翔的那一觉仿佛已经睡破红尘，睡得翻然开通——这神红尘哎啊，开始总是真的，后来会慢慢变成假的，那些装饰用的诺言，只是随口哼哼打发寂寞的歌。

上海文化用品批发市场经销

意引自亦庭第《真的还是假的》

　　雨翔看到了这一点后，爱情观变得翻天覆地。以前他想Susan，是把自己当作一个剧中人去想；现在爱情退劣了，思想却进步了，想Susan时把自己当成局外人。而且还是一个开明的局外人——好比上帝看人类。他决定从今以后拒绝红颜拒绝红娘拒绝红豆——雨翔以为这是一种超脱，恨不得再开一个教派。

　　这样，他便想，Susan现在应该睡着吧，也许在做梦，梦里应该有那位理科天才吧，反正一切与我何干。

　　然而有一种事与林雨翔有关大的关系——今天，昨晚千真万确他逃夜了，虽然是无意逃夜，但事太还是很严重。弄不好会被学校处分。

　　边走边唱，边唱边想，竟到了一条铁路旁。路灯在这里消失，气氛有些阴森吓人。那条铁路中间一段在光明里，两米延伸处那扎进了黑暗。四周就是荒野，天色漆黑，身心飘渺洲。

　　静坐着，天终于有一些变灰。两三辆运货的卡车把夜的宁静割碎，驶过后，周边的夜部围拢着，把方才撞碎的那一块补上——顷时，雨翔又落入寂静。

　　过了几十分钟，那片变灰的天透出一些暖意。那些暖意仿佛是吞高人的钱，一点一点，忽隐忽现。

96—5　16开500格书写文稿纸震纸出品　　　　　　　　　　上海文化用品批发市场经销

火车多了一些，远远地，两束刺眼的光。夜的深处响起一声火车汽笛，然后是"嘎嘎"的巨响。雨翔自小爱看火车开过，再一另一节数车厢，想象它究竟往哪去；那声音填充着雨翔的期待。不知等了多久，火车依然没到，"嘎嘎"声也切来就在耳边。不知又等了多久，终于望见一束光，真得刺眼。庞大的车身风一样的从雨翔身边擦过，没感到它有多少号，只听到它拖着一声长长的鸣——"就这么不停留地走了。

雨翔的注意全倾注在火车上，滚过很长现天又亮了一点，但也许是个阴天，总还亮得混混沌沌。路上出现了第一个行人，雨翔欣喜地像鲁滨逊发现孤岛上的"星期五"，恨不能扑上去庆祝。他觉得看见人的感觉极好，唯愿取这路上那些深山里的妖怪看到人这么激动。

天再亮了一截。身边也热闹了，大多是给家人采早点的老人，步履蹒跚。由于年久操劳，身子弯得像只虾，雨翔看见他行走如飞的样子，奇怪自己心里已没了同情。天已尽其所能的亮了，可还是阴沉沉。雨翔怀疑要下雨，雨翔怀疑完毕，天就证明他是对的，一滴雨落在雨翔鼻尖上，雨翔轻轻一擦，说："哎，小雨。"雨翔听了很不服气，立即呼朋引友，顿时雨似倾盆。

96-5　16开500格书写文稿纸震纸出品　　　　　　　　　　　上海文化用品批发市场经销

林雨翔躲避不及，陷在雨里。路人有先见之明，比撑起伞。然而最有先见之明的是林父，他早在十七年前就料定他儿子要淋场大雨，恐人不知，把猜想灌输在名字里。林雨翔有淋雨的福份却没有在雨中飞翔的功能，在雨里乱跑，眼前糊一片，好不容易有一个来不及躲雨的车夫，同命相怜，让雨翔上了车。

淋透了雨的人束状没有雨淋也是一种折磨，身上湿漉漉的衣服贴着肉，还不如在雨里痛快。雨翔身上湿漉非同寻常，内裤也在劫难逃。

雨翔对车夫说："市南三中。"

车夫道："哟，跑很远啊，你跑到那里干什么。"

雨翔想自己这种微妙的流浪精神是车夫所无法体会的，闭口不说话。

车夫往前挣着，不住地抹团着脸上的雨。林雨翔在车里燃炼自己的意志，为破痛折一刀做准备。

车外景物慢慢向后移着。过了很久，雨翔才看见三中的大门。咬牙问："多少钱？"语气坚定，心里不住哀求"不要太贵，千万不要。"

车夫擦擦脸，说："二块吧。学生没钱。"

雨翔像听露雷，半天回不过神。他左口袋里捏住十块钱的那只手慢慢松开，搜半出两枚硬币，递给车夫。

车夫把钱放在车头上那只破箱里，扯着嗓子说："这个学校好啊，水事弟弟只脚踏在大学里了。"

雨燕把钱荣从被子里吓出来。钱荣看他一身的水，吃惊地说："你去泳啊？"

雨燕摇摇头。

钱荣嗥了一声，好腔说道："社长大人，失恋了也不必这么想不开，哪个英雄把你从河里捞出来的？"说着佩服自己明察秋毫，开导雨燕，"爱情诚可贵，生命价更高，留得小命在，不怕没柴烧。只要真向前看，天涯何处无芳草，何必为一个区区Susan而寻死呢。By the way，是她漂亮吗？"

雨燕冷漠地说："没有，外边在下雨。"然后身上像被电了一下，跳起来说："你——你、你怎么知道我和那个——我说——"

钱荣摸出一封信，说："你写给他的信，小周记得，寄信要贴邮票，否则呢……"

雨燕浑身变得难受，夺过信，说："你怎么可以拆我的信。"想想信里的一腔真情给钱荣，羞得想跳楼。

钱荣说："没想到啊，一个男的深情起来这么……哎，真是没有想到，哇——cow①。"

雨翔的血液都整队集合了往头上冲，他不忍心再看那封信，逼迫自己忘了里面写些什么，骂钱荣："你太不像话了，你……"

钱荣道："你别忘了你昨天晚上在哪里逍遥？我一报告去你逃夜就是你处分，没告你挺好了，看一封信有什么了不起了？"

雨翔气得喉咙直滚烫，肚子里积满骂人的话，可一到喉咙就成灰烬，索索地洒落下来："那没有人知道我逃夜？"

"至今为止，没有，我除外。"

"那你别说……"

"看你表现，哈哈……"

雨翔有把柄在钱荣手里，反抗不得，低着头出了一号室，把信撕烂，再也没鼓起给Susan写信的勇气，每次想到信就脸红心跳，像少女怀念初吻——感觉是一样的，可性质完全不同，一种回想完后是甜蜜，另一种却是愤怒，而且这种愤怒是时刻想道发却无力道发的，即使要道发了，被钱荣一个眼神就喏住了。好比市场里那些放在脚盆里的龙虾，拼了命想逃出来，但蹦到一半就滑了下去。哪怕好不容易

96-5　16开500格书写文稿纸震旦出品　　　　①：吓人　　　　上海文化用品批发市场经销

两只钳攀在脚盘的口上，只要搬主一拍，只得飞飞揸回原地。

西蜀搽一下身子，换上新的衣服，躺在床上看书——像王相柳一样看书。外面唢呐声大作，钱荣冲出门，招呼没打一个就走了。

放下书，林西蜀睡了一觉，梦里是他小时候趴在路边敲火车车厢——"一、二、三、四……"醒时眼看着空旷的屋子，怀念起那个梦境，闭上眼想做下去，只可惜梦像人的胳膊大腿，断了很难再接上，纵使接上，也不是原来那个样了。

一个礼拜没回家了，西蜀收拾一下东西，懒散地走下楼。

96-5   16开500格书写文稿纸震纸出品　　　　　　上海文化用品批发市场经销

〈十六〉

　　应该说，两朋这种刷保比较好抹平一些，因为久不见面，不会再见暴脾情。钱荣就心刘到了，他每天与姚书琴抬米不见低来见，躲也躲不掉，理论上说比较痛苦一点。钱荣一次听到一句主理名言，治疗失恋的最好药方就是再谈一次恋爱。钱荣满以为凭他也视台男主持的身份，别的女孩应该对他爱如潮水，就等着从中选拔，不幸的是对钱荣垂诞的女孩子又多都丑，偶尔那几个不丑的也是无奈长得太令人失望骚不起来。一个多礼拜了，那贴药方还是不见影子。

　　照理，姚书琴也应该有些痛苦，但姚书琴比钱荣早听到那句名言，所以早早做好准备，仿佛下雨前就补好屋顶，免去了后患。钱荣一走，那位替补队员立即填上空位，继续尽钱荣未尽的责任。

　　钱荣调查好久，才得知那位全才是隔壁班的一个足术特招生，想想，既然是特招生，而且挑过了体育这关，家里一定很有钱，事实也是如此，那人的父亲是副区长，钱

96—5　16开500格书写文稿纸震纸出品　　　　上海文化用品批发市场经销

荣的无非法斗不过，钱荣在他面前自然是矮了一截。那全才属于内秀型的，外表不佳，一副眼镜七八百度，摘下来后看不见他的睁眼，恐怕不出十米就会撞死，就是这双眼使他看中了姚书琴，"唤醒了深埋在心底的爱"，不仅是唤醒，还像火山爆发，一天给姚书琴两三封情书，探看牛熟的英语叫 "You are my sun and moon"，看了让人误解太阳和月亮一起在天上，姚书琴起先反抗几下，但知道抵抗不了，仿佛苍蝇掉在水里。但她苦于找不到和钱荣分手的理由——她对钱荣已经没了感觉，而钱荣却仍在献爱，姚书琴像大气压压在她身上，明知有份量却没有知觉。幸亏钱荣恰到好处提出了分手，让姚书琴省掉不少脑力。

换男朋友姚书琴基本上没有时间的间隙，那全才仿佛抗日时我党敌军派的战士，见前一个倒下后他马上接住上去，第一天就和姚书琴并肩漫步。姚书琴的女友看不懂，问她，姚书琴登时成为一个现实主义者："和钱荣在一起我没有安全感，时常要怕他变心什么的，时间久了我就没有感觉了，但他却不会常给我这种感觉。"——其实这很好理解，譬如姚书琴在教室里吃一样好东西，定会有一帮子女生上来吸吮，但如果姚书琴在教室里吃屎，无论她吃得多津津有味，也断然没有被抢食的忧患。

　　于是就哭了钱荣　眼巴巴地看着姚书琴和全才亲密无间，满脸气愤。列处逞强说："幸亏我钱荣没跟她跑得早，她这种是什么眼光，挑的男生 Just like ass，还整天恶心地什么'露水屁股戏弄人'①，Moon 个屁，看他的脸，Prat 似的，都是青春痘，像被轰炸过，Ugly Enough！"

　　一号宿舍的住宿生都李永："跑得好！"

　　钱荣脸上恢复神气，"那小子还不是仗着他爸，上梁不正下梁歪，老子最恨这种人，自己没本事专靠爹。"

　　林雨翔污过一个星期迷迷糊糊的学习生涯，大伤初愈。这个礼拜里林雨翔的人做包都不行，笑都懒得笑，好像自己一笑，就对不起那颗已伤的心。文学社里也情况不妙，他发现他犯了一个错误，当初把文学社割成三块，各设一个组长，到未来等于架空了他自己的位置。林雨翔的话没人要听——刚开始对雨翔抱有一种神致感，后来见这任社长不过如此，只是一个跑腿的。但雨翔一开始大公报私仇，现在连腿都没得跑——社员恨他私藏文章，都亲自把去作交给万山。

　　寝室里的情况更不乐观，首先犯毛病的是水龙头。市南三中的水龙头像自组了一个政府，不受校领导的控制，

　　①：Moon 的另一个俚语释义

想来就来，常常半夜"哗"一下。把右边两个寝室的人练定力，虽然都被惊醒，但都不愿出力去关。西翔功力不高强，每次都第一个忍不住起床去关灯，结果患了心病，做梦都是抗洪救灾。

　　寝室长终于斗胆向校方反映，校方出兵神速，七派两个工人来修，无奈窗突热漏水这种顽症历来不治，两个工人东敲西打一阵，为学生带来心理上的保障。水管也花了几天，寝室生直夸两个工人医术精湛，刚修完，那天晚上西翔又倒霉，半夜爬起来关水。

　　然后是锁子。市南三中的寝室安全工作薄弱，谁家浸透了水的草纸，连用"一捅就破"来形容的资格都没有了，是全可以不捅自破，经常无缘无故的就门户大开，而且必是在夜里，像极了许多发廊的营业方式。学校虽然配锁，然却那珍颂只纳自己人，一道钥匙丢了就坚固得刀枪不入，真实它防盗了却经不起一贼一撬。学校失窃事件天天都有，除了床和柜子太重不适携带外，其它的东西几乎都遭过窃，人睡着都要提心吊胆；生怕自己给偷了。市南三中的管理人员虽然碌碌无为，但也有过辉煌。曾于一个月圆之夜奇迹般地擒住一个贼，一时间人心大快，学校不断炫耀战果，安全校学生积极防盗。那贼也是贼中败类，没偷到什么东西，因偷窃未遂被关了几天就放出来了。

最近学校放火风声说要配置校警，当然这只是一个美丽的构思，因为校领导所居的胡适楼防盗设施极佳，绝无发生失窃可能，看来要配校警，非要等到哪位伟贼把胡适精塑撞拾偷掉再说呢。

硬件上的困难是可以克服的，但相处中的摩擦就难办了。开学那几天人人和睦相处，一号室和二号室尚有外交往来，后来一号室看不起二号室，二号室看不惯一号室，索性谁也不看谁。到到晚上都吃泡面，科学说，吃泡面可以增体力，虽然不知道这科学家是哪家泡面厂毕业的，但既已"成家"，放个屁都可以振凡人说几槐话，所以一寝室人趋之若鹜，晚自修后大开吃戒。人撞人，人挤人，一眼望去全是人，墨西哥城市长看到这个情形心里肯定会引这个例子去说明墨城并不拥挤。人多必起争端，一次泡顶不慎把汤滴在一号室一个人身上，那人倒具有上海人少有的大方，还倒也欣一大碗汤，惹得两个寝室差点吵架。一进这个寝室，管你是什么人，一概成为畜牲——冷不防会冒出一句，"哪头驴用我的洗衣粉了？"还有"哪只猪用我的热水了？"连骂畜牲后，又全在中国古典小说里遨游"关我鸟事！""我操你妈！""这厮也忒笨了点。"

96-5　16开500格书写文稿纸撬纸出品　　　　　　　　　上海文化用品总批发市场经销

　　根据今天的请意，学校的寝室安装电话机。钱校长去
了一趟南京，回来恶恶犯犯展开教育，今天广播大会上念
电话使用须知，只可惜家在和寝国扯不上关系，只好先介
绍电话的来历，统着古来说电话是 Bell 发明的，为了让学
生了解 Bell 这人，先谓把 Bell 拼了一遍，差点思想放松，
在"l"后面再跟一个"e"，① 差心里话说出来。强忍住口，
再三重申"学校为每个学生寝室装了一个电话"，意思是
说，学校只是在为"学生寝室"装电话而并非给学生"装电
话。

　　雨翔中午一回寝室便看见挨在墙上的红电话，兴冲冲
跑到门卫间花钱买张五十元的电话卡，"201"一卡专为记
忆超群的人士设计，要先拨 201，再拨 12 位卡号，深以四位
密码，总共要记住十九个数字；康熙年间的邱稼轩兴许可
以做到，但林雨翔这种无十之辈手脚笨，绝对没有顺
利又畅地打出一个电话的可能，拨起号来总是一眼看卡一
眼看手，结果总是功号一赛，眼到手不到，拨到最后人都
抖了，心里都是火。

　　钱荣第二人上楼，听铃声不断，激动地也去买了一张
卡，塞怕密码让雨翔看见，拨号时身子盖着电话机，宛如
母鸡抱窝。雨翔冷冷道，"谁看你了，我自己也有，连密码

①: Belle，与 Bell 同意，意为美女

都没改过。"

林雨翔只是顺口说了为显示自己的大方，没料到后来卡里少了十几块钱，更没料到雅平的，只当电脑有误。

林雨翔毕竟不是一块长跑的料，受不了每天的训练，偷偷地背着知章写了一封退组申请，说"本人自觉跟不上许多边平的速度，以后如果参加比赛也许会成为市南三中的耻辱，还是取我之长，一心读书，也许会有所突破，所以想申请退出"，满以为风采飞扬，用词婉转，成功在望，不想边知章只认身材不认文采，咬定林雨翔只要好好训练，肯定会出成绩，如果真要退组，那么不如一起退学，还电告林父，林父借学校刚发电话的便利，把雨翔痛骂一顿，说："你忘了你怎么进来的？你不训练不读书你干什么！"雨翔吓得当场放下屠刀，说以后不再犯了，林父才充满挂了电话。

读书方面，林雨翔更加不行，理科脱课得厉害，考试成绩倒是稳定，在三十分上下一点，亘古不变。市南三中的题目深得人掉下去就爬不上来，雨翔已没意无信心，寄希望在以后的补课上。梅萱赏识的文章是许家明的，而且要头大尾大，中间宜小而精短，挑好的文章仿佛在挑好的三围。雨翔的文章三围没长好，不符合这种新兴的作文风格，自然不受格蕾~~格~~偏爱。新一届的巨作文比赛雨翔没被选上，幸亏了文学社社长的招牌，额外获得一个名额。

〈千上〉

　　姚书琴和那全才发展神速，令人刮目相看。那全才愈发胆大，晚自修时就坐在姚书琴身边，两人的情话切也切不断，雨翔真佩服两人哪里找来这么多话，然后微笑着看钱荣。钱荣被雨翔的目光灼伤，实在看不下去，站起来说："喂，这里是三班，请别的班级里的同学出去。"全才正蹲瑭着该走该留，姚书琴说："我正找他问个题目，你管不到。"雨翔听了这么绝情的话也替钱荣伤心，想怎么天底下的女孩都是这样，翻脸比洗脸还快。

　　钱荣忍气难消，一篇周记写上去，梅量谅了马上晚自修来调查，捉奸捉双，把姚书琴和全才叫去办公室，教育道："你们是没有结果的。"说着自己也脸红，然后劝两个人好好想想，以克服青春年少的那个。两个人被释放后心有余悸，索性把"那个"克服了一天，忍不住又在一起，纵然如梅量所说，没有结果，但只要开开花就可以了。

　　钱荣没有如愿，对姚书琴的恨比学校的题目更深，偶然走路碰到一起，破口就骂："You hit me, girlie！" ①

你撞醒到我了，妓女

96-5　16开500格书写文稿震纸厂出品　　　　　　上海文化用品批发市场经销

姚书琴不回骂什么，白一眼，威力足以比钱荣的话大多了，因为钱荣的话姚书琴听不懂，钱荣只是骂给自己听；姚书琴的白眼就大不相同了，她本人看不见，只能单单白给钱荣看。一个回合下来，钱荣一点便宜也讨不到。

　　林雨翔不愿看两个人斗，出些点事情才好呢。

　　钱姚斗得正凶时，林雨翔不幸生了在市南3中的第一场病。一天早上起床，身体酥得发痛，手和脚仿佛要掉下来，喉咙像被香烟烫了一下。起床走几步，头况得要死，荡得整个人东摇西晃，恨不得蹲下来减轻身体负重。雨翔心里叫："我生病了！"海睡的恐惧，到处讨药，室友看都不看雨翔的病态，连说没有，惟谢景渊翻箱倒柜找了一会儿单说没有。

　　林雨翔的胃口都没了，直奔医务室，要了西包感冒药，然后"米得拿着药片讨水喝，同学一看药，把水壶藏得很密，说："呀！你生病了还向我要水，想让我传染啊。"乞讨半天，终于碰上一个来不及藏遮水壶的，碍着了面子，虽好答应，只是要林雨翔自备器皿，或者，嘴巴不准碰到水壶口。雨翔头昏得不想走动，选择后者，喝得身上一抹水，药差点呛到气管里。

　　家住受不了了，林雨翔怜爱自己的身体，去请病假，

96—5　16开500格书写文稿纸藏纸出品　　　　　　　　　上海文化用品批发市场经销

医生一测热度，够上请假标准，然后两期再去政教处申请。钱校长正在训人，胡妹这里没有生意，便把条子递过去。胡教导对两翔还有残留印象，可那印象弱得像垂死病人的气息，扫描两翔几遍，说："是林——"

"胡老师，我请个假。"两翔的声音洇得快要消失。

"这个——这里的功课很紧张啊——以前我带的班级里有一个同学发高烧，但他仍坚持上课，后来昏了过去，这种精神……"

两翔的脸上已经倦怠不想作表情，心里却是一个大惊讶。想这你完了，非要等自己昏倒了才能休息。

胡妹轻声问："你还吃得消吗？"理想中两翔的答案是吃得消，万没料到两翔呛道："不行，还是休息，休息一天。"

"那好，你拿这张单子给宿务老师，然后回寝室休息。"林两翔谢过胡妹不杀之恩，转身想走，听到钱校长那里一个耳熟的声音"我今后不犯了。"猛别过头去，精神像被重捶一下，这个男生就是那天晚上推销随声听的那个。一时间病魔全消，想起自己一百五十块买了一堆废铁，振奋地要去决斗。

男生也觉察到气氛有些异样，不经意扫一眼，也大吓一跳，想天下如此之小，忙挪开视线，弓着身子，仿佛林……雨翔的病魔全逃到他身上。

　　林雨翔激动地想跳出来揭穿，内心深处却有惧怕，先退出去，在门口守着。等那男生出来了，再逼进改教处，对两个教导说："老师，我要反映一个情况。"

　　"什么情况。"

　　"刚才那个同学是——"

　　"噢，他好像是高三的，你少跟他误会，怎么？他打你了？"

　　"不是，他走私东西。"

　　两个教导都问："什么？"

　　"他走私东西。"

　　"走私东西？"

　　"他大概上个——上个礼拜给我介绍一只走私的随身听，我花了七百块钱，想来学英语，结果用一次就坏掉了，我认得他，但不知道他原来是市南三中的学生凑巧。"

　　钱校长狠拍一下桌子，把眼前一团空气假想成那男生，直勾勾地看着发怒："市南三中怎么会有这种学生！小小年纪已经学会走私犯罪坑人！"然后吩咐胡妹把他再叫来，雨翔吓得慌手脚住头，说："我先回寝室了。"

　　雨翔出了教务处后，从球连接后面开溜，生怕被他看见。那男生最倒霉，没走多远又光临教务处。他的抵赖技术比推销技术更高，死不承认。钱校长本来想乘气势去战胜他的心理防线，让他自己招供，说什么"你先宗文律，我们可是掌握了证据的！"那男生心知肚明凡这么说的肯定没有证据，说："我真的没有，你们有证据拿出来好了！"

　　钱校的证据仿佛藏在某国的某高家文献，怎么也拿不出来，气势困光了，他的心里防线上连一个坑都没有，只好装恐怖，说："你先回去安心读书，这件事我们会调查的。"

　　林雨翔回到教室时，里面空无一人，都去上体育课了。他感想那个男生的处理结果，处分总该是难免的，心里不禁替他惋惜。走到钱荣桌旁，踢几脚他的桌子，以泄愤气，突然掉下来一本里封面笔记本。雨翔捡起来，顺手翻开，看里面都是英语，有点感叹钱荣的刻苦，再仔细一看，大吃一惊，那里面的单词句子眼熟得像是久别多亲，譬如"God-awful、violing figure、Yuck"这是实在他话里出现的核细的英语，恍然悟出对钱荣满口英语，靠的只不过是这本本子里几个事先备好的逻辑，惊喜地对本子说："我终于知道了，哈……"

98

　　 然后林雨翔默坐着等钱荣回来，趁自己终于有讽刺他

的机会。钱荣很及时地进来，满脸的汗，看见林雨翔坐在

自己的座位上，替椅子主持公道："喂，伤员，还位，你不

去养病，在这里干什么？"

　　林雨翔天生不会嘲讽人，说："你的英语真的很不错啊。"

理想的语气是抑扬顿挫的挖苦，很不幸的，情感抒发不当，

这话纯净变成赞扬。

　　钱荣没听过林雨翔表扬人，刚冒了个头的回骂的话忙

缩回去，反而有些不好意思，说："其实也不是非常好，很com-

mon的词汇量多一些，自然会……"

　　雨翔打断钱荣的话，主要是怕自己把common的音给忘

了，下句话里就会增添不少遗憾。说："那么那个common是

不是也记在你的本子里？"说着心猛跳不已。

　　钱荣没听懂，潜意识感到不妙，紧张地问："什么——

本子？"

　　雨翔拿出来扬了几下，手有些抖，问："See？"

　　钱荣顿时呆立原地。

　　雨翔顺手翻几页，念道："嗯，Medium，你在什么时候

过的？还有——"

　　钱荣魂回，一掌扌在雨翔手上，本子落到地上。钱荣

把它捡起来，施展神力，把本子捧得仪表不端，咬牙切齿说："你——你这头猪怎么早不得……"怕班级里同学听到，有股神秘家质。

两翔不得不揭自己的伤疤，说："你不是也拆我的信嘛？嗯？"

钱荣的逻辑乱得像一觉醒来后的头发，说："那是两回事，两回事，你偷看的是我的隐私，我偷看的是你的信，Un——"本来想说"Understand？"现在秘密被拆穿了，连英语都不行。

林两翔帮钱荣梳头："信是隐私吗？"

钱荣要跳起来了，吼："信是隐私又怎么？寄出去退回来的信不是隐私，你去查……"

"我的信是封口的，你的本子没封口，哪个隐私大点呢？你说？"

钱荣想到了什么，表情一下子活泛了，不去比较哪个隐私大，另辟一方天地，说："你逃夜的事情呢？"

林两翔一身冷汗悉数涌出，责骂自己怎么忘了。他想不出要说什么补救，恨自己太冲动了。觉得万籁俱静，唯有心跳在这死寂的世界里发声。突然一阵铃声，两翔觉得耳朵突然一收，看着怒火正旺的钱荣，做一个硬笑，赢一般逃回到了寝室里。

　　一个人枯坐在阴暗的角落里，揪着大腿问自己怎么办。万一钱荣说出去了，学校略微核实一下，处分难逃。一旦处分……自己好歹也背负了小镇的名誉，处分了怎么见人，人家又怎么看我……

　　心乱如麻中，雨翔不经意抬头看窗外，看到一片模糊，当是眼泪，揉几下眼睛才知道又下雨了。最近冬雨不断，市南三中的地被淹润得像寝室姐儿的嘴唇，只是不能去吻。湿漉漉的世界像压在雨翔的身上，暗淡的天地勾得人心一阵一阵隐痛。

　　正遐想着，电话骤然响起，铃声在寝室里回荡，荡得雨翔的注意力全集中在铃声上，精神也凝滞了。电话那头来人快地说："喂，林雨翔是哎？我是政教处。"

　　雨翔人软得想跪下去，喉咙奇干，应付说："我是，什……什么事？"心里明白是钱荣告密了。像个被判了死刑的犯人，只在干等那几颗子弹。

　　"我们问过那个高三的男同学了，但他说没有，你回忆一下，可不可能记错，或者有什么证据？"

　　雨翔狂喜得冲电话喊："没有！我没有记错，肯定没有记错！"心里的恐惧依附在这几句话里排遣了出来，平静地说："我有一只随身听，是他推销的！"

　　"可不可以带过来？"

　　"可以可以！"雨翔忘了自己患病，翻出那只旧随身听，试着听听，声音还是像浆糊。想出门了，突然心生一计，在地上摔了一下，角上裂开一块，他再听听效果，效果好得已经没有了效果。

　　雨翔冒着雨把随身听送到钱校长手里。钱校长一看，受到非机译过的机器，心里信了三分，把随身听递给胡姝说："这件事学校一定要追查到底！"胡姝看到这只苦命的机器，心痛道："市南三中怎么会有这种人。"

　　事情发展得很顺利，钱荣没去告政教处，雨翔看惹祸松了点，懒得去道歉，和钱荣见面都不说一句话。他想事情应该过去了。政教处那里的调查更是风顺，下令撬开那男生的柜子，里面都是耳机线，证据确凿，理应定罪，但那男生还是死不承认。钱校长技穷，差点学派出所长来明火图酷刑，不料那男生到后来自己晚节不保，供认不讳。里面一来引起了校长的怀疑，把林雨翔叫来，说："他已经承认了，我们会处分他的。他那些货也不是走私的，是附近几个小厂子里摔的，这还涉及到了犯罪，我们已经通知了派去所公安部门，有几个审核对一下，你是什么国籍，具体什么时间碰上他的？"

林雨翔不思索就说："九点半左右。"

"晚上？"

"晚上。"

"星期几呢？"

"星期⋯⋯五吧。"

"你第二天要参加学校里的补课讲座？"

"是啊"

钱校长埋足了伏笔，声音高一号，说："九点半校门关了，你怎么会在外面？"

林雨翔像被揍一下，脸色顿时变白，想不到自惊，支吾着："唔——我想想，是——是九点好像不到一些。"

"你那天有没有回寝室睡觉？"

"有，有回⋯⋯⋯⋯"

"可记录上怎么没你的名字？"钱校长拿出来寄宿生登记表，上面没你的签名。"

林雨翔翻几页，身体上都是刺痛，汗水踏伏在额头上，蓄势待发。

"这个，我那时候正好去打水，对了，是去打水了。"

403

　　"那天你们寝室还住了一位同学，叫钱荣，我问过他了，他断定你那天晚上不在，第二天一早才回来，身上都是水……"

　　两翔手脚冰凉了，除了撒谎的本能还支撑着身体，其它与死人已所无大异。他明知钱校长肯定了解他在撒谎，还是麻木地撒："嗯，我那天是住在一个亲戚家里，她的电话是——我要去查查。"

　　"哪个亲戚？"

　　"我的姨妈。"

　　"我打个电话到你家核对一下。"

　　"不用不用了。"

　　"怎么？"

　　"不是，我爸妈都不在家，要晚上再回来。"

　　"那我晚上再打。"

　　"我真的没有逃夜。"

　　"事实说话！"

　　这时，沉默的胡妹化名叫"事实"，说话插道："林雨翔，学校是看重证据的。你本身就有一些放松自己，不严格要求自己，你的检讨还在我这儿呢。如果你真的逃夜，无论你是什么理由，学校都会处分你。你揭发的那位男同学，

392

学校经讨论，已经决定行政记大过，而你呢？你要反思一下自己。"

钱校长接力说："我们会秉公的，你自己回想一下，现在说还来得及，过回儿就晚了！"

雨翔几度想承认，但他储存最后一线希望，家里终明那晚他回家了。像一个馋嘴的人看见果树上孤零零挂了一个果子，屡减地盯着要去摘，是她不知道那果子是不是今摘下来或者是否能摘得住。

钱校长先放他回了寝室。雨翔低头慢慢走着，到自己班级门口时，远望见整齐排列的三幢教学楼的三个楼梯走道，左右相通的，是三重门，不知道高一搞了此命，高三还能不能升。课桦君的下场怎么他也会——课桦君家里有钱，我家——害怕得不敢想下去。

再低下头慢慢走着，仿佛景物飞近，雨翔耳畔又想起吗昌老师的声音——"复习得怎么样了"……一想到她，刚踏入空门的身子又跌进了俗尘，雨翔心里满是对那个播刀本瘦者的憎恨——都是那小子，夺去了我的——还让我在外面睡一夜，都是你害我的，都是……

雨翔思想疲惫得不想多想，抱着身子进了寝室——学校怎么能这样，教室里人那么多那么热闹不能去，非要在寝室里忍过——不过也好，寝室里安静。雨翔仿佛自己是只野生动物，恨极了人类。一想到某个人就会身体抽搐。到了寝室里没脱鞋子躺着，呆滞地盯着天花板，忽然尖锐的声音飘下来——"凡事要忍——""忍个屁！"林雨翔愤然从床上跃起，把枕头甩在地上，转念想到自己以后还要睡觉，后悔地捡起来拍几下，动作使然，他又想起爱拍马屁的宋世雄，这小子最近像失踪了，体育训练也没来，肯定是混得不错。怎么会呢——要混得好一些非要拍马屁吗，雨翔的思想拔高到达个境界，火又冒上来，手不由理智控制，又紧抓住了枕头的角，恨不得再甩一次。

　　不知不觉里，正午已到。林雨翔的胃口被积郁填塞了，再也没有进食的欲望，看到窗外的人群，眼红他们的无忧无虑。钱荣吃完饭进门，决裂后第一次对林雨翔说话："你被罚不准家长都可怜可怜，处分单发下来了吗？"

　　"你说的？"林雨翔抬头，怒目盯住钱荣。钱荣正在洗碗，不暇与他对眼力，说："我也没有办法的，政教处非要我说，我想罩你都罩不住。"

　　"我们同学都知道了吗？"

　　"这个你不用操心，我会帮你宣传的。"

　　雨翔说不出话。

（七）

Susan 此时有些不洋感。那一个月前她说通了沈溪儿帮她撒个谎，假设出一个理科尖子，还得到罗天诚的大力协助，把这个谎说得像同同规论出来的。本以为这样林雨翔会断了相思专心读书，他日真能清华再见。Susan 太不谙世，拿着林雨翔的信，满以为他读到沈溪儿的信后肯定会有愿而图友，给自己回一封信，她当然不可能想到林雨翔心粗得——或是心急得寄信不贴邮票，干等了一个月，只有来七来八的骚扰信和求爱信，不知道林雨翔在南宣言里发奋了还是发疯了，实在担心得等不下去，问了电话号码，这天中午跑到校外打公用电话给林雨翔。

林雨翔此刻正在斗气，接电话也没心思，信手按了免提，吼："喂！"

Susan 吓得声音都软了三分，轻轻说："喂，我找——请问——林雨翔在吗？"

雨翔听到这声音，忙一下，明白过来后心脏差点从嘴里窜出来，柔声说："我就是——"惊喜通什么都忘了。

　　"听得出我是谁吗？"这话像在撩雨翔的耳朵，雨翔楚楚可怜到："你是——Susan，是吗？"边笑着问边看钱荣，以表示自己谈情有方，免提还是开肩，要了钱荣自卑。

　　"你最近还好吗？"

　　雨翔现在已经把快要处分的心事置之身脑外，低沉地说："还好。"

　　钱荣在旁边叫着注释："太好了，好得逃了夜，快处分了！"林雨翔脸色大变，猝思不及，忙抢起听筒人扑过去，那末问："他是谁？是真的吗？逃夜？"

　　"没……没有……"

　　"你说真话！"

　　Susan一声召唤，雨翔的真话都倾窝出动："我不是逃夜，我只在外面不小心睡了一夜，学校没理由处分我的……"

　　那末久久没了声息。林雨翔以为Susan气昵了，催促着："喂，喂，喂，没什么的，智者千虑，必有一失，我一向是乐观主义的代表人！"说完自以为幽默，急切地等那头说话。

　　电话里终于有了声音，隐约地温低，雨翔倾耳用心听大束所色，好像是呜咽声，难道——完了完了，雨翔也跟着一起悲伤，说："你不要……你……我……"

那冰吸了口气，那口气像抽走了林雨翔仅剩的希望，他闭上眼等判决。Susan 用极缓极低的声音，掩饰不住的悲哀浸润在里面，余音未尽，说：

"林雨翔，你太不珍重自己了，我讨厌你的油滑。你知道我当初为什么意外走进区中吗？不是发挥失误。我以为你有才华，可你——我真希望你看看我的数学试卷，五道选择题我都空着——十分我没要，因为你说你会随进区中——"

林雨翔惊得连呼吸都忘了。听她一席话，竟使自己有了身心脱离的感觉。在电话旁的林雨翔像是蜕了皮的壳。壳继续听 Susan 说话——

"后来你反而进了市重点，那也好，市重点的教育比区中好多了，你这么好的机会，你在市重点里究竟在干什么！"声音有些激动，"你说够了没有？我不想再听到你的声音！"

"等等——"林雨翔尽了抱歉的义务，无奈手伸不到几十里长，挂电话的权利还掌握在 Susan 手里。

"再见——"

"别——"回答他的只剩"嘟嘟"声。

钱荣辉问："怎么，德 Susan 以后又吹掉一个，你真是

96-5　16开500格书写文稿纸震震出品　　　　　上海文化用品批发市场经销

太失败了。"

"失败——失败。"林雨翔自语。

谢影测也刚回来，问同桌："你怎么没来上课？今天讲的内容很重要的。"

"嘻，重要——"林雨翔落魄得只会引用别人的话。

钱荣作善道："我透露你一个消息，那个高三的正到处找人，准备今天晚上你打水时揍你呢！"

"揍我——"林雨翔的手没于小电话上挪开，狠狠掼一下凳子，脚脖的痛苦换得心的超脱。

林雨翔定下午也不去教室了，静静地养消息。窗外一片阴霾，这雨像是永远不完了。思绪乱得疲倦了，和衣睡了一觉。这觉睡稳得连梦都没有。

醒来发现天气早变了，西天已经烧红了红霞，可见雨过天晴时林雨翔还在棉被里——还在睡懒觉。

电话铃声由这落日余晖的渲染衬得不刺耳了，雨翔身上无力，拎起听筒，却听到自己父亲的声音"你倒底怎么一回事，那天晚上你——"雨翔吓得不敢听，挂方上计，料想自己父亲不出一分钟后会再打来，便把子里带了支钱去外边散心。

门刚碰上，里面铃声又响起，雨翔有些失悔，想也许可能是 Susan 的电话，再想下去觉得不可能，她不是不想听自己的声音了吗？

Susan 也去后悔中午话说得太狠，林雨翮本身应该够难受了，再经这么一刺激，怕他凄死了，想打电话去抱歉，家里没人接，只好忐忐忡忡挂掉。

林雨翮一路走到校门口，想自己的父母应该在海上了。记得赵志良和王相柳会帮忙——不会，这事有辱他们的面子，断无出马的理由。那么回了家呢不知怎么样呢，家人一向只看分数不看人，倒是有批评家的风范，可这次与分数无关，料不定会闹成什么样子。钱荣太可恨了，不得好死。可祖咒后担心回去后哪天碰他们会如何看呢？一定是看不起。Susan 更别去想了，绝情得成了聋子。现在肯定在恨他……想着发现手里捏的钱湿了，是十七元，上次体育测练赛，跑得太累了，太不值了。眼眶不禁湿润。

听到远方的涛声，突然萌发出走的想法，又担心在路上饿死，纵然自己胆小命大，又走到哪里去。学校的处分单等会发下来了，走还是不走呢？也许放开这份纷纷扰扰自在一些，但不愿放开——比如此时牙攀住一块山石，脚下是深渊，明知爬不上去，手又痛得滚血，不知道该放该不放，一张嘉漠的脸消溶在夕阳里。〈全文完〉

96-5　16开500格书写文稿纸崇媲出品　　　　　　　上海文化用品批发市场经销

《三重门》
未采用手稿片段

〈四〉

一月份有几次十校联考，是那个区的十所教育质量高的语校每年前的中考练兵，练兵后果严重。两翔学校政治平均分不及格，原因一在于丢去闭卷，所以搭了没用。原因二是考了时政，大部分人不知葛洲坝式写错，梁择君本来写不出，把心中只有模糊的"狗抽坝"想象然中国也许有取名越贱越好的习惯，但伟大工程，不会用"狗"，自作聪明把反犬旁搬过来放在"句"字的头上，那洲也被他蒙得十不离九，但"简州坝"一词批卷老师是无法苟同的，扣了五分。林雨翔写对葛洲坝，被政治老师感慨不已。原因三在于年卷内容太深，第一道即问"四化"是什么。雨翔虽然天天听政治老师现在好好学习，建设社会主义，为祖国四化而出力。结果学了三年政治，为建设四化打了三年基础，书上都没明确指出"四化"乃什么，这道题目全校瞎猜。政治老师批得信心丧尽，拿一张试卷提笔一个叉。

学校讨论决定，政治考试，理论结合实践，光理论是不行的，实践一定要跟上去，所以给初三组织了一个"改革开放十九年之成就展"，让初三全体学生去上海陈会改审月放的春风。但是，学校在此之前还要有一个学生游行，以宣传改革开放。

　　马德保离校长室近，早早打听到消息，先布置好一遍观后感，然后通知老婆做好"教师家属"的出游准备。马太太的性格迥异于马德保，听到要免费出游，吩咐马德保说请冠风大，买好护肤品，马德保听言，让马太太拐骗去了商城，逛了两圈见太太边娴嗔地对他说要马德保好好保养肌肤边买了一天给自己善于用的"扮好之春""美外女"去斑霜，又要自己付财他敢怒不敢言，只好躲在古诗以春山深再往的里叹息"要子傅禽兽"，恨太太不如《搜神记》的《韩凭夫妇》里所写了相徒贴思爱，死后还化作相思树。自己太太不然，只知从马德保这柳树上摘果子。

　　蒙老师是一班之主任，赶在"社会考察"前一周话无伦次又轻描淡写描述了一遍，以免学生过分分心，像世史籍《孔雀东南飞》的话言"庶而不偃，乱而能整"学生们偏偏从里面听出了要冬游，大大地欢呼，蒙老师拍几下桌子说："这次的社会考察不同于春游，我们要带着一颗虔诚的心去感受改革开放十九年的巨大变化，在此之前，我们要上街宣传！"

　　众生一听上街宣传，"啊"罩溅再。上次初一时游街创建卫生城市，绕城一圈让街上的人像看猴子，一圈回来每个人的面子都不知去向。幸好街上厚厚一层灰尘落在他们脸上，才看不出脸红。

师命难违。初二的学生替西新他们做旗帜，很快五百面小旗赶制了出来，上街宣传的时间定在下午三点，一个小时结束，被占的两节课恰好是初三的活动课。

那天天公作美，队伍校长。五百号人松松散散，竟绵延一里，间距每伏一米。教导处主任比上前缩短队伍。高中物理上说气体最具压缩性，其实不然，五百人被前后一压前胸贴后背，居然只剩下一百米长短，主任一看又觉得不够气势，又拉长一点，批到二百五十米，觉得可以了，命令前队的队伍走。

队伍走了一程，校方觉得少了什么，五百人像是去墙偷菜，悄然无声。上街宣传是不能无声仿有声的，一定要有声，方称声势浩大。于是咙装样子，抽出一个嗓门大的喊口号。

教导处主任最记性奇差，但竟记得初一的时候是课梓君喊口号的，从队伍里叫出了正在谈为什么大人有胡子而孩子没有的课梓君。课梓君听说又要去喊口号，说不干了，初一喊了一个小时嗓子痛了半尺。主任脸一沉，说你这个学生怎么不帮学校做事，不行，非要上。深棕君怕了，说自己感冒了。主任忍住怒火，给他讲道理：

"上回学校组织集体舞，你们班的一个女生肚子痛的几乎站不起来，但还是坚持了下去！你有她的品质吗？"

深棕君想起了上次他们班一个女生痛经，被教导处另一个副教导威逼竟要去跳舞，否则品德等第降一级，那女副教导咳嗽了还威武犹存。痛风面里这点痛算什么。深棕君想到这里，不寒而栗，口头做最后一次抵抗。

1665年的伦敦瘟疫导致英国人一改见面接吻的习惯造成握动帽子，但1996年深棕君嗓子喊哑未没改变历史。纵多抵抗之后深棕君拿着扩音器正向队任暴前、雪翔在队任里带动一大帮人笑要痛劲深棕君的怒火。深棕君无所谓这些，磨蹭着往前走，主任推一下深棕君的背叫他快走，大有押送流放犯之势。深棕君怒火窜起，拍掉他的手，主任在后面"唉"一声，跟上前说："你这个同学怎么这么没礼貌？读过《诗经》没？肯定没有读过。《相鼠》里面说'相鼠俱体，人而无礼。人而无礼，胡不端死？'这个同学你比比看！"

深棕君不幸被言中，他真的没有读过诗经，所以听不出"端死"乃"遄死"之误，以为主任要动脚踢了忙往前跨三步。

梁梓君终于走到了队伍最前面，接过扬声器，心里想这次一次又要喊"解放思想了，果然主任这这好地浩喊"解放思想"，梁梓君心里一略，想主任怎与我想得一样。科学家敢实验得出法记况两只褐家鼠可以在3～7米范围和对方翰素信号，刚才被主任指心相鼠小骂了一顿，莫非真的鼠有灵犀。主任扯大嗓子向后面谈天院地的人喊："上面叫一句，你们也叫一句！"然后哈对梁梓君可以开始了。

梁梓君心里没底，上次还有扬声器，一个人像泼妇骂街一样叫，这次有了先进武器，一时不知嗓门要放多大。先从小到大，叫了一声"解放思想"，但那扬声器像是诗声器，把声音罩得只有前排听得出。前排一个胖子一听到，忙不迭大叫一声"解放思想"，后面人一听想领队的真有气势，也齐声大叫"解放思想"。主任很满意，从后面跑上来夸讲梁梓君，这种情况只有马德谢遇到过。梁梓君误受赞扬，力是倍增，狂叫一声"解放思想"叫得路旁接孩子以把儿所回家的真安魅自己孩不要笑。那妇女边跺脚边院小囝别哭，妈妈去打那只大海狼，小孩一听搁在大街上，猜想自己母亲打不过，哭得更凶，在车上直蹬手扭腰，妇女波锁，把孩子从车上抱下来咻看要去买糖吃，那孩子听成买糖吃，一阵平嗓，又另双脚跳，妇女介恕，托起小孩往屁股上"啪、啪、啪"三下，清脆响亮，那孩子怔了一下，暂作休息，马上打着老妈的大腿哭，哭声比课梓君还响。课梓君不嫌弃自己塞不进一个巨孩，而且要个队伍的神智都被小孩吸引，硬沉一下丹田，不顾嗓子好坏，喝力嘶出一句"解放思想"。整个队伍缓过神来，矫正此行主要目的，跟着再"解放思想"。

主任一听连州三句雷同的话，觉得不妥。叫课梓君改口号为"改革开放真是好，创立社会新风貌"，课梓君嗅一声，就对着扬声器喊："改革开放真风貌，创立社会主义真是好。"下面的人也不知是错，随课梓君百花齐错。街上的人面面相觑，主任知道事情搞大了，直瞪课梓君。课梓君自己刚反应过来，知道这个错的性质比美国总统卡特访问波兰时翻译把他的"我希望了解你们的观点和欲望"译成"我对你们有色欲之感"更为严重，对主任苦苦一笑，马上改口。另外四百九十九个人正义地纷纷，听到课梓君在前面喊了正确的，哄笑不止。一个宣传队伍像是伊拉克为抵制美国的暴笑游行，主任苦于不能喊，跳着向下挥手，示意安静。

两翔在后面笑得发狂，还叫已经笑得岔断气的罗天诚继续放声大笑，罗天诚正让高上半截身来掉转，都笑着大声说自己没力气说话了。

雨翔正笑得那样多姿，视线中无意扫到前面的队伍，马上停笑，一脸严肃。原来按花刚才偶然回头一眼，被雨翔逮个正着。

雨翔不顾后面笑，两眼向前望，等待按花再次回头。按花时而消失时而出现与人群之中，惹雨翔全神贯注。雨翔也不再出管课捧君在前面喊什么口号，只看看按花。

（后十一行模糊不可辨认）

政局是稳定但队伍开始不稳定，嘻笑打骂者有之，引吭高歌者有之，吹欠走来者有之。教导处主任学朱元璋建立锦衣卫，抽几个学生管纪律，那几个学生不像盖世太富气昂，在队伍里来情况这几批大事给点面子，说话声音提一点，我们也很难办。

队伍边喊口号边吵边走，走到一个十字路口抢着，走

（编者按：模糊部分内容未通过终审，故做特殊处理。）

一行直角的人行道，走得马路上车鸣不止，卡车上的驾驶员探出脑袋要骂，见后面长征似的队伍，脑袋和话一起缩了进去。直角过后，就按原路返回。课操老师走到了半途，想这路原来竟然走到一年的时候，就不再卖力。主任在旁边指挥。

好不容易走于到了学校门口，鼓号队在门口迎接。第二天学校就广播总结这次宣传的成功，说这次活动提高了同学们对改革开放的认识，初步了解了改革开放后本镇的巨变，一路上同学们观察仔细，讨论积极，彼此抒发对改革开放的感叹。鉴于此，学校一要组织全校师生的征文大展，二要加强学生上街宣传工作的深入，下次将组织初二在世界人口日宣传计划生育，提高居民对计划生育的自觉性。

学校把宣传宣得像回脑，好像只要学生一上街宣传，有了第二胎的去搞堕胎，生下第二胎的亲耳朵子，想生第二胎的自责脆败在阴影中走完下辈子似的。雨翔在想他们会用什么口号。肯定第一个被打倒的就是彭祖。《烈女传》中□□彭祖800岁，娶81个老婆，生下150个孩子。属于严重超标。第二个打倒的是曹操他爹，乱搞生下曹操曹丕曹植。

雨翔笑了一声，

（两行模糊不清的文字）

　　写征文时雨翔又倍受同学尊注，雨翔狮子大开口，开价说凡差的文章每篇1元，较好的每篇两元，可以得奖的五元以上。价格面议，刘玉兰和沈侃儿见雨翔门庭若市，心里不快，达成一致后流一齐肥雨翔，雨翔一年几年是在白眼中长大的，所以雷打不动。

　　这次政治宣传课的重头戏是在星期五，星期四的晚上雨翔大购物，雨翔爸看了一脸迷惑，都什么时候了，还出去呢。雨翔解释说这是社会考察，是要出去采风，感受改革开放的春风。

　　星期四晚上一条街上都是初三学生，毫无决定命运这一年！的紧迫，每个都喜气洋洋，携父带母东西大包，雨翔孤身伫立，觉得自己得到父爱太少，父爱保险证，得到母爱太少，母爱麻将牌；但是，得到的钞票不少，人生在世，只要有钞票就好办了，古代素有认钱为父的事例，雨翔已经无所谓此，买东西是用钱买的而不是用父母赚的。

　　雨翔在超市里瞎逛，碰上罗天诚，罗天诚和雨翔一样父母昨夜搓通宵麻将，今晚在家里睡醒睡觉，罗天诚带了五百，雨雨翔带了多少，雨翔一听罗天诚带了五百，不敢告诉罗天诚自己只带了三百，支支吾吾引开话题，指着货架说巧克力又涨价了。罗天诚不吃那一套，刨根问底，雨翔实在不好说，先埋一个伏笔说："我真是霉啊，上个礼拜回家被偷掉五百块钱。"罗天诚一听替雨翔骂那个贼，然后雨翔叹口气，说："所以我现在只剩下四百块钱！"说完惊愕自己明明是三百脱口而出时怎么变成四百。罗天诚听雨翔说自己带了四百，懊恼刚才劳言信口开河说带了五百，其实只带三百。否则比雨翔少掉一百，岂不面子丢光。

　　第二天一早阳光明媚，雨翔起了一个大早，觉得时值冬天阳光来得那么早不常见，在阳台上伸腰吹西风，心情爽极。那十几辆巴士是"都得利"公司的，表面极新，初一初二小孩进来挤门眼红不已，恨自己年级政治志那么好。雨翔挑位在十号车，让女生先上车，待男生上车，好位置坐占先，那"都得利"的车外强中干，里面满目疮痍，上去一股酒腥味，倒叫向《刺客》中赵襄子在这辆车里五日五夜不复饿。女生都捂着鼻子骂臭气，男生大多说窗开不开怎能驱臭。刘玉三一手捂鼻子一手拾着窗说打不开，梁梓君和罗天诚最爱炫耀，梁梓君两手抠着凸出的一小块扳手，两脚蹬着前座拔了半天，那窗竟不动，嘴里叫不止，是鲁迅笔下的"精神胜利派"，拔了半天，窗还是不动，众女生围

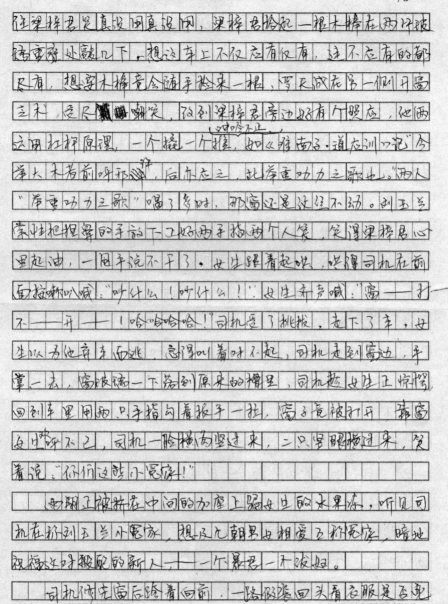

任梁棒君觉真没问真没闯，梁棒君给妮一根木棒在两片玻璃重叠处敲几下，想这车上不仅应有仅有，连不应有的都尽有，想穿木棒竟会随手捡来一根，写尺减在另一侧开窗之补，这尺噶噶哺哽 哽哈不止，跑到梁棒君旁边好有个照应，他两运用杠杆原理，一个撬一个撬，如《淮南子·道应训》记 今举大木者前呼邪许，后亦应之，此举重劝力之歌也。"两人"举重劝力之歌"喝了多时，那窗还是凝住不动。刘玉与索性把握窗的手都下工好两手掐两个人笔，笔得梁棒君心里起油，一同牛汽不干了。女生跟着起哄，吵得司机在前面按嗽叫喊："吵什么！吵什么！"女生齐声喊："窗——打——不——开——！哈哈哈哈！"司机受了挑拨，走下了车，女生以为他弃车而逃，急得叫着对不起，司机走到窗边，手掌一去，窗玻璃一下落到原来的槽里，司机越女生正惊愕回到车里用两只手指勾着报手一拉，窗子竟被打开，靠窗女生呼不已，司机一脸横肉竖过来，二只暴眼横过来，笑着说："你们这些小冤家！"

西翮正被挤在中间的加座上骑女生的木果冻，听见司机在称刘玉兰小冤家，想及九朝男女相爱又称冤家，暗地祝福这对极配的新人——一个暴君一个泼妇。

司机俯完窗后踮着回前，一路假装回头看衣服是否兜往坐椅下偷扫女性儿腿。女生对着他嘻嘻笑，这更冷了他子量，发动车子后鸣前雷的怎么不开，正要踩油门，外边车门被敲得不成样子。司机拉开车门，车门"当"的插了一下卡在半路，险独面下一个小弯档，司机叫外面两个人托上来，外面的正是马德保和他老婆。马德保不遵循"Lady first"，想到文中的"Lady"译为小姐，自己太太不是小姐，不属于男人谦让之行列。所以一举跨上车，拍拍欧带，把手递给马太太，马太太更年期发福，体肥无比。雨翔见了暗自叹息马什么马德保那么瘦，就因为马太太把好的吃完了。根据作家电子信箱"□□(Email zola)的《婚姻逻辑学》小说一个家庭之中，一个胖了一个必瘦，乃是互补型。原本雨翔不相信Email的话，一见识马太太的福壮，立即领同。马太太年逾四五十，穿一身紧窄至至的连衣裙，估计原意下身想穿短裤，天气不允，只好套了一条牛仔裤，皮鞋跟高一尺，跟马德保站在一起竟高出半个头，只可惜她尚无机会与马德保站一起，因为自己平时不节食，站巴士的门递有些困难。其实她只要挤一下就可以顺利通过，但马太太怕弄脏衣服，先刷要脱试几下，确定自己过不来后，后司机大嚷："你这什么狗尿哪弄把个破老坦克，门么噎牛不掉，你叫吾哪能子进来呀？"一口上海话法合某州方言把写驶员闷得半天没反应，学生先生走过来，看看马德保笑，马德保尴尬得赶向学生陪笑，介绍说："她是我的内人。"课桦君在后面喊："你胖内人赶上车啊！"马德保不知说些什么，对着课桦君边擦手边笑，司机上去解围，拼命把门一摔，马太太活于凑合看进来，衣角还擦了一下门，她叫了一声扭过来欲去看，一只手嗯嘛八些拍得尖生乱舞，前面的女生回口下手，被马太太白了一眼。

上车后发现没有座位，马太太怨马德保在家里缩床，马德保心涛越来越乱，想以前学校出游，自己女人还温顺如羊，一到更年期比青春期还爱美，而且脾气暴燥，当心，拆马德保我的台，就回气亦喝了一句"别吵"，结果那"别吵"的视听对象错误，马太太依然唠叨，前排女生倒住口了。马德保又用脚触了马太太一下，马太太又是"呃"一下俯下身去拾牛仔裤，拾好后喙恩女还在名服上又单脚连踩口下，司机在驾驶座上起咔说别踩了，再踩我这车都要穿掉了。觉得学生又是大笑。

马德保的心随笑抽动，他抽出一张报纸挎在马达盖上，要为人坐下，马太太倒是体贴，说自己不坐了，你坐吧，马德保知道老学愠�‌肚不肯坐，自己坐下无语。但马太太还不罢休，理司机搭山骂马德保，有着史记·项羽本纪刀中项羽对马江亭长说"吾骑此马五岁，所当无敌，尝一日行千里，不忍杀之，以赐公"的慷慨风范。马德保语旦忍住，等回家算账。

　　司机压低几句，对这种唐朝美女感兴趣，踩下油门，车子猛一抖，跳着向前俯冲，马太太无可依附，"也了一声后退二步"，等重心稳了以后，拍拍前面两个女生的大腿，那仆女生互相看了一眼，往里面无奈地挤，马太太一屁股坐下和两人攀谈。

　　学校原来联系的地方是"福禄贝尔"乐园，被广播处的不通英语的老师念得像"感冒熊"（Flu+Bear）。尽管如此，学生还能听懂而欢呼。但学校承不了客行，门票照旧每人一张，这样肯定有家长会告到教育局，比较麻烦。但"福禄贝尔"自我解决了麻烦，竟在一个礼拜里财力不支而破产，乐园被农民硬拆。上海市哗然，学校更哗然，改去人民广场。一路上车子里歌声不断，蔡老师听了一会站起来说，流行歌曲不适合学生的精神面貌，唱"让星闪闪放光芒"！于是车上就安静了。

　　车到市区就慢了，开开停停，司机不住求车子别熄火，说这么冷的天熄火后车子再也不能发动起来。那破车居然撑到人民广场。

82

车子停下后学生要自由活动，被蔡老师骂一顿，说要排队游广场才能体现出古代学生的组织性纪律性。马德保怕自己被抓去领队，就一个招呼陪太太去南京路；蔡老师拖着五十多人先到喷泉旁介绍说这是喷泉，梁梓君戚："老师，你看其它班级都散了！"蔡老师看都没看一眼，说其它班级是其它班级，自由散漫，外出就要听老师的话，要心中有纪律眼里有组织。

女生嚷着要看电影，蔡老师不准，雨翔不敢抽嘴，生怕回去又要抄校规。女生撒娇道蔡老师好蔡老师好让我们去拍照，她们这招只能用在马德保身上，一到蔡老师那边功力全失。沈溪儿转身叫雨翔看那里。雨翔顺她手指方向放眼看去，心里咯噔一下。自己的Susan正和两个男生合影，笑得无比灿烂，心里骂这两个男人真是两头马又虫（骚），嘴上一笑手一摊对溪儿说："这个又很正常的嘛！"

沈溪儿见雨翔挤出来的笑容，刺激雨翔说那些男人都打梁花主意。雨翔觉得胸口酸得要喷汁，口中放声洽一下来施炳不阵，说关我屁事。

沈溪儿一个坏笑后转头。雨翔看着两个奇丑无比的男生正挤梁花越来越近，拳头不住握紧，恨不能杀几个人解恨。

96-5　16开500格书写文稿纸震纸出品　　　　　上海文化用品批发市场经销

417

　　葛老师正在照书演人民广场的历史。雨翔控制自己不要去看，可头就是不听话。雨翔见拿照相机的女生踮着相机左挪右移，身披毛减试的一件冬天状衣。远看似彭来从"宗墨窖挥犀"里拱手站立的妖猫。把优惺凑中在她身上，想这种器资助计为毫，不惜胶卷，定论读过是小米的"胶卷远"，没文化，没修养。

　　那女生摆弄完了相机，大叫一声"搞定"。雨翔舒一口气，以为眼睛遭罪到此为止，万万没料想到另一个男生又跑过来要来合影。雨翔看那男的埋埋衣领，是其颜不扬，但却是似大案里"君子必减其怎"的外型——心宽体胖。

　　校花脸上没有表情，突然见到入群里林雨翔正看着她，头一低叫拿相机的女生跑去说不拍了。

　　雨翔混沌之中年不知道刚才校花抬头望他一眼，以为Susan真心发现而不让雨翔伤心，但心已活俗了。现在如此偶洽足人化想。雨翔心里弄浮号不舒服，引叶沙的口头禅就是"我的哈特已经布来肯"了。既然Was Broken那叶找不会看在天意心。

　　连稽君和罗天减不像雨翔那么呆滞，互相怪摸，罗天减不小心撞到一个身大太型"女出的身上，那女人大惊小怪叫一声，罗天减忧忡忡连说对不起，那女人先指着罗天的眼睛瞪在挺长眼睛，几同围学生都怒视着自己，不敢再鸣。口中嘟嘟着"乡下小瘪三个野蛮"，扭着屁股匆匆走了。梁梓君欲叫两不欲叫，待那女人走远后在队伍里骂给自己听。

蔡老师念完悼文式的介绍，又领着队伍去广电大厦门前念介绍，一个班级的人抗议不断，说如是演习楼默哀，蔡老师不理。念完后拖队伍去参观博物馆。博物馆展厅虽大，但容不下一个班级填鸭似看。蔡老师百般无奈，解散队伍。吩咐十二点钟集中去东方明珠。

一听解散，男生往外跑女生去拍照，没一个人去博物馆参观，蔡老师叹口气自语现在的学生习惯。

梁梓君拍着玩天诚马新世界打游戏机，林西翻在人民广场打游去；高主王进在喂鸽子。西翻期译再次找到Susan，可是茫茫人海何处寻觅。美女倒是多，御帅时上海美少女都把自己捆绑得家春宫寨施，冬天穿短裙者比穿得仿南极考察队的人多，在寒风中忍住颤科借着屏来发泄；在上海看本地姑娘和外地姑娘的区分非常明显，你尽可以穿暴露，但要穿得起男人看。盯着一个女的看，那个女的眼也泰然也回你一眼，此乃外地人；若那女子眼珠动都不动定是上海姑娘。西翻总结出上海人比钱钟书清高，一个有身一个有才，惟上海女的自命清高而钱钟书他命清高。

　　雨翔很快找到Susan，随王建玩鸽子。上海的鸽子和人相处不和，看人去就青云直上。要在玉米之外才不受惊吓。来玉米的借机大发财，王建一下来十包玉米粒，远远地撒鸽子，鸽子也来，挑大的吃，小的留着吃情底。雨翔想去摸摸，结果惊起一大片。见摸鸽子无望，就坐着看，他见一中年妇女竟用玉米慢慢吸引来鸽子，再把手伸出去扔几粒，那鸽子扑腾几下吃了，"咕咕"直叫，竟一下飞到那妇女手上，妇女用手摸了几下它的头，看四周无人，右手一把捏住鸽子的身体，左手打开身边一只大包，闪电般一塞，扣上扣链，只见那已司空肥瘦时肥。那妇女回包上肩平拍几下，然后一捞头发，悠闲漫走着，不久消失在人群里。

　　雨翔看得惊异，理解了为什么人民广场的鸽子不平易近人，他愤怒不敢言，只告诉了王建，王建说随她去，反正不是我的鸽子。★

　　这时，马德保不知哪不正好走回，问雨翔有没有看见自己太太，雨翔笑马德保连太太都丢了。马德保摆手说不是，是她天天按衣服时自己去外围绕一圈结果找不到更衣室了，只好回人民广场静候妻子回归。

　　马德保一拍自己脑门骂自己糊涂，阿�这路都不识。

韦应物的《调笑令》好像是表现为马德保写的——胡马，胡马。远放燕支山下，跑沙跑雪独嘶，东望西望路迷。迷路，迷路，边草无穷日暮。

　　马德保见两翔王建他们在喂鸽子，气功地问："你们在喂鸽子啊？"中国人最大的毛病就是明知故问，见什么问什么。两翔正点头。马德保猜身再问王建："你也在喂鸽子？"王建点点头他才"唉"一声放心了。自言自语把喂鸽子说成喂鸽，跟到这方。

　　时值中版，两翔次定去青德基，但一到柜台门口就迷气了，青德基里队排得比店长。于是，两翔另谋高就，去麦当劳，但上海的"麦当劳"不如靠火出名的青销毡下北京的"麦当劳"号，满街只有排满队的青德基。

　　人多食乏，没有办法，两翔只好屈身去二流饭馆，走一家"好吃来"前，两翔被一个老太如住。

　　老太一见两翔像喜迎孙子，说：

　　"来！来来来，小弟弟肚皮饿了哦？到这里来吃。"

　　两翔的秘密被老太捣穿，停一下再，老太热情更强，指着店里比自己年长还小的顾客说：

　　"这班会是老主顾喽！味道好不好，问伊拉去！"

　　两翔被完全征服，走到店里找一个干净些的位置坐下

老太先问雨翔要什么，雨翔说要小排，老太向厨子一挥手说小排是白饭。雨翔等着饭，信手翻开这"意见簿"，上面一条意见都没有，可见此店之满意服务，只是上面有一个�足轻重的错别字，那"名师掌勺　卫生下厨"被写成"卫生下厕"，败时胃口清减一半。

雨翔等了一刻钟，催那老太快点，那老太催厨子快点，厨子没什么可催，骂一声"急啥"锅里面"嘶哩嘶哩"炒得有声有色。一声"好了"便连着碗出来。

雨翔原意只要客饭一盒，但那厨子却端出五只碗，一只是饭，一只在大碗里窝着小排，另一只放了茭白肉丝，再一只放了一盒蘸料，最后一盒清水，上面浮着一只虾仁大小的虾米。

老太在雨翔旁边搓手问雨翔丰富否，雨翔有点头，动筷飞吃，尽管味道不佳，但竟全然下肚。

待雨翔吃完，老太向雨翔缓缓算帐：

大米饭三元

宫廷酥炒小排二十一元

美味肉丝八元

太子虾汤十元

蘸料免费奉送。

创作杂谈

（编者按：以下四篇文章最初发表于2000年8月。）

眼中村村上春树

　　我接触此的书一本村上春树的书是南京一位一直给心少年文艺心写小说的顾怖寄来的，顾珍颇得村上春树的真传，随书附的信都像是村上写的。

　　书是他的心乎上销量最好的"挪威的森林"，广告语如像说"这是一部百分之一百的平淡舒和的纯恋爱小说"，这句话其实可加可不加，但如果不加，许多习惯看书此的读者肯定以为这是什么正心心作的纯文学小说，尤其在中国会更卖不出去。村上后来详详自得说如果他知道"挪"一书能卖出这么多，就不加这句话了。我的观点是如果不加这话，书就卖不出这么多。许多读者买书都是这样，一打听有一本书已经卖出许多了，主是潮流，好像不去看看就跟潮流脱甩。村上要是不养此吸引人，怕是保证不了最初的读者。

　　所京人们还是比较钟意村上的小说的，在这种评论也不少，如果大似对一个作家的关注已经越过了作品本身，那这个作家就不必写东西了，去拍MTV也许更适合些。

　　但是村上春树的书有一个大缺点，就是性描写太占篇幅。我不是村道，如果我写建那些上就没人所找了。只是我觉得过分的性描写没有必要。一个作家更没必要去靠这个吸引读者——你以为读者都是笨蛋，真要看这种东西不会上街去买碟片？三级片十几钱一张，比你写得直接多了，靠性描写来吸引读者的作家都是下三流（又下流又三流的意思）的。

　　村上的"暴雪舞"、"世界尽头与冷酷仙境"同"挪威的森林"一样，可看性综合，但没有多大价值。语言也没有一点林少华所谓的"幽默"，比喻句也不像林少华所说的那么好。本体喻体联系生硬，比钱钟书的不知差了几个世界。不知是村上春树的本身问题还是林少华自己翻译差，或是林少华翻译的东西看多了。看惯了丑女再看到一个较丑女，自然会觉得漂亮。

　　（哈哈哈哈哈，此文写的甚为臌胀，观点夸张，而且透出一股酸味。但亮点在第三小节，就像显男信多年以后的自己的。对了，顶迎你欣赏我的MV。）

　　　　　　　　　　　　　　　神寒 2012.2.

书店侠

　　我于初二写过书店，发表在江苏《少年文史》（1979）上，念于当时是在后半夜所作，睡意来袭，匆匆收笔。如今复看，写得不难受，结尾尤为仓促，与之有一断为二的怪异感。事隔两年，书店变化很大，故补作一文。

　　世纪末的最后几年，书店越来越开放。记得以前买书只能远远地观望，书则悉数在柜柜里。只能看看书名猜内容，最要命的是书价被压在下面，侧身窥视乃不知价目，不论身心，都极为痛苦，更不好意思一惊动售货员，一旦惊动，碍于面子，不买不行，于是拿起草读一遍，心里暗叫：不要太贵！切莫太贵！偶偶过书看上薄薄一册，一拿到手里感觉不妙，竟不知怎么增肥不少。西方哲人说不可相信第一眼的爱情，买书亦是如此。然后愈翻愈心往下掉，最后眼一闭，嘴角抽动，狠狠把书翻个身扫其身价，两眼一瞪，不自主地咽下去一口水，想万幸万幸，贵得不算离谱，尚可承担。如今不同，如今大可先看书价再看书。那还怎么来些偷窃赋

　　我曾亲眼目睹赋心偷书。这赋心先挑出一本心仪已久的好书，偏在一边看，一边把衣衫下一提，其偏偏如别人的皮书包的领子头一大大开口，赋子左手偷摇来掩，右手慢慢把书放在衣服里，摇来完毕，未发一现，几次便看周围动静，然后入一直，一书入肚。但赋子平不思蜀，又偷得硕带一盒，抬未但不挺胸走出书店，孰料店门机器鸣叫不止，赋子好奇，回头探个究竟，这未回得甚是倒霉，痛丧逃跑良机，管两个眼额警卫扭紧。

　　这平竟是极少数人的心理，绝大多数人去书店里只为看书，况现在的书别看厚几百页，但字数却极少，每个字都被撑得方圆一厘米大，字距更是被拉得放个手指盖不住一个字，两个字未各一方，看一页不过是扫一眼事！谁甘愿有一个下午泡在书店里可以通读一个框的书，有鉴于此，各地图书馆纷纷造冷店。

这类志为读书者话身但好些累，偏偏有人蓬头垢面，指甲还特别特长，看n页起上指探进鼻孔，屡掊不爽，好不容易抠出来后把大拇指的指甲扣到小指上，"呼"一声，貌辨里不是轻巧，一推黑泥剥那无踪。至于被弹到那里去了，无法追究。原以为此人就此作罢，谁知他改进工具，用食指大挖特挖，像是隋朝开运河，掘出一手指黄泥，无奈弹不出去，擦拭于书上。

　　大人如此，小孩更是乘本加厉，这远看见书店里五颜六色而引发感官上的好奇，那看小书一路扯过来，但脚步跟不上速度，走得开始七扭八歪，两脚踉踉跄跄，遂脚力不支，无脚印在左脸上，响亮地摔了一跤，但志气不馁，仍扯书在，一味找不到图画书在哪里，顺手拿起一本《西学与中国明清文化的研究》，仔细品读，兴趣索然，放下书后十个指印枥地于上，所过之处，无不染指于上。

　　渐近黄昏，民工们纷纷来食精神大餐，进了店门后直奔主题，拿起从体无术《以以览不已，看得直咽口水。略有文化者看见字上比画为答一现在从小说书里男女主人公一路从第一章作爱作到最后一章，乐此不彼。更有书里大肆描写母子恋，还说明是纪实文学。希西俄道的《神谱》里天神乌拉诺斯肥水不流外人田，娶自己女田该亚为妻，物尽其用，竟生得六男六女，但未料神话在今天竟成现实。民工们看完后也作文学批评，互相交换心得。

　　偶见有买书者，收银处拿到书第一件事就是反复擦拭，可那书已遭多人践踏，与拭不新，一书脱指印不断，更有被里里践踏的，指印里书页不断。销售额每况日下，于是私营书店必会打折，然而打折容易，打折借口却难找，中国不比美国，节假日较少，不能随想例出，为迎接x号，本店打x折。只好违心写上："为答谢广大读者对本店之热情支持，兹决定即日起x天之内打八折。"一个月后路主那书店，门口依然"即日起x天之内打八折"。一些更小的书店财力不支，只好八天之内打五折。折扣打得越低，想买书的越是耐心等待某月某日有二三折，以方便携。结果想买的一天醒来发现对面小书店已换成某连锁咖啡店（Jackson Coffee

House）或者杰克儿子咖啡马（Jack son coffee Horse），后悔不及。

有实力的书店不能随意折折，在大黑板上写：本店最近邀请到署名作家、名撰入、评论家××× 于×× 月×× 日签名售书。尽管这位署名作家尚无名气，但敢接上署名两字，不充�''商业炒作，更是这行作家胆魄的体现。曹臣《舌华录》里说一天，郑翰卿在涂江游玩，听见一个老翁看河自语：''世间没什么东西可填江。郑翰卿说：''我今后的名声可以填这河！''（惜吾年日名可填此年！）这种作者也不乏有这种思想。中国人最爱凑热，有作家签名不管××是哪个部门出名否，凑一签名毕竟可作他日吹牛之本。于是，××月××日那天，排队者如云，这作作者××姗姗来迟，待者无不心焦，人心正欲涣散之时，忽闻书店后面''咳''一声，前排好惊呼：''来了！''顿时群情振奋。这时作家开始签名，把自己的大名先拉长，再挤压成一个团球，''哗啦''涂在扉页上。这种签名法~~是~~外国黑之所用，领头签名的人比较不幸，所以发明了圆形签名法后被这作家盗用，生怕自己名字里许字哪个字头另外两个字不服而造反，不再签成一直线。签到后来作家臂力不济，签名开始像画圈。还有几个好学者日答要名流走不走，递纸条质疑：请问×××先生，您对外国文字里的 Sick ~~Hum~~ 怎么看？结果作家不懂英语，不识 Sick Humor 是黑色幽默，以为是''生病的人''（sick Human）。缄默不答故作高深。再后来××~~作家~~索性那不画了，改成直线一道。签名活动终于完毕，老板惊喜不已，数钱不~~止~~。

活动带动了人的采书情绪，小的店接踵倒闭，大的店打大生意。其结果是小店更小大店更大，谁看谁书场高一层里的书，搞不懂哪里来的。近日传来一喜讯，写文章可以致~~富~~富贵！文人的致高欲头羊是专写科幻小说的便匪，由于这类小说的人水平都较低，所以他名百姓名里两个字一个都不识，改名另废名（Westrel）就是现在大鸟教人所尊崇的卫斯理。别人×先生。俗闻卫先生写书速度甚快，而读者采他的书速度更快，令人折服。

看完书再出书店比较麻烦。先安必寄自必地上如山高的书堆里抽出自己的……

科干里之堤毁于蚁穴，刚抽掉包涧个头，只听"哗"一声，包山顿时被挟卷成包涛。一书店的人怒目看你，你匆忙离去，到了店门口，警卫所往你的肚坡看，看有无棱角分明书页探出。所以奉劝各位，饱食后不宜步入内。

高一时《书店》的原稿，现在看来的确有点恶趣味。而当时尚未创作《通稿》，没有经历30万字的硬笔书法磨练，所以字迹也比较稚嫩，总体来说，是一篇比较生硬与刻意秋点模仿习作。不知为何在今年突然发搞成了神作。

韩寒 2012.2.

·文学啊文学

这个题目太大了，以往任老师教导我们时就说写文章切入口要小，这道理就像杀人一样。拿个大棒子把个人全身打一遍是笨办法，一刀子下去只要不是捅在屁股上就方便多了。题目开这么大，必定谈不透彻，除非我写《中国文学史》，可是已经有游国恩和骆王明两教授编过两部中国文学史，再编下去怕要编成中国文学康，所以在此不谈文学只感叹文学。

前些日子许多对我的评论中都说我是一个对文学痴迷的孩子，那说明人们不了解我。我对足球痴迷，对篮球痴迷，对美术痴迷，对摄影痴迷，对旅游痴迷，对吃拉面痴迷也不会对文学痴迷。我觉得对文学痴迷未必是好事，就像对一个女孩子痴迷就不可能发现她的缺点。对文学要清醒。只要会写字谁都可能是作家，是不是作家二分靠才华八分靠机遇，君不见如今中国文坛上这么多写文章狗屁不通或顶多刚通的所谓作家在矫情地虚伪地故作深沉或作幽默地故作幼稚地地赚稿费吗？学余秋雨的序最尖不的就没一个自己的。

以前我在初中时余秋雨刚刚开始走红，一个小子一天终于宣布说他在家苦读有果，把余秋雨的文章学到了手。看他的文章只见铺天盖地的排比句和闷死人的深沉，那又如何，学得再像也就是余秋雨风格，况且又不像，顶多是个余春雨或余秋雪之类。况且经历是不能学的。余秋雨有个牛兰可以写写，你有吗？你能生造一个牛兰吗？不过那已经很令人欣慰了，多少还有人热爱文学。我不层说现在的语文教育培养出爱文学的人，只希望学生不要恨文学，毕竟语文书上那些文字大多不是文学。

进了高中后发现市重点里喜爱文学的又少了一些，当然看琼瑶的书例外，看周厂人的地方京沪看琼瑶。尽管琼瑶和我遭遇相同，都曾留级，但是这不能作为不讨厌的理由，在留级者的队伍里，替留级族撑面子的恐怕只有黄水玉，栗志忠和我了。只是我不懂怎么琼瑶，黄水玉，栗志忠和我都是搞文学或画画的，没一个是数学家。

第一次高一，我们同班的同学没有人在文学上有较高的觉悟，只是一个同学桑名奇妙发表了一篇文章，是在《中文自修》的刊中报里，文章是在初中写的，几经残腿，有着和方志敏《可爱的中国》一样曲折的经历，最终发表。品想这篇文章毫无影响，发表和没发表一个样，但毕竟是处女作，令她难忘。

第二次高一时，遇上几个志同道不合的人，一个叫金羽华，大名是在我刚进新高一寝室时听到的。当时有人嚷我们组一个语文是了得的小子，个绍时全班年正瞪对着我，一副未世奈才的样子，可谓神龙见尾不见首。令我汗颜的是我还把他的名字听成"鸡蛋黄"，颇为不章。此人便是"那班长"那群人"口中的叔子。叔子热爱文学，而且积极上进，严格要求自己，正朝着四有新人的目标大踏步前。听我一次寝室夜谈后，恨自己的读得太少，便苦心研各类书籍，成果喜人，从他口中冒出来的人名我一个都没听说过。且早不已。谁

另一个是八班的潭旭东，其貌不扬，像准民营里跑出来的。原本是卢湾区的，自封卢湾老大，开口闭口脏话。一次听说我会说说文字后，竟跑过来说要和我联手写小说。我说你连着我文章都不行，旭东竟说他发表过诗歌。我怎么看他都不像个写诗的。他拿来一样珍藏的宝贝。是九八年上海版的"少年大王"，写一株水仙花，写得挺像首诗。潭旭东对文学可以说是如痴如醉。整日构思文章，见我就说："韩寒，你知道哦了我写了一篇关于你的文章"，见一次由说一次。上次来我们寝室诉于说一点新鲜的东西，说"我发现所说的新概念大赛就是要以新取胜"，被我们异口同声骂废话。

潭旭东最近又有新诗问世，计在叔子之口传入我的耳中，大意是这样的。

　　　　每天晚上
　　　　我们望着天空
　　　　飘渺的星空给了我无边的思索
　　　　还有灵感
　　　　于是乎
　　　　我会写几首诗歌
　　　　于是乎
　　　　我的诗歌经常发表
　　　　……

两个"于是乎"使全诗韵味大变，而且至今他只发表过一篇（道）诗。诗在"少年文兄"诗歌后面的角落里，恐怕是责任编辑也不记得了。其实我们有着许许多多的角落诗人豆腐子文人，他们对文学执着，里面有许多人已注用些小名气，更多的人在默默无闻地写，用笔，用心，用笔忌。如果未取了，他们也应该感到幸运，因为毕竟他们没有接触这个不干净的文坛，还留了一些美丽的幻想。

我说不请文学在学生里算是景气还是不景气，说景气，似乎年没多少人在意；

说不景气，海天出版社每年都要收到几百部校园长篇，"萌芽"的胡玮莳和以少女的郁雨君每次说起稿件情况总是喜气洋洋。无数少男少女让我做着中宰成为中国第二个郁秀的梦，希望自己手里慕俗套的无病呻吟的东西能顶个好销量。郁秀很聪明，"花季·雨季"写得不是很好，但先入为主；知道自己以郁秀再写不出像样年的东西，就不写了。据说郁秀现在从美国回来在海天做编辑，真的好绝对。但无论怎样，郁秀是不可能再轰动中国了。"花季·雨季"如果在今天出版，销量不会过十万册。

文学绝不是我的第一梦想，我的第一梦想是去西藏，第二是去草原，第三是去兴安岭。文学在第几十我也算不清。此文应该献给文友们，给孩子，给谭想乐，给那些受退稿的人们（主期被美国"花花公子"【PLAYBOY】采怨退的稿不算在内）。最后给在文学路上的朋友说个故事，具体细节记不太清了，只有一个高概。

以前在哈佛大学里学念书的一个成绩优秀的学生，一次在游泳时不慎游水淹死，他的父母悲伤怀不已，提出要见哈佛校长。哈佛的校长对比表示同情。当她在门外到这对人的夫妇说想出资给他们的儿子建一幢幢大楼或一尊雕塑。校长见两人穿着十分土气，便婉重地表示学校不能接受这样的恩惠，况且学校也不能为一个学生建造一个雕塑。这对夫妇在听后说："那不如用捐给哈佛大学的钱另造一所大学吧。"

这可不是个笑话。斯坦福夫妇就用这笔钱造了一所大学。这所大学就是现在本世间名会美排名第四的斯坦福大学。

2000. 1. 20
松江 天意阁江景苑

当年模仿那些老作家附于文章最后的于xxx阁，xx斋。结果来了个不意阁江景坊。
韩寒 2012. 2.

足球啊足球

　　小学时我们不管那东西叫足球，偏那叫皮球，说起来倒是跟正宗的橄榄球没法比。包括现在年纪过了六十的人，脑子里基本上没有足球的概念。每次我回老家和儿时伙伴踢球正酣时，字也总会走来一老太张开满口漏风的嘴说："韩某，在拍皮球啊。"完这句话总是令我兴致大减，你说中国国家队在拍皮球想必不会有多少人反对，可对我们这样对足球痴狂的孩子不免……

　　我跟足球结缘是在初一时。当时我们学校机构庞大，我在初一（14）班，听了令人喷饭。当时初一时课程比较宽松，每天晚上一下课就去踢足球。那时我球技尤差，往往为替补，而且我又不甘心，于是每日苦练。初一时我每逢周末会回老家，老家有块空的水泥地，特别适合我这种一带球会撞出二十米的初学者。我就在地上放一堆可乐瓶罐，由于当时无人作球，只好一个人带球，所以这造成了我以后盘球过多的毛病。家原来有只小黑狗，拴在门口，狗房子门的大小正巧符合我的心意。尽管我平日爱狗如命，但为了球技的长进只好豁出去了，于是我选择了大头去射狗。一开始我脚法奇差，那只小狗相对十分安全，只觉狗窝附近四面开花。直到有一天用一脚力射洞穿狗窝。可怜只狗没想到我进步神速，竟有射中的那一天，猝不及防，惨叫一声逃了出来。以后由我的脚法日益精进，那只狗只好长期飘泊在外，有家也回不了。我脚法的进步还多亏只狗的无私帮助，可惜现在它已经因为误食毒药而谢世。时隔五年，那只狗斯狗已，但我还常会想起在老家昏暗欲灭的桔红灯光下练射门的情节。

　　由于我技术的飞跃，在初二（14）班时我已经属于那里足球出众者。那时每逢放学早，们就会携一真皮足球去蓝球场踢球，直到夕阳西下。那时球里的一些有特色的人至今令人记忆尤新，几年后跟旧友聊起还会畅笑。

　　其一便是我班的队长郦宇翔，现在在复旦附中。此人技术比较全面，技术之外一个特点就是头大，更方便于处理各种讯息。此君踢球冷静异常，作中场使尤大喜。由于头大，以目标明显，我们在底线传中时往往会瞄准他的头开炮，此君遇上人技术不精，所以真正都像一场球大战，而且掉脚总无法避免，搓起脚来令中学都听得见。他带球时我才会懂得为什么足球是黑白的。

　　其二便是张晓枫。他与台湾一个作家同名，但唯一比他行讯就是速度。张晓枫速度快而闻名，百米十一秒。速度快并不见会是好事，比如张晓枫最大的缺点就是常常跑得比球快。一直看到在众多人群里张晓枫像电光一样"唰"的一下脱颖而出，门将成单刀之势，在众人咋舌之际，张晓枫和门将大眼瞪小眼，众人才围过神来。球在人堆里，张晓枫又以凶猛见长，队里几个瘦的几乎可以被他捏在手里当弹弓使用。晓枫和郎宗舞不同的是他精身体而不是精脚，一般带球离人五米时就不见脚上作章，起球拍拍米直接过去，任他一撞的不死也残废。张晓枫用的是典型的中国国家队踢法，撞得过人家就是踢不过人家。中国足球的悲哀也就在这里，因为球员没清楚是到底在踢球还是撞球。

还有一个更奇特的人叫施晓波。是着踢球几乎不用脚，全靠手。此人出身后卫，防守时尤喜铁沙掌，一掌一个准，球技虽好也难逃被其扣份。前些日子语文老师教到"熊掌，吾所欲也"。我的第一反应就是施晓波和李铁。施晓波所穿的巨人球鞋伤人甚大，抗击打能力弱的人视其为霸道，宁愿绕道而行也不正面过。另一让人记住施晓波的理由是他的大力射门人间罕见。因施晓波一介后卫，平常难得射门，一旦属了射门机会便会用尽力量抽射，只是准度还没找到打狗窝的风范。我由于受到过特殊训练，所以每次要射门时，对方的球门在我脑海中立刻抽象成一个特于是我大为亢奋，而施晓波显然就没屏这个功能。一般而言，被施晓波射中的人只两种结果，一种是来上不动变成植物人，一种是四脚着地变成动物人。健北如张晓枫也有一次比赛中被施晓波撞抽成动物人，其威力可想而知。

最后一个是许明，现在就深于文大附中，是个典型的理论家，他饱读诗书，大到国家队的战绩小到球队替补后卫他女朋友的妈的职业都了如指掌。许明身高体壮，一踢球的好料，只可惜架了一副七八百度的眼镜，摘下以后就可以去盲人摸象了，更别说射门来。许明在场边指导之余也会上场踢几脚，一只球忽慢忽忽忽地滚过来，通常许明会一脚抽空，于是空留虚惊在人间。我们都被许明骂过，许明骂起人来上真上把自己置之度外，指着人的鼻子就骂会不会踢球。许明又精通各种战术，什么5一4，3一4一3，2一5一3阵形，遇时接换。一次他是安排出一个3一5一3阵型我们球要怎么多出一个人，许明解释说门将在场上也要发挥机能动性要不满于守门，要冲出禁区走向中场，要走任飘忽。于是我计划的门将长期会埋伏在对方禁区里，成为罗星中学足球的一大景观。

初二时全校联赛时我们班几经大喜大悲，终于捧得了冠军。那天我们全队一走烂烂地笑，对足球场作箱别。上了初三后就很少真正地去踢一场球了。

初三中考过后那个暑假正好是世界杯。我不希望中国足球队冲进世界杯，因为那中国世界足球水平降低了。此文不会去评论国家男足如何，那是浪费笔墨。北京夏天的世界杯并不十分精彩，只有从欧文的一个进球里我可以依稀感到张晚枫风采。以往在罗星中学暑也里踢球的朋友都各有去向，从此渐少有电话联系，也曾聚在一起踢过球。以往中学寒暑假只钟楼敲响五点的钟声时，不再有人大喊"差不多了，别踢了"。五点半楚也只有一群陌生的孩子去小卖部买五角钱一瓶的桔子汽水，陌生得像那些球友。

上了高中后常在双休日踢球。高中的同学在踢起球来还是蛮不错的。像那位狂热爱好着文学的蚊子，就长于过人。我一直会和也争论不休说谁的水平高起。但是水平高不代表水平引人。像隔壁宿舍的小陆，是会成为目光的重点，因为他常开大脚。只要脚有球，二话不说他起大脚。开大脚其实没什么，身为一名后卫，一定要会开大脚，但小陆之所以引人是因为他的大脚开球向来都是往自家门里飞的。我和蚊子踢了这多年足球就是明白小陆如何才能做到背对着对自家球门而射自家球门的。去年高一足球联赛，我们小组都没有出线，我认为那次自己踢得很差，因为和那时的队友在一起，我有些找不到那种摸不着北的感觉。

最后要说的就是新民晚报杯足球赛，我只参加过两次。由于那时是酷暑，场地回来连国籍都会出现问题。我本不想参加，一因为我们这个地方球场实在少，校的操场在假期里像大款养的情妇，自己不用就闲置在那儿，进去一次难出来一次。小场踢堂足球不是不好，只是踢到一半总会有一个人操着家伙来追杀足球。居民区里人都娇，吵不得太大。中国的市井小民就是如此，容得下麻将声就容不下足球声。那两次新民晚报杯也是在推三阻四过去的情况下报的。参加新民晚报杯最头疼的事情是要学校盖章批示同意，真不晓得是校长批示在踢球还是我们在踢球。第二大头疼的事情是取队名，实让人一听就精神抖擞，像什么"小白兔"队、"大花狗"队有肯定是拿不出门的，对于看了都会笑得影响比赛。"中华"队是被人先用了，叫"花生"队也未尝不可，什么"超人"、"梦幻组合"，都是拿得出门但叫不响的名字。我们球队的名就暂且不说了，以免贻笑大方。

新民晚报杯不是赢家就是暑假里没事干上场活络个筋骨而已。但是有些对懒花没那么大场比赛后始终不曾改变，像罗星中学晚钟声里五角钱一瓶的汽水。

2000.1.21.
松江方塔园 何陆轩

外一篇
《光明与磊落》
使用说明书

该书为致谢读者。无论是我或者出版方，均无任何收益，
印刷和物流成本已超越售价。也感谢经销商的理解。

1.《三重门》手稿大约二十万字。这本长篇小说，对我来说是巨大历练，经过了这本书，我的写作能力和硬笔书法水平都提高了一大截。全书完成后，我对前面部分不满意，遂作废了数万字。于是重写的《三重门》开头的字迹反而比较老练，中间稍稚嫩，后段有进步。写废的那些篇幅中仅摘选了数十页，因为写得比较幼稚，而且全部篇幅加进去会导致本书无意义加厚，影响装订和成本。

2.学生写文章有一个普遍习惯，就是干净。一来考试写作文涂改太多会被扣分，二来投稿给杂志社稿子脏乱会给编辑留下很差的第一印象。再加上我有心把这次写作当作练字，所以手稿相对干净。我后来在电脑上写长篇小说也是一气完成，很少修改。每个作者的创作风格不同，我小说的写作风格是弱化故事，强调段落，所以不必做大的改动和调整，等于是一段叠着一段。但这种写作方式的缺点就是其中很多作为亮点的句子和段落其实对推动情节是无效的。这也是我未来需要改进的部分。

3.手稿是原稿，不是誊抄稿。手稿中对某些字、词、句的斟酌修改完全可以证明。很多改动明显是落笔后觉得不妥，思考后决定换词。如果是誊抄就不会出现这种情况。就用手稿第一页来打比方：

第一处修改，"中国就好多了"，将"好"字改为"幸运"，为了避免口语化。

第二处修改，"便师德全丧"，将"便"字改为"就"，为了更通顺。

第三处修改，"小镇镇府"，写了个错别字，改为"政"。

第四处修改，"教育机构奖项全给了这学校"，将"这学校"改为"它"，为了更简洁。

第五处修改，"那学校门口都挂满了'先进单位'"，将"满"字改为"不下"，这个我也不知道是为了什么。

等等等等。

第二页相对干净，只有三处笔误的纠正。我们来到第二章节的第一页，也就是手稿的第五页。

第一处修改，"《论语》"，原文中涂掉的乃"孟"字，估计当时想写《孟子》，但不知何故落笔时改变了主意。

第二处修改，"家里本来藏了好几千册书"，涂掉了"本来"二字，为了更简约。

第三处修改，"然而一个人在粪坑边上站久了也会染上粪臭"，删去了"然而"二字，为了用词更准确。

再看手稿第七页，"所幸《水浒传》里有一百零八个男人"，后期改为"一百零五个"，这个修改并不是写作当时做出的，而在《三重门》的第一版中，也将这个错误印刷了上去。是的，我没有读过四大名著，但我知道大致的故事和一些经典的段落，无论是教材、课外书、电视节目、朋友聊天中都会涉及。但没读过就会犯下想当然的错误，以为著名的"108将"是108个男的。这个错误在之后几版的《三重门》中得以修改。

第二处修改是一个错别字修改。

第三处修改，"但里面的话里"修改为"但里面的对话中"，这是为了追求文绉绉的效果。

第四处修改是一个错别字。

第五处修改，"偶留下几只漏网之鸟"，把"偶"字修改为"不经意"，为了更通顺。

诸如此类，不计其数。说明此书是边构思边创作边做小的修改。我在《三重门》的手稿中已经展现出"的""地""得"不分的特点了，极少使用"地"，这个特点和后期写博客常常用错"的""地""得"是完全统一的。手稿中的三个"的"，包括其他一些错别字，有些是我自己修改出来的，有几个是同学在传看的时候顺手帮我修改的。所以在个别的错别字修改部分会出现他人的笔迹。

我一开始并不太愿意让我的父亲看手稿，总觉得忐忑和不好意思，而且荒废学业就是因为这本小说，我担心他阅读的时候带着怨念和偏见。我父亲读完后说，写得不错。我如释重负。有几个错别字就是他修改的。手稿的错别字风格完全能和我的博客错别字风格对应起来。有人说，你手稿和博客里一堆错别字，书里就没有，也不用错"的""地""得"，这说明书和博客是两个人写的。朋友，书是有编辑在校对的。

4.书中还收录了高中时候写的一些稚嫩诗歌，其实应该叫歌词。但展现的现实批判色彩已经能够和未来博客上的韩寒相对应了。摘录三首，贻笑大方。其实每个文艺青年都写过诗，想起我自己还批评现代诗，和诗人打笔战，认定现代诗没有存在的必要，的确不妥，好在我已经致歉，所以心安一些。这三首高一写的诗歌供大家批判。说实话，尽管说了不少关于大学的坏话，我还是向往大学的。我喜欢的很多写作者都是大学教授。复旦向我抛出橄榄枝的时候，我也心动过，只是碍于面子和少年叛逆拒绝了去旁听。我甚至还在同济和复旦厮混过几天，也算是体验生活。不过我很反对初中和高中的应试教育体系。我高中的小说里也经常浅显地写到大学生活。这虽是我人生的缺憾，但也给了我另外的生活阅历。虽孤独，却难忘。

5.说说"新概念作文大赛"，这也和大学有关系。"新概念"我虽然得了一等奖，但由于我不是高三学生，所以这个奖项对于升学是无效的。现在的阴谋论是《萌芽》打造我，为了卖杂志，为了进大学。其实当年有好几个人横空出世，我只是其中一个，同样受关注的还有刘嘉俊的《物理班》以及那些特招去大学的学生们。《萌芽》的销量提升是因为这个比赛带来的效应，我只是其中一个小插曲，有我没我，在当时真的不那么重要。只是现在我的名声相对比较大，大家回过头去想，觉得也许会有所谓的黑幕。通过新概念成名的这些人，他们后来的作品出版和工作，除了有一两个人去杂志社做过一段时间编辑，基本都和《萌芽》没有什么关系。这算什么利益链啊。所以把阴谋论推到《萌芽》，说《萌芽》打造我，帮我作弊，为了一个惊天大阴谋是特别荒谬的，质疑者真的可以实地去考察一下那些纯文学杂志社，去聊聊天，你就能明白了，哪有什么包装啊、策划啊，都很可笑。看看那些杂志土到掉渣的封面，看看那些清贫的办公室陈设，人家哪有那么时髦，能想得到这些。千万别用看好莱坞大片和政治游戏的心态去衡量当年歪打正着误打误撞的一个比赛。什么我爹说9点接到的电话，《萌芽》说10点打的电话，供述不一，所以都是骗子什么的，都让人无语。说真的，我早忘了十三年前一个电话是几点，我就记得是上午。大家都是很不严谨地随口一说。当年谁都不把这些小花絮当成大事，所以各人的记忆都有偏差，大家又没有在一起对过供述，所以一回忆都是五花八门。现在要回忆三年前过生日，找来一堆参加过的朋友，让大家各自想想吃了什么，几点到的，在哪里，穿了什么衣服，送了什么礼物，基本上也都是千差万别。难道那次生日聚会就成了个骗局？这就是一桌骗子？什么我家在朱泾镇到徐家汇要花三个小时，我如何才能在一个半小时以内坐黑车赶到，那完全是忽悠非上海籍的读者，60公里路，1999年又不堵车，红绿灯也少，就算没有高速公路，一个半小时到还算慢的。这些猜想没有任何意义。《萌芽》杂志社和赵长天老师，都再正派不过。他们为很多青少年实现文学梦想做了多少贡献。各位老师的为人，只要去上海打听打听就行了。有些人坐在电脑前，就因为人家接受采访随口说了一个10点钟，我爸又随手写了一个9点钟，就把我父亲和赵老师都打成诈骗犯，甚至赵老师的儿子也变成骗子，后来甚至发展到赵长天给我代笔《三重门》，赵长天的儿子给我代笔《像少年啦飞驰》。赵长天接受了一个视频采访，说了一个多小时，所有的合理解释有些人都假装没听见，只要有一句话说得不严谨，立马欢呼雀跃，"铁证"又来了。所以有些人恨不得每个当事人都多说几句话，多写几篇文章，有些人只负责找茬，哪怕出现一个错别字，某处结巴了一下，用错一个连接词，都是写作者不具备文学能力的"铁证"。后来陈村也变成了骗子，明示陈村的儿子1999年发表的文章都是陈村代笔。他儿子1999年才两三岁。有些人居然还呼吁查封《萌芽》，给各个地方打骚扰电话，举报我们这些"骗子"，要求单位和合作方开除我们，并呼吁把爹和儿子分开来测谎，同时使用刑侦手段。有些人甚至还投诉到市长邮箱，打电话给公安局，说这是一个特大诈骗团伙，必须抓起来判刑，有些人给我所有合作过的地方写邮件，发大字报，要求将我，我父亲，《萌芽》杂志社，作家出版社，给我作证的同学们，以及不支持这些人的记者逮捕起来审讯，甚至说不来一点刑讯逼供的手段，这些巨骗们是不会招的。只要媒体不支持这些人的观点，这就是无良媒体，被我和"我身后巨大的利益集团"所收买，就是失去公信力的，马上给这些媒体打骚扰电话发匿名邮件。一切都不需要任何调查和实证，只需要坐在电脑前猜想，就可以昭告天下。当手稿太干净修改少是代笔的罪证，手稿修改了几个错别字又是誊写誊错的罪证时，你就能够深刻地体会什么叫欲加之罪。

当然，如果您是合理质疑，有理有据，批评探讨，不在上述范畴。

6.说回手稿集，由于有时候写得轻松，有时写得累，有时在课桌上写，有时在寝室里写，熄灯以后甚至在宿舍厕所里写（唯独那里亮灯），有时笔好使，有时笔难使，所以字有时好有时随意，但明显都是一人的字迹。

7.手稿遗失了两三页，不知道去哪了。估计阴谋论者觉得真相和铁证就在那几页上。

8.这次展示的是原稿，必然有小部分段落和章节与成书的《三重门》不同。那是因为我国出版审查的原因，加之这本书反对应试教育制度，写学生早恋，又有很多嘲讽，必然会有删节。上海文艺出版社直接拒绝了此书稿，作家出版社提出了必须修改，于是我做了一些比较"和谐化"的改动。修改并未体现在原稿上，应该是在交给作家出版社的复印稿上，事隔太久，我已记不清楚具体细节。这些妥协主要是为了让书能够顺利出版。此书出版前还在《中文自修》刊登过一部分，《中文自修》是一本中学生杂志，审查要求更加严格，编辑将稿件做了很大的删改才得以通过。我也是在杂志出刊后才看到被删改过的作品，虽然理解，但倍感心痛。《零下一度》也被删除了很多内容才得以出版，该书的责编也能作证，由于删节太多，我很气愤，所以曾经在一个采访中大骂《零下一度》是本垃圾，由于骂自己的作品，某心理学专家认为，这是我希望脱离"代笔集团的掌控""获得自由"但"身不由己"的铁证。我去。

9.本书中大量的知识点其实就是点到为止，浮光掠影，乃是对《围城》的幼稚致敬。大部分历史内容其实出自于初高中课本，一些古文和英文也是刻意阅读并笔记之，而且很多并未通读，只是翻了一下，取我所需，显摆而已。我的第二本小说就迅速彻底掉掉了这个毛病。敬告文学爱好者，掉书袋、乱引用、装高深，并不是好的写作方法。在多年后《三重门》的修订版中，我已经去掉了很多卖弄的引用和牵强的比喻句。所以大家可以看到两三个不同版本的《三重门》，有着一些细微差别。

10.手稿已经能完全说明问题。我的书稿的确比较干净，历史上也有很多作家的长篇小说手稿很干净，这完全因人因作品风格而异。而学生时代的我在这方面比现在的我更强，我前几天偶然用笔写序言，总感觉没有安全感，甚至有些不太生僻的字也会卡住，不得不掏出手机拼音一下才恍然大悟。对电脑的依赖的确会让人出现某些退步。当年我对此书投入大量创作激情。这本书描述的就是我自己初中到高中的经历，主人公的恋爱故事就是我自己的初恋故事，情节几乎照搬，唯独有一处，我利用写作者的特权，自私得瑟了一把。这个故事在当年的学校里很多人都知道，以后我会详细讲这个故事。

11.此书绝大部分都是课堂创作。在肯德基创作的乃是我的第二本书《零下一度》中的部分文章。课堂创作，众目睽睽，绝不可能誊抄他人事先写好的稿子数百页而不被发现。谁会想到十多年后还有人怀疑这本书的创作过程。如果真有人事先替我写好，那直接就把写好的稿子署上我的名字，邮寄给出版社得了，要是怕露陷，等到印刷完毕，把手稿要回来销毁便死无对证。说我是为了演戏演得更逼真，所以假装写给同学看，并持续表演一年，以备十三年后的一场质疑，要么是习惯把人都想成坏蛋，要么就是想象力过剩。

12.写作者的风格是会有变化的。尤其是16岁到30岁。但很多细节是不会变的，比如我十三年一贯喜欢玩一些谐音和措辞上的文字小游戏，十三年一贯尽量减少使用感叹号。但后期我的文字明显进步了，更自然，更好读。几乎每个写作者都是从故意卖弄变化为纯朴流畅的。拿着16岁的文字对比30岁的文字并不科学。

13.我现在的字比那时候的字更好一些，所以无法装幼稚，突击造假数百页。

14.《三重门》《零下一度》《像少年啦飞驰》以后，我去北京漂泊，并开始赛车生涯。期间三年，只出版了一本三万字的小册子《通稿2003》和一本精选集，等于没有什么作品，且销量惨淡。我积蓄的版税全部用于练车，穷困潦倒，连轮胎都买不起。假设我有一个代笔，或者一个创作团队，绝不会在我最红书卖得最多的时候突然中止写作，自断财路。我管我练车和漂泊，他们管他们流水线作业为我赚大钱就行了。这是显而易见的道理。我一度因为没有新作出版，几乎过气。阴谋论者也许会说这是故意消沉，为了更好地打造博客第一和赛车手的形象。谁能预料到2006年博客会兴起？谁能预料到我一定能成为一个好车手？多想一层，阴谋论自然消散。世上很多事情，都是机缘巧合加上个人努力。

15.我不喜欢谈文学，谈自己的作品，是我的个人习惯。不能强迫每个写作者必须要谈这些。况且其实我也谈过一些，只是有人故意失明，把这些和我自己的创作相关的对谈都忽略了。当然，我说过几次忘记自己写了什么，这是我年少哗众取宠故作叛逆的表现。多想一层，如果你的文章不是你写的，隐藏着这样一个惊天大阴谋，作为傀儡的你，势必战战兢兢，生怕被人戳穿，更要熟读那些书，面对主持人的提问更得对答如流，就怕露陷。此事给我的教训是，以后回答问题要诚恳，不能耍性子，以免造成误会。但我还是不谈文学，老子高兴谈什么就谈什么。我谈汽车，谈女人，谈比赛，谈时政，谈旅行，谈宠物就口若悬河，唯独不爱谈文学，这有什么问题？我博客和小说里写的不就是汽车、女人、比赛、时政这些内容吗？不谈文学很正常。你看我博客里喜欢谈文学么？我的所谈所写都统一成这样了，还要怎么样？

16.《光明与磊落》出版以后，想必很多人能明白是怎么回事了。但肯定也会有一些人不停地找茬，施展各种大法，出现各种"铁证"，大喊"漏洞百出"，高呼"体无完肤"，宣布各种"胜利"，涌现各种阴谋论。这本书在读者的眼中是礼物，但在他们眼里，是弹药，无论你多么真实和真诚，他们都有办法找出各种莫须有的"证据"，能忽悠一个算一个。同一个人，在此书预售前，能叫嚣说他肯定不敢出这本书，预售后，叫嚣道在这个时候居然还想要出书赚钱，充分说明人嘴两张皮，想恶心你总有说辞。我甚至都能想象有些人拿到手稿集，大叫，"一看就断定是造假的"，然后出现一些所谓的长篇分析。届时估计会冒出不少"笔迹学专家"，单独拎出我写过的几个字几个笔划，再对比手稿集里的几个字，得出结论，假的。《光明与磊落》这五个字，包括这本书的封面也会被他们修改成充斥着各种挖苦和咒骂的大字报，诸如《黑暗和龌龊》之类。甚至有人会数有多少页是完全没有修改的，这不可能，一些我涂改的部分也会被反复地拿出来猜想，这又不可能。一个字连错几遍估计也会成罪证。甚至还会有人在稿纸上PS出一些叠影，以说明我抄的那份稿子就垫在下面。我的读者朋友们，哪天你想忽悠人了，就多向他们学着点，只要你掌握了这个大法，你身边的同事朋友，竞争对手或者情敌，都会招架不住。

当然，我也能理解这其中有部分善意的人。因为当年在打周正龙的时候，我也参与其中，积极寻找证据。这个国家充斥着假货，从部分的打假斗士到一些相关部门，都是说着假话揣着私心的假货。我无愧于心，对得起每一个信任我的朋友。很明显，我父亲的写作风格与《三重门》的风格有巨大差异，正常人一读即知。而且我的《三重门》乃是在课堂上所写，证人众多。阴谋论者此生都不可能找到他们心中那个神秘的代笔者、神秘的团队。如果有人觉得，韩寒，是一个草包，一个白痴，不可能写出好文章，那就这么觉得吧，就去找寻那个代笔者吧。我，亲笔写了我的每一篇文章，状态起伏，有好有差，爱信不信。

17.十元一本，小小心意。我能有今天，不算成功，但好歹有些小成绩，一来写得不算差，二来全靠读者的捧场。《光明与磊落》献给你们，一年三百六十五天，黑夜占据了一半，阴雨天占据了一些，晴天终究是少数，包括我的内心也有阴暗的部分。光明无法击败所有的黑暗，就像阳光无法照亮每一个角落，善良无法冲去所有的恶意，真诚也无法解释所有的误解。旅途里不要被坏天气牵绊了，前行吧朋友，你总会遇见心上人。

韩 寒

1982年9月23日出生
作家、车手

出版作品

长篇小说《三重门》
散文集《零下一度》
长篇小说《像少年啦飞驰》
影像集《寒·十八禁》
散文集《就这么漂来漂去》
精选集《毒》
精选集《草》
杂文集《通稿2003》
作品集《韩寒五年文集》
长篇小说《长安乱》
长篇小说《一座城池》
长篇小说《光荣日》
杂文集《杂的文》
长篇小说《他的国》
杂文集《可爱的洪水猛兽》
主编杂志《独唱团》
长篇小说《1988：我想和这个世界谈谈》
杂文集《青春》

博客：http://blog.sina.com.cn/twocold

光明与磊落

责任编辑｜丁丽丹　特约编辑｜赵海萍　孙雪净　张燕

装帧设计｜何禾　朱君君　后期制作｜顾利军　责任印制｜匡韬　营销策划｜金锐

出品｜万榕书业　出品人｜路金波

官方网站　http://www.wanrongbook.com
官方微博　http://weibo.com/wanrongbook
企业QQ　4009787001

图书在版编目（CIP）数据

光明与磊落 / 韩寒著. -- 长沙 : 湖南文艺出版社，
2012.4

ISBN 978-7-5404-5428-9

Ⅰ. ①光… Ⅱ. ①韩… Ⅲ. ①中国文学：当代文学 –
作品综合集 Ⅳ. ①I217.2

中国版本图书馆CIP数据核字(2012)第038544号

光明与磊落

作　　者：韩　寒
出 版 人：刘清华
责任编辑：丁丽丹
特约编辑：赵海萍　孙雪净　张　燕
装帧设计：何　禾　朱君君
出版发行：湖南文艺出版社
　　　　　（长沙市雨花区东二环一段508号　邮编：410014）
网　　址：www.hnwy.net
印　　刷：北京汇林印务有限公司
经　　销：新华书店
开　　本：880mm×1230mm　1/32
字　　数：220千字
印　　张：20.5
版　　次：2012年4月第1版
印　　次：2012年4月第1次印刷
书　　号：ISBN 978-7-5404-5428-9
定　　价：10.00元

（若有质量问题，请致电质量监督电话：021-64386496）